Christiane Gibiec, Jahrgang 1949, studierte Germanistik und Sozialwissenschaften. Sie lebt und arbeitet als freie Journalistin und Autorin in Wuppertal. Von ihr erschienen »Eine Kugel für Mata Hari« und »Türkischrot«.

Dieses Buch ist ein Roman. Handlungen und Personen sind frei erfunden. Ähnlichkeiten mit lebenden oder toten Personen sind rein zufällig.

Christiane Gibiec

Die Reise nach Helsinki

Emons Verlag

Umschlagzeichnung: Heribert Stragholz
Druck und Bindung: Clausen & Bosse GmbH, Leck
Printed in Germany 2004
ISBN 3-89705-317-9

www.emons-verlag.de

Für Ulla Komulainen und Ilona Kurkipää,
die bei den Sternen sind

Prolog

Das Himmelszelt hängt vom Polarstern herab und wölbt sich funkelnd über Inari. Ein kleines Mädchen, eingewickelt in Rentierfelle und bunte Bänder, steht auf dem gefrorenen See und möchte hineinfliegen in die sternenbesäte Unendlichkeit, schweben in den Lichtern und milchigen Sternennebeln.

In den kahlen Bäumen singen schon die silbernen Räder, die die Lappen hineinhängen, um den Frühling zu begrüßen. Matte, Per und Isak haben sie im Winter gehämmert, als es in der Kote so kalt war, dass man vor Frostnebel die andere Seite des Feuers nicht sehen konnte, und die mordlustigen Wölfe um die Herde strichen.

Ukko Donnergott treibt Wolkenwände heran, peitscht einen Sturm über das Eisfeld dem Kind ins brennende Gesicht. Es kann sich nicht bewegen. Da geht er, wird zu einem Punkt im endlosen Weiß, winkt noch einmal zwischen den klirrenden Böen hindurch. Seine Tränen fallen in den Schnee und hinterlassen eine glitzernde Spur.

Geh nicht fort, *isi*, du kannst doch dein Kind nicht allein lassen!

Nie, niemals wieder möchte sie so verlassen werden.

I. Zurück in Elberfeld

Gegen so einen Palast kommen wir im Leben nicht an, dachte Anna Salander, als sie an dem neuen Rathaus vorbeiging und den Neumarkt mit dem Neptunsbrunnen in der Mitte überquerte. Vor ihr lag in seiner ganzen Pracht das gerade eröffnete Warenhaus Tietz, das eine Seite des Platzes einnahm und sich ein ganzes Stück die Neumarktstraße und den Wall hinunter erstreckte. Mit seinem sich nach oben verjüngenden Giebel und dem kreisrunden Fenster darin erinnerte es an ein mächtiges Schiff. Menschen strömten durch den Haupteingang, auch Anna ließ sich hineintreiben und schlenderte durch die zahllosen Abteilungen des Erdgeschosses. Überall waren Werbetafeln angebracht und annoncierten Kleidung, Schuhe und Lebensmittel zu günstigen Preisen. In dem eleganten Erfrischungsraum nahm sie einen Kaffee und beobachtete die Elberfelder Hausfrauen, die die neue Warenwelt bestaunten und emsig ihre Einkäufe tätigten.

»Über achthundert Angestellte«, hatte ihr Vater morgens beim Frühstück missmutig gesagt, »kannst du dir vorstellen, was die für Umsätze machen? Der Tietz eröffnet ja einen Palast nach dem anderen, der kann so günstig einkaufen, dass wir kleinen Händler überhaupt keine Chance mehr haben, wir können bald alle zumachen.«

Anna verließ das Warenhaus durch den Ausgang zum Wall, über den der Mittagsverkehr in Richtung Bahnhof und Döppersberg brauste. Wie in Berlin mischten sich auch hier immer mehr Automobile zwischen die Pferdedroschken und verpesteten die Luft mit blauen Abgasen, dazwischen quietschte die Straßenbahn. Elberfeld wuchs explosionsartig, an die Stelle der meisten Fachwerkhäuser, die den Wall noch vor einigen Jahren gesäumt hatten, waren mehrstöckige, mit Stuckornamenten und schmiedeeisernen Balkongittern prächtig verzierte Geschäftshäuser getreten.

Schon von weitem leuchtete ihr der goldene Schriftzug des

Pelzhandels Salander entgegen, dessen Schaufenster auf der anderen Straßenseite die Front eines fünfstöckigen Jugendstilhauses einnahm. Annas Tante Louise Brüninghaus trat aus der Ladentür und winkte, Anna wollte die Straße überqueren, fand aber keine Lücke zwischen den spuckenden und ratternden Fahrzeugen. Schließlich setzte sie einen Fuß auf die Fahrbahn, wurde jedoch im gleichen Augenblick heftig zurückgerissen. Eine Droschke, deren schnauzbärtiger Kutscher ungerührt auf seine Pferde einpeitschte, raste vorüber.

»Hoppla, das war knapp!«

Sie fand sich in den Armen eines jungen Mannes mit braunen, schräg geschnittenen Augen und zerzausten dunklen Locken wieder. Einen Moment lang wollten ihr die Beine wegknicken, dann besann sie sich und riss sich los.

»Was fällt Ihnen ein, lassen Sie mich gefälligst los! Und dieser Wilhelm da, dieser Schnauzbart! Unverschämtheit! Das war ein Angriff, Körperverletzung, jawohl!« Sie schäumte, blonde Locken hatten sich aus ihrem Haarknoten gelöst und umringelten ihr wutentbranntes Gesicht.

»Männer!« Sie funkelte ihn aus ihren blaugrünen, ein wenig eng zusammenstehenden Augen an, ihr breiter, geschwungener Mund zitterte, die Flügel ihrer langen, geraden Nase bebten vor Empörung.

Der Mann trat einen Schritt zurück und verbeugte sich formvollendet. Samtene, bräunliche Haut, spöttischer Blick. Locker geschnittener Anzug, kein Stutzer. Eigentlich ganz passabel.

»Ich wollte Ihnen nicht zu nahe treten, entschuldigen Sie, gnädiges Fräulein. Blank, mein Name, Hugo Blank.« Er sprach ein weiches Rheinisch und lächelte. »Es wäre schade gewesen, wenn Ihnen was zugestoßen wäre.«

Anna schämte sich, weil ihre Knie immer noch zitterten, gleichzeitig stieg ihre Wut. Musste sie sich bedanken? Hatte er ihr das Leben gerettet? Ach was, Männer spielten sich gerne auf und ließen sich als Helden feiern.

»Guten Tag, der Herr.« Sie nickte spitz in seine Richtung, musste allerdings erst zwei schrill klingelnde Straßenbahnen und eine Reihe Automobile abwarten, ehe sie ihm entkommen konnte. Er sah ihr nach, und sie schwenkte unwillkürlich die Hüften, während sie über die Fahrbahn lief und Tante Louise ansteuerte, die aufgeregt mit den Armen ruderte.

»Was machst du für Sachen, Annakind, du lieber Himmel, da wird einem ja angst und bange. Da läuft sie fast unter die Droschke. Und was war das für ein Mann? Du weißt doch wohl, dass man sich nicht ansprechen lässt?«

Anna schob Louise hinein und schloss die gläserne Ladentür mit den verschnörkelten Gravuren, die einen zarten Glockenton von sich gab und spiegelte, dass ihr Retter immer noch herübersah. Stöhnend ließ Anna sich auf einen der gepolsterten Sessel fallen, die verteilt in dem eleganten Raum standen.

»Was redest du, Tante Louise, wir sind doch nicht im Mädchenpensionat. Ich bin ein erwachsener Mensch.«

Louise machte mit der Hand beschwichtigende Zeichen und deutete auf den zweiten Ladenraum, in dem die Verkäuferin Else Kriebel herumwirtschaftete und das Regal mit den Posamentierwaren ordnete.

»Du kannst Mittag machen, Else«, rief sie der adrett gekleideten, aber unscheinbar wirkenden Vierzigerin zu, »ich sperre gleich ab.«

Else Kriebel band ihre weiße, spitzenverzierte Schürze ab, hängte sie ins Kontor und wünschte knicksend eine gesegnete Mahlzeit. Im hinteren Teil des Hauses polterten die Kürschner und die Nähmädchen aus der Werkstatt in der ersten Etage die Treppe hinunter. Anna half Louise, die Capes und Stolen wegzuhängen, die am Vormittag anprobiert worden waren, dann schloss sie die Ladentür ab.

Sie war gerade aus Berlin zurückgekehrt, wo sie sich als Belohnung für ihr gutes Abitur ein halbes Jahr lang Großstadtluft um die Nase hatte wehen lassen dürfen. Jetzt sollte sie ein Praktikum im väterlichen Geschäft ablegen, um sich darüber klar zu werden, ob sie die Handelslaufbahn einschlagen und den Laden später einmal übernehmen wollte.

Louise Brüninghaus, die ältere und unverheiratete Schwester

von Annas Mutter Emma Salander, war einerseits froh, Anna, ihren Augapfel, wieder zu Hause zu haben, andererseits fürchtete sie die Auseinandersetzungen zwischen Mutter und Tochter, die schon immer heftig gewesen und nach Annas Rückkehr vor zwei Wochen wieder aufgeflammt waren.

Annas Erziehung war von Anfang an ein Streitpunkt zwischen den Eheleuten Salander gewesen. Ihr Vater Pekka, ein Finne, der seit dreiundzwanzig Jahren in Elberfeld lebte, liebte seine Tochter abgöttisch. Schon als Säugling, wenn sie selig strampelnd auf seinem Schoß lag, hatte er ihr immer wieder ins Ohr geflüstert, sie werde mal eine freie Frau, eine richtige Finnin, die sich von keinem etwas vorschreiben lassen müsse. Studieren werde sie, wie das viele finnische Frauen bereits täten, und einen guten Beruf haben, stolz, frei und selbstständig werde sie leben, von keines Mannes Gnade abhängig. Und als vor sechs Jahren das Frauenwahlrecht in Finnland eingeführt wurde, hatte er sich aufgeführt, als sei das sein persönlicher Verdienst, er beschimpfte die Deutschen als reaktionär und warf ihnen vor, sie hätten nur Angst vor der Kraft und den Fähigkeiten der Frauen.

Anna war ein temperamentvolles Kind gewesen, ihre Wutanfälle waren legendär, und wenn sie ihren Willen nicht bekam, stand sie mit hochrotem Kopf vor ihrer Mutter, schrie wie am Spieß und stampfte mit den Füßen. Wenn Emma schimpfte, dass sie ein verzogenes Blag sei, und ihr Schläge androhte, lief sie zu Pekka und versteckte sich auf seinem Schoß. Er wiegte seine Tochter und sagte zu seiner Frau, man müsse sie mit Worten überzeugen, Prügel würden einen Menschen zerstören, worauf Emma die Augen verdrehte und sich an den Kopf fasste.

Gegen Emmas entschiedenen Widerstand hatte Pekka durchgesetzt, dass Anna, nachdem sie die höhere Töchterschule absolviert hatte, zu Thekla Landé kam, einer Elberfelder Sozialdemokratin, die in ihrer Privatwohnung in der Luisenstraße junge Mädchen auf das Abitur vorbereitete; dieses konnten sie dann extern in Remscheid ablegen. Dort wurde, wie Emma befürchtet hatte, nicht nur Deutsch, Mathematik und Geschichte gelehrt, sondern auch über Politik und Gleichberechtigung diskutiert.

Der Unterricht war bei Anna auf fruchtbaren Boden gefallen und hatte schon damals zu heftigen Disputen geführt.

Der Berlinaufenthalt tat ein Übriges.

»Ich hätte es wissen müssen, man hätte sie diesem verderblichen Gedankengut nicht aussetzen dürfen«, klagte Emma Salander, wenn wieder einer von Annas Briefen aus der Hauptstadt mit begeisterten Schilderungen von Versammlungen, Vorträgen und Demonstrationen der Frauenbewegung eintraf. »Aber ihr Vater hat ihr ja alle verrückten Ideen durchgelassen, und nicht nur das, sogar ermutigt hat er sie, ja, ja, die Frauen müssen für ihre Rechte kämpfen. Emanzipation, wenn ich das schon höre!«

Emma hasste die Frauenrechtlerinnen, die singend durch die Straßen marschierten, das Wahlrecht, die freie Liebe und das Recht auf legale Abtreibung forderten und überhaupt jegliche Amoralität für normal erklärten. »Die sollen sich doch gleich Bärte wachsen lassen, das ist doch unnatürlich, das schlägt ja jeden Mann in die Flucht. Vielleicht brauchen die Frauen in Pekkas finnischem Urwald Emanzipation, wir hier ganz bestimmt nicht.«

Anna hatte in Berlin bei Adele Honscheid, der Tochter des konservativen, ebenfalls am Wall ansässigen Tuchhändlers Heinrich Honscheid, zur Untermiete gewohnt. Adele war schon vor einigen Jahren gegen den erbitterten Widerstand ihrer Eltern der Elberfelder Frauenrechtlerin Helene Stöcker nach Berlin gefolgt und hatte dort Literatur studiert. Schon während des Studiums hatte sie angefangen, als Journalistin zu arbeiten, und schrieb für die von Helene Stöcker herausgegebene Zeitschrift »Die Neue Generation« und einige literarische Blätter. Den Kontakt zu ihren Eltern hatte sie abgebrochen, nur einmal noch war sie nach Elberfeld gekommen und hatte um die Auszahlung ihres Erbes gebeten. Ihr Vater hatte ihr wortlos einen Scheck hingeschoben zusammen mit einem Dokument, auf dem sie durch ihre Unterschrift besiegeln musste, dass sie auf alle weiteren Ansprüche zugunsten ihrer beiden Brüder verzichtete. Außerdem hatte er ihr harsch mitgeteilt, so ein emanzipiertes Weibsbild könne er nicht mehr als seine Tochter betrachten. Adele hatte mit den Achseln gezuckt, sich eine Zigarette angesteckt und ihm den Rauch ins Gesicht geblasen. Nach außen tat sie, als könne sie gut ohne ihre Familie leben, das sei der Preis der Freiheit, sagte sie leichthin, aber ihre Augen wurden doch dunkel, wenn die Rede auf Elberfeld kam.

Adele hatte Anna in die Berliner Frauengruppen eingeführt und ihr prophezeit, dass es schwierig werden würde, wenn sie nach Hause zurückkehrte. »Komm nach Berlin und fange ein Studium an«, hatte sie gelockt, »Literatur, Ökonomie, Medizin, das steht uns doch alles offen. Du weißt jetzt, was Unabhängigkeit ist, im Leben wirst du es nicht aushalten, wenn dir deine Eltern und deine Tante ständig im Nacken sitzen.«

Wie Recht sie gehabt hatte. Anna hatte schon mehrmals bereut, sich auf den Vorschlag ihres Vaters eingelassen zu haben, eine Zeit lang im Geschäft zu arbeiten. Die Stimmung zu Hause war nicht gut, ihre Eltern lagen ständig im Streit, und ihr Vater machte einen todunglücklichen Eindruck. Er sprach zwar nicht über das, was ihm auf der Seele lag, aber Louise hatte gerüchteweise gehört, der Kürschnermeister Elias Schlipköter, der zwanzig Jahre lang Pekkas rechte Hand gewesen war, wolle das Geschäft verlassen. Das Warenhaus Tietz plane zum Winter die Eröffnung einer Pelzabteilung, und ausgerechnet Heinrich Honscheid, der sein Geschäft zu Beginn des Jahres 1912 verkauft hatte, sollte die Leitung übernehmen. Und der habe Schlipköter ein gutes Angebot gemacht. »Wo Pekka diesen konservativen Knochen doch immer schon gefressen hat«, flüsterte Louise.

Die Stimmung war also explosiv, und Louise schwante, dass die nächste Detonation unmittelbar vor der Tür stand. Emma plante für den Abend einen Theaterbesuch im »Thalia« am Islandufer. Eine Galavorstellung des Schwankes »Polnische Wirtschaft« wurde gegeben, ein großer Heiterkeitserfolg beim Publikum, wie die Zeitungen meldeten. Emma wollte sich gern vor der Elberfelder Gesellschaft mit ihrer einzigen Tochter zeigen, dabei spielte die Überlegung mit, dass es an der Zeit war, sich nach einem passenden Schwiegersohn umzusehen. Dass Anna selbst später einmal das Geschäft übernehmen sollte, empfand Emma als Hirngespinst. Nie im Leben würden die Kunden eine Frau akzeptieren, viel gescheiter sei es doch, Anna würde einen Mann aus der Branche heiraten, der Pekka entlasten und womöglich noch durch eine gute Einlage die Kapitaldecke stützen konnte. »Da hätten wir zwei Fliegen mit einer Klappe geschlagen«, versuchte sie, Pekka die Sache schmackhaft zu machen. Der winkte jedoch entrüstet ab, seine Tochter werde nicht verschachert, sie werde selbst über ihr Leben entscheiden und sich den Mann aussuchen, den sie liebe.

So hatte Emma beschlossen, diplomatisch vorzugehen. Vielleicht fand sich ja ganz von selbst jemand, der Anna gefiel und dem sie sich fügen würde, jedenfalls einigermaßen. Man musste Gelegenheiten schaffen, und Emma hatte sich schon die gesellschaftlichen Termine dieses Sommers notiert. Die Gala der »Polnischen Wirtschaft« sollte den Anfang machen, und Emma hatte, damit Anna am Abend eine gute Figur machte, die Schneiderin mit einem Kleid nach der neuesten Mode beauftragt. Es war am Vormittag fertig geworden und lag jetzt cremefarben und hochgeschlossen über Pekkas großem Ohrensessel im Kontor. Louise hatte die heikle Aufgabe, Anna zum Tragen dieses Kleides zu überreden.

»Deine Mutter hat das Kleid vom Schneider geholt«, sagte sie so beiläufig wie möglich, nachdem sie sich vergewissert hatte, dass die Ladentür abgeschlossen war. »Wir können ja mal eben probieren, ob es sitzt.«

Anna schien wenig geneigt, sie nahm das Gewand hoch und ließ es wieder fallen, den dazugehörigen ebenfalls cremefarbenen Hut in der Größe eines Wagenrades, üppig geschmückt mit grün schillernden Federn, bedachte sie nur mit einem Achselzucken. An Pekkas Sessel lehnte außerdem eine überlange Korsage, die wie ein Schlauch geschnitten und mit Fischbeinstäben versteift war. Anna berührte sie mit spitzen Fingern und stieß sie dabei auf den Boden.

»Mutter glaubt doch nicht wirklich, dass ich mich in so eine Konservendose zwänge? Damit kann doch kein Mensch richtig laufen. In Elberfeld mag das ja Mode sein, in Berlin würde keine ernst zu nehmende Frau damit rumlaufen. Das sind keine Kleider, das sind Frauengefängnisse, jawohl, anders kann man das nicht nennen. Und diesen Kopfdeckel setze ich im Leben nicht auf, Tante Louise, ich mache mich doch nicht zum Gespött.«

»Das ist Titanic-Stil, der letzte Schrei.«

Louises Einwand bewirkte nur ein spöttisches Auflachen.

»Titanic-Stil, das ist ja wohl das Lächerlichste, was ich je gehört habe. Kein Wunder, dass die untergegangen ist mit Mann und Maus, keine Chance zur Flucht, in so was kann sich doch kein Mensch bewegen. Humpelröcke nennt man die, das ist was für Ölsardinen, ich für meinen Teil habe keinen Bedarf«, schnaubte Anna.

»Versündige dich nicht an den armen Opfern, die in der Tiefe versunken sind, in der eiskalten See.«

Seitdem der Luxusdampfer Titanic vor sechs Wochen mit einem Eisberg zusammengestoßen und untergegangen war, kam Louise bei jeder Gelegenheit auf das Thema zu sprechen. Schaudernd stellte sie sich vor, wie die Menschen ihrem Tod ins Auge sehen mussten, wie sich das Schiff langsam, ganz langsam geneigt hatte und Tausende schreiender Menschen ins eiskalte Wasser gerutscht waren. Täglich standen neue, grausige Einzelheiten in der Zeitung, die von überlebenden Zeugen berichtet wurden. »Das war ein Menetekel«, flüsterte Louise, »der Mensch ist nicht allmächtig, der Untergang des Abendlandes ist nahe.«

Louise hatte während Annas Berlinaufenthalt abgenommen, sie war fahrig und müde, manchmal glänzten ihre Augen fiebrig. Ihre Haare waren stumpf geworden, die Lachgrübchen in ihren Wangen und die Fröhlichkeit, die früher aus ihren graublauen Augen strahlte, waren fast völlig verschwunden. Anna drang in sie, um den Grund zu erfahren, aber Louise wich aus, sie habe sich von einem Magen-Darm-Infekt vor ein paar Wochen wohl nicht richtig erholt. Annas Vorschlag, sie solle sich einen Urlaub gönnen und mal richtig ausspannen – was sie seit Jahren nicht getan hatte –, wies sie allerdings entrüstet zurück. Das sei nun wirklich nicht nötig, außerdem müsse Anna eingearbeitet werden, und die Kriebel könne den Laden doch niemals allein schaffen, nein, nein, das werde schon vorbeigehen.

Emma Salander betrat jetzt das Kontor. Auch sie hatte sich

während Annas Abwesenheit verändert, sie war dicker geworden, und in ihr dunkles, kräftiges, leicht gewelltes Haar mischten sich die ersten grauen Strähnen. Außerdem wirkte sie übellaunig und reagierte noch gereizter als sonst auf Pekka und Anna, wenn sie sich nicht nach ihrem Geschmack verhielten. Vielleicht hing es mit ihrem vierzigsten Geburtstag zusammen, der ein Dreivierteljahr zurücklag und vor dem es ihr schon jahrelang vorher gegraust hatte. »Was für ein biblisches Alter«, hatte sie gejammert, »du lieber Gott, danach kommt doch nur noch das Grab.«

Über Emmas Busen, ihren Hüften und ihren Oberschenkeln spannte sich ein dunkelgrünes, hochgeschlossenes Kleid, das erst in Höhe der Waden zu einem glockigen Volant aufsprang. Unter dem glänzenden Stoff zeichnete sich eine Korsage ab, die zwar von etwa doppeltem Ausmaß derjenigen war, die vor Annas Füßen lag, aber sonst ähnlich geschnitten sein musste.

»Und? Wie findest du das Kleid? Der Hut ist doch hinreißend, was ganz Exklusives.« Emma sah ihre Tochter erwartungsvoll an.

Anna ließ sich in Pekkas Schreibtischstuhl fallen, kramte eine Zigarette aus ihrer Tasche und zündete sie an. Noch so eine Marotte der Emanzen, die sie aus der Hauptstadt mitgebracht hatte. Emma verzog das Gesicht und wedelte den Rauch fort.

»Ich ziehe die Sachen nicht an, Mutter, du kannst dich auf den Kopf stellen.«

Anna wurde rot, auf ihrer Nasenwurzel erschien eine steile Falte, und sie strich über den weichen Stoff ihres bequemen blaugrauen Kleides, dessen Rock hoch in der Taille angesetzt war. »Außerdem ist das hier völlig in Ordnung, ich weiß nicht, was du willst.«

»Wenn du in der Geschäftswelt bestehen willst, musst du modisch auf der Höhe sein, das kann man von diesem Sack ja nun weiß Gott nicht behaupten«, sagte Emma beleidigt.

»Das ist Reformkleidung, das ist nun wirklich der letzte Schrei. Über eure Humpelröcke lachen sich die Berliner Intellektuellen doch schon lange kaputt. Du kannst herzlich gerne allein gehen, ich will die Elberfelder nicht mit meinem Anblick inkommodieren. Und deine polnische Wirtschaft kann mir sowieso im Mondschein begegnen!«

Anna wurde laut und schrill, ungerührt sah sie auf ihre Mutter, die rot anlief. »Und wenn du diese dämliche Korsage weglassen würdest, ginge es dir auch besser, dann bekämst du nämlich mehr Luft!«

Emma trippelte empört zur Tür. »Es reicht mir mit deinen Unverschämtheiten, es war ein Fehler, alles war ein Fehler, ich habe es deinem Vater von Anfang an gesagt, ich war immer dagegen, wie er dich erzogen hat. Das haben wir jetzt davon. Sieh zu, wo du einen Mann herkriegst, allmählich ist mir das wirklich egal.«

»Das lass mal meine Sorge sein«, zischte Anna, »wenn das dein einziges Problem ist!«

Emma warf die Tür des Kontors ins Schloss. Louise war ganz grau geworden und schlug die Hände vor das Gesicht.

»Es bringt Unglück, dieser ewige Streit bringt Unglück«, flüsterte sie, »könnt ihr denn nicht Frieden halten? Es ist schlimm geworden in diesem Haus, nichts als Streit und Unfrieden, dabei könnten wir es so schön haben.«

Anna tätschelte ihr den Arm, dann ging sie die Treppe hinauf in ihr Zimmer in der dritten Etage. Sie öffnete das Fenster zum Wall, von dem der Verkehr laut heraufbrandete, und hielt ihr Gesicht in die warme Maisonne. Mit den Augen suchte sie den gegenüberliegenden Bürgersteig ab und glaubte, die zerzausten Locken im Augenwinkel zu sehen, doch es war ein Irrtum. Aber ein anderer stand da, ein fremd aussehender Mann in einem einfachen dunkelgrauen Anzug, mit kantigem Gesicht, einer breiten Nase und großen, hellen, auffällig blauen Augen mit staunendem Ausdruck. Er sah hinauf, drehte sich aber schnell um, als er Anna bemerkte, und verschwand zwischen den wuselnden Menschen auf dem Bürgersteig. Ein Russe, es konnte ein Russe sein, sie hatte viele in Berlin gesehen. Was machte der hier, und warum beobachtete er ihr Haus?

Schnell schloss sie das Fenster und ging hinunter in die zweite Etage, in der die Wohnräume lagen. Sie nahm sich vor, das Mittagessen schweigend zu verzehren, egal, wie sehr ihre Mutter sie reizen würde.

*

Pekka stand im Türrahmen, als sie das Essen fast beendet hatten. Anna sah sofort, dass er getrunken hatte, seine Augen waren nass und gerötet, sie flackerten von einer zur anderen und verweilten schließlich bei Anna.

»*Kullan muru**, da bist du ja, Papa hat dich so lange nicht gesehen, komm zu *isi***, komm zu *isukki*.«

Er streckte die Arme aus und sah sie flehend an. Anna mochte es nicht, wenn er betrunken war, außerdem ärgerte sie, dass er sich vor Emma diese Blöße gab.

»Leg dich aufs Ohr«, sagte sie ungehalten, »dann trinkst du einen starken Kaffee, und heute Abend reden wir zusammen. Ich gehe nicht ins Thalia.«

Emma versteinerte beim Anblick ihres Mannes, sie würdigte ihn keines Blickes und strahlte eisigen Widerwillen aus. Louise sah bedrückt auf ihren Teller.

Im Gegensatz zu den meisten Männern wurde Pekka nicht aggressiv, wenn er getrunken hatte, sondern ausgesprochen sanftmütig und anhänglich. In früheren Jahren hatte er sich damit gebrüstet, dass er der einzige finnische Mann auf dieser Welt sei, der die Frauen im Rausch nicht prügeln würde, er erzählte Witze und Geschichten, war charmant und liebevoll. Später bewirkte der Alkohol, dass er schnell ins Weinerliche kippte, vor allem, wenn Emma ihn abkanzelte, zerfloss er vor Selbstmitleid. »Eine Hexe ist sie, deine Mutter, eine *noita*, in ihrer Gegenwart erfriert man, lieber schlage ich mir ein Loch ins Eis und setze mich hinein, da ist es einem wärmer ums Herz als im Angesicht dieser Frau.«

»Er ist ein Säufer, wie alle Finnen«, konterte Emma, »er wird noch unsere ganze Existenz versaufen, ich hätte es wissen müssen, als ich ihn heiratete.«

Anna verschloss ihre Ohren und bezog keine Stellung, gefühlsmäßig stand sie allerdings meistens auf der Seite ihres Vaters. Und was die Existenz betraf, konnte Emma sich wahrlich nicht

* Liebstes Kümmelchen
** Papa

beklagen, Pekka verdiente viel Geld, und sie konnte sich jeden Luxus leisten.

Jetzt stand Anna energisch auf und schob ihn hinaus. »Mach dich nicht so klein«, zischte sie, »da wartet sie doch nur drauf.«

»Ich bin klein und elend, *kulta**, von mir ist nicht mehr viel übrig. Ich bin ein altes Wrack, ich werde bald sterben. Manchmal tut mir das Herz so weh.«

Er setzte sich auf die Treppenstufen und griff sich an die Brust. »Es klopft und sticht, als würde es mir gleich zum Hals herauskommen.«

»Dann trink nicht, du weißt, dass der Branntwein Gift für das Herz ist. Geh und schlaf ein bisschen, dann wird es besser.«

»Bleib bei mir, ich habe Angst. Alle verlassen mich, niemand liebt mehr den alten Pekka.«

Sie schob ihn in sein Zimmer am Ende des Flures. Während Anna in Berlin gewesen war, hatte Emma ihn aus dem gemeinsamen Schlafzimmer ausquartiert, weil er unerträglich schnarche, wie sie behauptete. Anna wartete, bis Pekka sich auf sein Bett gelegt hatte, setzte sich neben ihn und nahm seine Hand.

»Wer verlässt dich, wer liebt dich nicht mehr?«

»Alle«, murmelte er, »alle verlassen mich. Dass Elias geht, ist wohl beschlossene Sache, er hat es mir gestern gesagt.«

»Aber warum? Habt ihr euch gestritten? Verdient er nicht genug? Du könntest doch seinen Lohn erhöhen.«

»Das hat alles keinen Sinn mehr, Reisende soll man nicht aufhalten.«

Er hatte die Augen schon halb geschlossen, und Anna nahm sich vor, in ihn zu dringen, wenn er wieder nüchtern war. Sie streichelte seine Hände und sein Gesicht, bis er eingeschlafen war.

Pekka mit dem weichen Mund, den breiten Wangenknochen, der glatten, blonden Strähne, die ihm immer ins Gesicht fiel, den lachenden, blaugrünen, ein wenig eng zusammenstehenden Augen, die Anna von ihm geerbt hatte, den Finnenaugen, wie Louise sagte. Pekka, der reichste Händler am Wall, berühmt für seinen

* Gold, Synonym für Liebling

Charme und seine ausgefallenen Posamentierwaren und noch mehr für seine Pelze, Silberfüchse, Blau- und Rotfüchse, Eichhörnchen, Zobel, was das Herz begehrte. Keiner konnte so elegant schneiden, die Leute kauften und kauften.

»Pekka wird langsam zu einem der Größten in Elberfeld«, tuschelte Louise, »die Frauen der Regierungsbeamten kommen aus Düsseldorf zu uns, stell dir das vor. Bald hat er alle überrundet, die Pelze haben ihn reich gemacht.«

Emma konterte mit verkniffenem Mund: »Die Grundlage haben andere gelegt, Louise, das weiß ja wohl niemand besser als wir.«

Pekka Salander war 1891 im Alter von fünfundzwanzig Jahren aus Finnland nach Elberfeld gekommen, nachdem er sich auf eine in den »Neuesten Nachrichten für Elberfeld und Barmen« ausgeschriebene Stelle in der Posamentierwarenhandlung Brüninghaus beworben hatte. Die beiden Schwestern Louise und Emma Brüninghaus, damals dreiundzwanzig und neunzehn Jahre alt, hatten kurz vorher beide Eltern bei einem Unfall mit einer Pferdedroschke verloren. Sie waren gänzlich unerfahren in geschäftlichen Dingen und suchten händeringend jemanden, der den elterlichen Laden weiterführen konnte. Pekka bewarb sich, er sprach leidlich deutsch, gab an, aus einer Pelzhändlerfamilie in der finnischen Textilstadt Tampere zu stammen, im väterlichen Geschäft und später auch in einem Pelzhandel in Helsinki gearbeitet zu haben. Sie stellten ihn ein, und er sprudelte über vor Geschäftsideen. Er sah sich in Barmen in den Bänderfabriken nach den neuesten und ausgefallensten Posamentierwaren um und ordnete das Sortiment neu, dann richtete er über dem Laden eine Kürschnerei ein und importierte aus Helsinki über seinen Geschäftspartner und Freund Carl Soderberg hochwertige Felle.

Tag und Nacht saß er in der Werkstatt hinter der ratternden Pelznähmaschine und fertigte nach eigenen Entwürfen elegante Mäntel, Jacken, Schals und Capes, die reißenden Absatz fanden. Dann stellte er den Kürschner Elias Schlipköter ein. Onkel Eli, wie Anna ihn nannte, erwies sich als Naturtalent und setzte

Pekkas Ideen perfekt um. »Besser, als ich es selbst könnte«, sagte er oft, »so einen begabten Kürschner habe ich noch nie kennen gelernt.«

Die Nachfrage stieg, und mit den Jahren kamen noch zwei weitere Kürschner und sieben Nähmädchen dazu. Aufgrund des Direktimportes aus Finnland konnte Pekka die Preise günstig halten, und bald verbreitete sich der Ruf des Geschäftes weit über die Grenzen des Bergischen Landes hinaus.

Jedes Jahr im Herbst trafen riesige Kisten mit Fellen aus Helsinki ein, und immer schickte Carl Soderberg finnische Spezialitäten mit, gesalzene Butter, Roggenbrot, Konserven mit rotem Fischrogen und süßen Fischhäppchen, vor denen Emma sich ekelte und auf die Pekka, Anna und Louise sich voller Wonne stürzten. Am meisten liebte Anna die *korvapuusti*, die Ohrfeigen, wie Pekka übersetzte, ein süßes, saftiges Gebäck aus Hefeteig, Butter, Zucker und Zimt. Für Pekka lagen immer einige sorgfältig verpackte Flaschen mit *pirtu*, dem selbst gebrannten finnischen Schnaps, dabei, die er liebevoll streichelte und an den Samstagnachmittagen, wenn die Wochenarbeit geschafft war, zusammen mit Elias Schlipköter austrank. Als das Grammophon erfunden war, schickte Soderberg auch Schallplatten mit finnischen Polkas, Tangos und den neuesten Werken von Jean Sibelius mit, die Pekka laut hörte und weinend mitsang. Einmal kam Carl Soderberg selbst nach Elberfeld. Anna erinnerte sich gut an sein freundliches, schmales Gesicht mit den braunen Augen, die immer ein wenig traurig guckten, und an die Bedächtigkeit und Sorgfalt, mit der er in nahezu perfektem Deutsch mit ihr sprach.

Nachdem Pekka in das Geschäft eingestiegen war und sich einen Überblick verschafft hatte, stellte er fest, dass es maßlos überschuldet war und samt dem Wohnhaus eigentlich dem Elberfelder Bankhaus Von der Heydt, Kersten & Söhne gehörte. Louise und Emma fielen aus allen Wolken, als er ihnen eröffnete, dass sie im Prinzip bankrott seien. Ihr Vater Josua Brüninghaus war, was sie nicht wussten, ein Spieler gewesen und hatte seine gesamte Existenz in der Spielbank von Baden-Baden gelassen, wohin er regelmäßig zur Kur gefahren war.

Pekka sorgte innerhalb von zwei Jahren für einen geschäftlichen Aufschwung und verdiente so viel Geld, dass er zum Neumarkt in das prächtige, nach französischem Vorbild erbaute Bankhaus gehen und sämtliche Schulden tilgen konnte. Vorher vereinbarte er allerdings einen Notartermin mit seiner schwangeren Frau Emma und ihrer Schwester Louise, bei dem er das Haus auf sich überschreiben ließ und aus dem Posamentierwarenhandel Brüninghaus den Pelzhandel Salander machte. Diesen Schritt, der unmittelbar nach der Hochzeit erfolgte, verzieh Emma ihm nie. Immer wieder lamentierte sie, Pekka habe ihr und Louise das Elternhaus genommen und sie beide regelrecht versklavt. »Wir haben doch gar keine andere Wahl, als uns zu unterwerfen, kein Nagel gehört mehr uns, kein Stein von dem Haus unserer Eltern, in dem wir aufgewachsen sind.« Dabei überging sie, dass Pekka kurz nach der Hochzeit den Neubau des Hauses in Auftrag gegeben hatte und den Kredit dafür komplett allein finanzierte. Sie räumten das Brüninghaus'sche Fachwerkhaus und quartierten sich für ein Jahr behelfsmäßig in der Nachbarschaft ein, bis sie in das größte und prächtigste Jugendstilgebäude am Wall einziehen konnten. Louise beteiligte sich nicht an Emmas Vorwürfen, sie diente Pekka in stiller Ergebenheit und stand von morgens bis abends im Laden, stets bestrebt, ihm alles so recht wie möglich zu machen und zwischen ihm und ihrer Schwester zu vermitteln. »Lass, Emmachen«, sagte sie nur manchmal, »das ist der Lauf der Welt, gegen so was ist man doch machtlos.«

Pekka zog sich Emmas Vorwürfe nicht an. »Besser, das Haus gehört mir als dem Herrn von der Heydt«, sagte er nur, wenn sie gar nicht locker ließ, »sonst säßet ihr nämlich schon längst in einer Mietwohnung oder als Gesellschafterinnen im Briller Viertel, aber nicht in der Beletage, sondern in der Dachkammer. Da habe ich mir überhaupt nichts vorzuwerfen. Außerdem erbt Anna sowieso alles, es bleibt in der Familie.«

»Sie würde mich von oben herab behandeln, *kulta*, wenn ich nicht die Macht über das Geld hätte«, sagte er zu Anna. »Sie kann alles von mir haben, niemand soll sagen, Pekka Salander sei geizig, aber gehören muss es mir, sonst würde sie mich behandeln wie einen Waldfinnen, der letzte Dummkopf wäre ich für sie.«

In der Tat ließ Emma sich oft ausgesprochen abfällig über die Finnen aus. »Ein nordisches Bauernvolk, keine Mitteleuropäer, die stecken sowieso bis zum Kragen im Permafrost, und die Sprache, du lieber Himmel, da ist doch keine Kultur drin, keine Eleganz, wie zum Beispiel bei den Franzosen, ganz zu schweigen von dem ekelhaften Fisch.«

Nichts schmerzte Pekka so sehr wie dieses Gerede, und er hielt dagegen mit Vorträgen über die reiche finnische Kultur, die sich trotz der Unterdrückung durch Schweden und Russland behauptet habe, und über die Schönheit Lapplands, das er als junger Mann häufig bereist hatte. Unzählige Geschichten hatte er immer wieder aus seiner Heimat erzählt. Und trotzdem, dachte Anna, während sie den schlafenden Mann betrachtete, hatte sie sich sein dortiges Leben nie vorstellen können. Sie wusste, dass er eine Schwester namens Minna hatte, dass seine Mutter früh gestorben und sein Vater ein harter Mensch gewesen war, dass er aus der Textilstadt Tampere in Mittelfinnland stammte und eine Zeit lang in Helsinki in Soderbergs Pelzhandlung gearbeitet hatte. Aber wie er gelebt hatte, warum er weggegangen und nie wieder zurückgekehrt war, hatte sie nie herausbekommen. Sein Blick verschloss sich, wenn die Rede darauf kam, todtraurig wandte er sich ab, versteinerte und war für niemanden erreichbar, auch nicht für Anna, die sonst die Einzige war, die zu ihm vordrang, wenn er in seinen Depressionen steckte. Manchmal sprach sie mit Louise darüber, dass niemand hinter dem strahlenden Pekka eine so dunkle Seite vermuten würde. »Ja, ja«, sagte Louise dann, »warum soll er eine Ausnahme machen. Wir wissen es doch, wo viel Licht ist, da ist auch viel Schatten.«

*

Anna beschloss, mit der Schwebebahn zum Landgericht zu fahren und einen Spaziergang über die Hardt zu machen, um über die verfahrene Situation nachzudenken. Sie sagte Louise Bescheid und versprach, gegen vier, wenn im Laden der Betrieb zunahm, zurück zu sein.

Das sonnige Wetter lockte die Elberfelder in Scharen hinaus, auf dem Wall und der Poststraße war fast kein Durchkommen. Die in den Bahnhof Döppersberg einfahrende Schwebebahn war ebenfalls von dichten Menschentrauben umlagert, und Anna war froh, dass sie noch einen Stehplatz in der Nähe der Tür bekam und am Landgericht wieder aus dem schaukelnden Wagen springen konnte. Vor ihr ging eine kleine, dunkelhaarige Frau, die ihr bekannt vorkam, die Holztreppe der Schwebebahnstation hinunter.

»Lina, Lina Pasche, das ist aber eine Überraschung, bist du es wirklich?«

Die Frau sah Anna einen Augenblick verständnislos an, dann lächelte sie. »Anna, ist das zu glauben. Ich hätte dich kaum erkannt, wir haben uns ewig nicht gesehen.«

Lina war die Nichte von Elias Schlipköter und hatte bei Salander als Verkäuferin gearbeitet. Elias' Schwester Ruth Pasche war früh verwitwet und hatte nur eine winzige Rente, deshalb musste Lina zum Familieneinkommen beitragen. Als sie siebzehn war, empfahl Elias sie als Verkäuferin, und sie blieb drei Jahre. Anna war sehr traurig gewesen, als sie vor sieben Jahren plötzlich gekündigt hatte mit der Begründung, nach Köln zu wollen, um etwas anderes kennen zu lernen.

Anna hatte die zehn Jahre ältere Lina immer gemocht und ihr gern geholfen, die Pelze wegzuhängen und die Spitzen, Zierkordeln und Bänder ordentlich auf große Pappkarten und Rollen aufzuwickeln und in den Regalen zu verstauen. Manchmal durfte sie sie sogar an dem Metermaß auf dem großen Verkaufstisch im Laden abmessen und für die Kunden abschneiden, was ihr Louise, die zusammen mit Lina den Verkauf machte, niemals erlaubt hätte. Sie hatten viel zusammen gelacht, und Anna hatte sich immer gewünscht, später einmal so auszusehen wie Lina mit ihrer Porzellanhaut, dem zarten, dunklen Flaum auf der Oberlippe und den braunen Locken, die ihr helles Gesicht und ihre strahlend blauen Augen umrahmten. Am meisten liebte Anna Linas

Art zu sprechen, ihre Stimme perlte sanft, die Worte glitten leicht aus ihrem aufgeworfenen Mund, und man konnte denken, eine Feder schwebe vor ihren Lippen.

»Wie schön, dich zu sehen.« Anna nahm Linas Arm. »Ich wollte einen Spaziergang auf der Hardt machen, komm, begleite mich ein Stück und erzähle, wie es dir ergangen ist.«

Obwohl sie den Eindruck hatte, dass Lina zögerte, zog Anna sie beherzt mit sich. »Komm, ein Stündchen, ich bin so froh, wenn ich in diesem Elberfeld eine vernünftige Menschenseele treffe, bei mir zu Hause sind alle irgendwie durchgedreht.«

Lina sagte nichts und blickte zu Boden. »Eine kleine Runde, das geht. Ich arbeite als Gesellschafterin bei Tilla vom Baum im Briller Viertel, nachher muss ich noch mal hin.«

»Gratuliere, da bist du doch wenigstens vom Ehejoch verschont geblieben. Meine Mutter hat zurzeit keinen anderen Gedanken, als mich unter die Haube zu bringen. Ein Eberfelder Geschäftsheini soll es sein, möglichst einer, der bei uns einsteigen kann. Aber ich denke nicht dran, zu heiraten, den Teufel werde ich tun, mich unter die Knute von irgendso einem Wilhelm zu begeben, der sowieso nur erpicht auf meine Mitgift ist.«

Adele Honscheid hatte den Sammelbegriff »Wilhelm« für eine gewisse Sorte konservativer Männer geprägt, die nach kaiserlichem Vorbild aufgezwirbelte Schnurrbärte trugen und mit der Stimme schnarrten. Anna hatte die Bezeichnung begeistert aufgegriffen und verwendete sie seitdem bei jeder passenden Gelegenheit.

Lina hängte sich bei Anna ein und lächelte, trotzdem machte sie einen traurigen und müden Eindruck, als wäre sie voller Kummer. Arm in Arm stiegen sie den steilen Weg zur Hardt hoch und wanderten über die kiesbestreuten Wege des Parks.

»Diese feinen Damen sind auch nicht einfach, manchmal schikanieren sie einen ganz schön herum«, sagte Lina. »Aber sicher immer noch besser als so ein schnauzbärtiger Ehemann. Erzähle, Anna, was hast du getrieben? Und was hast du vor? Du müsstest doch mit der Schule fertig sein?«

»Zurzeit bin ich schrecklich im Zwiespalt«, seufzte Anna, »eigentlich wollte ich ja eine Weile im Geschäft arbeiten, dann Ökonomie studieren und anschließend den Laden übernehmen. Aber jetzt war ich ein halbes Jahr in Berlin, und ich glaube, ich kann mich hier in Elberfeld überhaupt nicht mehr zurechtfinden. Meine Mutter ist schrecklich, ich verstehe mich gar nicht mit ihr. Und Papa wird immer schwieriger, aus ihm wird kein Mensch mehr klug.«

Lina schwieg, schließlich fragte sie: »Und, wie ist Berlin? Hast du dich wohl gefühlt?«

»Wohl gefühlt ist gar kein Ausdruck. Ich möchte zurück, Lina, ich will nicht in diesem Nest bleiben. Es ist so spannend in Berlin, es passiert eine Menge, und es gibt hochinteressante Leute.«

Anna berichtete von einer Lesung, die die aus Elberfeld stammende Dichterin Else Lasker-Schüler im Neopathetischen Cabaret gehalten hatte. Sie hatte aus ihrem Schauspiel »Die Wupper« vorgetragen, das bisher noch von keinem Theater aufgeführt worden war.

»Ich verstehe das nicht, es ist das Schönste, was ich jemals über dieses mickrige Tal gehört habe. Voller Poesie, eine Sprache wie ein Wunder. Die wirklichen Genies werden immer verkannt.«

»Ist sie nicht eine sehr exzentrische Frau?«

»Ja, sie wirkte auch, als sei sie ein bisschen durcheinander, schäbig gekleidet, ziemlich verrückt. Aber trotzdem sehr, sehr faszinierend.«

Lina erkundigte sich nach der Berliner Frauenbewegung, und Anna schwärmte von den interessanten Veranstaltungen, die sie besucht hatte.

»Das Problem ist nur«, sagte sie, »dass die Frauen sich untereinander zerstreiten, und solange sie nicht an einem Strang ziehen, haben die Chauvinisten leichtes Spiel. Vor zwei Jahren wurde Helene Stöcker doch tatsächlich von einigen Mitarbeiterinnen angegriffen und öffentlich bloßgestellt, nur weil sie unverheiratet mit dem Rechtsanwalt Bruno Springer zusammenlebt.«

Lina berichtete von ihrer Kölner Zeit, wo sie als Verkäuferin in einem Geschäft für Damenbekleidung gearbeitet und sich ebenfalls der Frauenbewegung angeschlossen hatte. Dort hatte sie ähnliche Erfahrungen gemacht wie Anna. Vor einem Jahr war sie zurück nach Elberfeld gekommen, weil ihre Mutter kränkelte und sie in ihrer Nähe sein wollte. Sie wohnte zur Untermiete in einem Haus an der Hardt bei Hedwig Döring, der Witwe eines Sozialdemokraten. Hier traf sich regelmäßig eine Frauengruppe und sorgte dafür, dass Lina sich schnell wieder heimisch in Elberfeld fühlte. Mit leuchtenden Augen erzählte sie von Rosa Luxemburg, die im vergangenen Jahr eine Vortragsreise durch die bergischen Städte gemacht hatte. »Ein Erlebnis, eine beeindruckende Persönlichkeit, du hättest sie sehen sollen. Ich bewundere ihre Tapferkeit, ich weiß nicht, ob ich es immer wieder riskieren würde, im Gefängnis zu landen.«

Annas Augen schleuderten Blitze. »Je mehr sie uns unterdrücken, desto größer wird unser Widerstand. Schließlich haben die Sozialdemokraten nie einen solchen Zulauf gehabt wie unter den Sozialistengesetzen. Und das ist bei der Frauenfrage genau das Gleiche, wir lassen uns auch nicht mehr mundtot machen.«

»Dein Wort in Gottes Ohr«, sagte Lina. »Manchmal denke ich, der Weg ist so weit, wer hat schon einen so langen Atem.«

»Ach, Lina, wir müssen uns weiter treffen, lass uns Freundinnen sein. Mit den Gänsen aus meiner alten Schulklasse kann ich überhaupt nichts mehr anfangen, die haben nichts im Kopf als diese unmöglichen Humpelröcke und wie sie sich einen möglichst reichen Wilhelm angeln können.«

Anna drückte Linas Arm, blieb stehen und küsste sie auf die Wange. Andere Spaziergänger drehten sich um und tuschelten.

»Guck, die Spießbürger, jetzt sagen sie bestimmt, dass wir vom anderen Ufer sind, komm, wir ärgern sie noch ein bisschen.«

Anna küsste Lina auf die andere Wange, legte ihr den Arm um die Schultern und schob sie hüftschwenkend voran.

»Wie interessant, wie interessant! Schauen Sie mal!« Sie drehte sich provozierend zu einem älteren Ehepaar um, das stehen geblieben war und die beiden anstarrte.

»Das ist hier besser als im Zoo, wir verlangen noch nicht mal Eintritt, alles umsonst.«

Sie küsste Lina ein drittes Mal und fing an zu kichern, wie nur sie kichern konnte, atemlos, gickelnd, dazwischen Luft einziehend und kleine Schreie ausstoßend. Lina wurde angesteckt, und sie lachten, bis ihnen die Tränen herunterliefen. Das Ehepaar setzte entrüstet seinen Weg fort und drehte sich noch mehrmals um.

»Dass du immer noch so lachst«, keuchte Lina, als sie wieder Luft bekam, »wie oft habe ich daran gedacht, dass ich keinen Menschen kenne, der so lachen kann wie Anna Salander.«

»Dabei dachte ich schon, hier in Elberfeld vergeht es mir«, sagte Anna. »Mein Vater ist übrigens kreuzunglücklich, weil Onkel Eli gehen will. Weißt du, was in ihn gefahren ist? Er kann doch nicht einfach nach zwanzig Jahren das Handtuch werfen, er hat doch alles mit aufgebaut.«

Von den umliegenden Kirchtürmen schlug es drei Uhr. Statt zu antworten, machte Lina sich von Anna los, übergangslos sah sie aus, als würde sie gleich in Tränen ausbrechen. »Ich habe ihn lange nicht gesehen, ich weiß von nichts. Und jetzt muss ich zurück, sei mir nicht böse. Ich hoffe, wir sehen uns bald.«

Lina gab Anna einen fedrigen Kuss auf die Wange, dann lief sie gehetzt über den Rasen bergabwärts. Anna sah ihr nach und wunderte sich über Linas abrupten Stimmungsumschwung, sie hatte ihr noch nicht mal ihre genaue Adresse gegeben. Kopfschüttelnd machte Anna sich auf den Heimweg.

*

Pekka saß zerknittert im Kontor in seinem Ohrensessel und trug Zahlen in einen großen Folianten ein. Auf seinem Schreibtisch stand eine Kaffeekanne, aus der er sich immer wieder nachschenkte. Anna zog einen Stuhl heran und setzte sich neben ihn.

»Ich habe Lina Pasche getroffen, du erinnerst dich doch an sie? Endlich mal eine vernünftige Seele in diesem Muckertal.«

Pekka antwortete nicht und beugte sich noch tiefer über sein Kontobuch.

»Jetzt sag mir endlich, was mit Onkel Eli ist, er geht doch nicht ohne Grund, da muss was vorgefallen sein.«

Pekka kratzte auf dem Papier herum.

»Was soll vorgefallen sein«, brummelte er schließlich, »der will eben noch mal was anderes kennen lernen. Das ist doch ganz normal. Wir werden auch ohne ihn zurechtkommen. Wenn du dich auf den Laden konzentrierst, kann ich mich ganz um die Kürschnerei kümmern.«

Es war offenkundig, dass er Ausflüchte machte. Es musste ihn tief treffen, wenn Schlipköter ging und sich dazu auch noch ausgerechnet von Honscheid abwerben ließ. Pekka hatte den Nachbarn nie sonderlich gemocht, aber vor zwei Jahren, als die Sozialdemokraten zum ersten Mal in den preußischen Landtag eingezogen waren, war es zum offenen Bruch gekommen. Bei einem beiläufigen Gespräch auf der Straße hatte Pekka sich erfreut über den Wahlerfolg gezeigt, und Honscheid hatte, mit Verweis auf Rosa Luxemburg, die Sozialdemokraten als einen Haufen verrückter, vaterlandsloser Juden bezeichnet, die eigentlich ins Gefängnis gehörten. Daraufhin hatte Pekka ihn einen reaktionären Kriegstreiber genannt und einfach stehen gelassen. Dass es gleichzeitig mit Honscheids Geschäft bergab ging – was seinem einfallslosen und lieblos präsentierten Sortiment zuzuschreiben war – bereitete Pekka natürlich große Genugtuung. Andererseits vergrößerte Honscheid die Zahl an Neidern, die der erfolgreiche Finne immer schon unter den Elberfelder Geschäftsleuten gehabt hatte.

Anna nahm sich vor, Schlipköter selbst ins Gebet zu nehmen. Außerdem beschloss sie, eine bessere Stimmungslage abzuwarten, bevor sie mit Pekka über ihre Bedenken sprach, in Elberfeld zu bleiben.

»Was schreibt denn der Herr Soderberg mal wieder«, lenkte sie ab, »zurzeit korrespondiert ihr ja ausgesprochen lebhaft.«

Am Vormittag war ein dicker Brief aus Finnland mit der feinen, akkuraten Schrift des finnischen Geschäftspartners eingetroffen.

Pekka sah auf, seine Miene erhellte sich nicht. »Es ist alles nicht so einfach. Er schlägt vor, eine eigene Zucht in Finnland aufzubauen, Nerze und Silberfüchse, die Amerikaner und die Kanadier machen das schon lange, und sie sind erfolgreich. In Lappland gibt es immer weniger Felle, und die Preise steigen entsprechend, wir müssen uns was einfallen lassen. Ich müsste natürlich einiges Kapital hineingeben, und ich weiß nicht, ob ich das tun soll.«

»Das hört sich nicht schlecht an. Wir könnten ja zusammen nach Finnland fahren und schauen, was Soderberg sich vorstellt, das wäre doch was.«

Pekka wurde noch düsterer, seine Augen füllten sich mit Tränen, und Anna biss sich auf die Lippen. Der Vorschlag war nicht gut gewesen. Pekka streckte seine Arme aus und zog sie auf seinen Schoß.

»Komm zu *isi*, *kulta*, ich bin so traurig und so schrecklich einsam, manchmal weiß ich nicht mehr, was ich tun soll, da könnte ich nur noch weinen.« Er begann, Anna hin und her zu wiegen, und verfiel in einen seltsamen Singsang. »Es ist wie in den Winternächten in Lappland, wenn man keinen Stein sieht und die Rentiere in die Gletscherspalten fallen und du ihr verzweifeltes Grunzen hörst, wenn dir die Fingerkuppe erfriert, kaum hast du sie aus dem Pelz gesteckt, wenn die Wölfe lauern und du die ganze Nacht auf Schneeschuhen um die Herde laufen und laut schreien musst, damit die Teufel nicht alles totbeißen, manchmal verlierst du eine ganze Herde in einer Nacht. Sie brennen, sagen die Lappen über die mordenden Wölfe, sie sind das Feuer.«

Er sprach singend und kehlig, seine Worte hüpften wie Wellen von Stein zu Stein. Anna verfiel in den gleichen Tonfall.

»Aber im Frühling ist es herrlich für die Lappen und leicht. Jeder kann sich ausruhen und in Ruhe dahin ziehen, wo die Kälber geboren werden. Und die Tiere sind wie fliegende Vögel, als wären sie aufgescheucht, so laufen sie.«

Pekkas Geschichten aus Lappland waren immer das Schönste für Anna gewesen, unzählige Male hatte er von den mordenden Wölfen und den umherziehenden Lappen erzählt, bis sie die Worte auswendig mitsprechen konnte. Sie wiegten sich und murmelten vor sich hin, bis Louise in der Tür erschien. Sie hielt ein verschnürtes Päckchen in der Größe eines Schuhkartons in die Höhe.

»Es ist für dich, Pekka, ohne Absender«, sagte sie mit seltsamer

Euphorie, »aber nach der Paketkarte scheint es aus Finnland zu sein.«

Anna warf einen Blick auf die Adresse, die ihr merkwürdig vorkam: »Pelzhandel Salander, Inhaber: Pekka Salander. Feine Pelze und Posamentierwaren. Am Wall 35, Elberfeld«.

»Von Soderberg ist es nicht«, sagte sie, »die Schrift sieht aus wie von einem Kind.«

Louise sah Pekka erwartungsvoll an, der weiter Anna wiegte, vor sich hinsummte und keine Anstalten machte, sich das Päckchen anzusehen. Louise legte es auf den Tisch und sah gerührt auf Vater und Tochter.

»Da redet sie den ganzen Tag von Erwachsensein und dann so was, beim Papa auf dem Schoß sitzen. Ihr seid mir vielleicht zwei Pappenheimer.«

Hinter ihr tauchte ein Hut auf, der die Ausmaße desjenigen, den Anna am Mittag verschmäht hatte, noch um einiges übertraf. Emma erschien theaterfein und sah böse unter weißen, pludrig wippenden Federn hervor auf die Idylle.

»Ich gehe jetzt«, verkündete sie, »bitte verschließt das Haus nicht, bevor ich zurück bin. Es kann später werden, es gibt noch eine kleine Feier im Anschluss an die Galavorstellung.«

Sie kostete die Mitteilung aus, und ihr Blick verweilte kurz bei Anna, ob sich nicht doch wenigstens ein leises Bedauern darüber zeigte, dass sie das Ereignis ausgeschlagen hatte. Doch die erhoffte Reaktion blieb aus. Anna saß verkrampft auf Pekkas Schoß und bewegte sich nicht. Sie spürte, dass es wieder hochstieg, und hoffte, sie werde es unterdrücken können, bis ihre Mutter verschwunden war. Weil niemand etwas sagte, drehte Emma sich unwirsch um und verließ den Schauplatz. Anna bebte, sie schlug die Hände vor das Gesicht, und ihr ganzer Körper zitterte. Dann fing sie an zu gickeln, kleine Schreie auszustoßen und dazwischen Luft einzuziehen. Pekkas gramvoller Gesichtsausdruck erhellte sich, er liebte ihre Lachausbrüche.

»Komm, Papa«, japste sie atemlos, »lass uns singen, los, den Wandergesell, den kannst du so schön.«

»Louisschen, du musst mitmachen!«

Pekka schob Anna auf sein eines Knie und zog Louise auf das andere.

Ich bin nur ein armer Wandergesell
Gute Nacht, liebes Mädel, gut' Nacht.
Gar dünn ist mein Arsch und gar dick ist mein Fell
Gute Nacht, liebes Mädel, gut' Nacht.

Louises Grübchen erschienen, und ihre Augen leuchteten, sie konnte vor Lachen kaum singen und brachte nur falsche Töne hervor, aber Pekka schmetterte mit schönem Tenor, und Anna fiel mit ihrer hellen, etwas schrillen Stimme ein.

Gute Naaacht, gute Naaacht,
gute Nacht, liebes Mädel, gut' Naacht.

»Man denkt ja, man ist im Tollhaus gelandet!« Louise lachte immer noch, dann stand sie schnell auf. »Sagt Bescheid, wenn ihr wieder normal seid, dann können wir zu Abend essen.«

*

Am nächsten Vormittag wollte Anna nach Düsseldorf fahren, um in Pekkas Auftrag die Mode- und Pelzgeschäfte zu inspizieren und Aufzeichnungen über die Dekorationen und die neuesten Modeerscheinungen zu machen. Diese konnte man nirgends so gut studieren wie in der rheinischen Metropole.

Bevor sie sich auf den Weg zum Bahnhof machte, ging sie in die Kürschnerei, um mit Elias Schlipköter zu sprechen. Beim Frühstück hatte sie versucht, in Louise zu dringen, ob sie nicht doch eine Erklärung für sein Verhalten habe, aber die hatte nur gemurmelt, sie wisse auch nicht, was mit dem alten Brummkopf los sei, sicher werde nichts so heiß gegessen, wie es gekocht werde.

Anna hatte Schlipköter kaum gesehen, seitdem sie zurück war. Immer, wenn sie die Kürschnerei betrat, verschwand er, und sie hatte den Eindruck, dass er ihr auswich. Auch jetzt sah er kaum hoch und nickte nur knapp, als sie an seinen Arbeitstisch trat.

»Ich höre, du willst uns verlassen, Onkel Eli«, sagte Anna leise, damit die anderen es nicht hörten, »das kann doch gar nicht wahr sein.«

Das Geplapper der Nähmädchen am Nachbartisch wurde leiser, und Anna zog Schlipköter in sein Kontor in der Kürschnerei. Sie kannte ihn seit ihrer Kindheit, immer schon war er verschlossen und in sich gekehrt gewesen. Er sprach nur das Nötigste, und es schien, als verberge er nicht nur sein Gesicht, sondern seine ganze Person hinter dem roten Bart, der inzwischen grau gestreift war und sein Gesicht so zuwucherte, dass seine Mimik kaum zu erkennen war. Seine hellblauen Augen, die von dicken, roten Brauen überschattet wurden, blickten freundlich, aber immer ein wenig ängstlich. »Er ist ein Mensch, den man beschützen muss«, sagte Pekka, »aber er ist der beste Kürschner von Preußen, ausgerechnet dieses Goldstück habe ich gefunden.«

Jedes Jahr zu Weihnachten zahlte er seinem Kürschnermeister eine Sondergratifikation, die sich am Geschäftsumsatz bemaß. Meinungsverschiedenheiten zwischen ihnen waren selten, und wenn sie überhaupt vorkamen, bezogen sie sich auf unwichtige Dinge wie die Anlage eines bestimmten Schnittes oder die Eigenschaften eines Felles, die sie unterschiedlich beurteilten. Im Grunde genommen waren sie immer ein Herz und eine Seele gewesen, Anna konnte sich überhaupt nicht vorstellen, weshalb der Bruch entstanden war.

Schlipköter blieb an seinem Schreibtisch stehen und sagte nichts, Anna kannte ihn jedoch gut genug, um zu erkennen, dass die Sache ihn heftig bewegte.

»Es muss doch einen Grund geben«, bohrte sie, »man verlässt doch seine Arbeit nach zwanzig Jahren nicht so mir nichts dir nichts.«

Er sah nach unten, draußen steckten die Nähmädchen die Köpfe zusammen und tuschelten. Gertrud Meier, die schon seit zehn Jahren in der Kürschnerei arbeitete, sah herüber, und Anna hatte das Gefühl, als wüssten alle mehr als sie.

»Ich kann gehen, wohin ich will«, stieß Elias schließlich kaum hörbar hervor, »jeder braucht ja mal Tapetenwechsel. Außerdem bin ich ein freier Mensch, Fräulein Salander.«

Anna wurde blass, damit hatte sie nicht gerechnet. Fräulein Salander, das war ein regelrechter Affront. Aber warum, um alles in der Welt? Selbst wenn Pekka ihn verletzt hatte, warum dehnte er seine Ablehnung auf sie aus?

»Onkel Eli, warum sagst du das? Ich bin doch Anna, deine alte Anna. Was ist denn nur passiert?«

Er sah sie nicht an und räumte auf dem Schreibtisch herum.

Annas ungutes Gefühl verstärkte sich, irgendetwas war im Gange, von dem sie keine Ahnung hatte. Sie nahm sich vor, Schlipköter weiter im Visier zu behalten. Bevor sie das Kontor verließ, legte sie ihre Hand auf seinen Arm. »Es täte mir sehr Leid, wenn du gehen würdest, Onkel Eli, ohne dich kann das hier doch gar nicht weitergehen.« Sie war nicht sicher, ob er Tränen in den Augen hatte. »Außerdem haben wir dich alle sehr gern«, setzte sie hinzu. Dann ging sie schnell, weil sie merkte, dass auch ihr der Hals eng wurde.

*

Der Zug brauchte eine knappe Stunde bis Düsseldorf, Anna genoss die Fahrt und dann das Gewühl auf dem Hauptbahnhof. Die Menschen hier waren eleganter und lebensfroher als die Bergischen, die immer ein wenig missmutig und gebeugt daherkamen. Anna registrierte bewundernde Blicke von jungen Männern, die ihr gut taten und das dunkle Gefühl, das sich seit dem Besuch in der Kürschnerei in ihr breit gemacht hatte, vertrieben. Sie schlenderte in der Maisonne über die Königsallee und ließ das Angebot in den Schaufenstern auf sich wirken. Die Humpelröcke schienen auf dem Rückzug zu sein, die Schnitte wurden legerer, und man sah zunehmend auch ausgesprochen schicke und bequeme Beinkleider, die Anna als bahnbrechende Neuerung in der Frauenmode empfand.

In einem Herrengeschäft sah sie einen hellen Sommeranzug, und der zerzauste braune Lockenkopf des jungen Mannes auf dem Wall schoss ihr in die Erinnerung. Hübsch war er gewesen, anziehend, anscheinend hatte es ihm auch nichts ausgemacht, dass sie ihn so angeblafft hatte. In Berlin hatte Anna einige Flirts gehabt, die aber über unverbindliche Treffen nicht hinausgekommen waren. Entweder hatten die Männer sich zurückgezogen, wenn sie schnippisch geworden war – was sie vor allem tat, wenn sie unsicher war –, oder sie hatte schnell gemerkt, dass sie nichts mit ihnen anfangen konnte. Dabei sehnte sie sich danach, sich endlich richtig zu verlieben, mit der Aufgeregtheit und dem Herzklopfen, das ihre Freundinnen ihr beschrieben hatten. Außerdem fand sie, dass es durchaus an der Zeit war, mit einem Mann zu schlafen und die alberne Jungfräulichkeit an den Nagel zu hängen.

»Was man nicht hat, kann man auch nicht verlieren«, lautete Adele Honscheids Meinung zu diesem Thema. Sie hatte Anna an einem Abend in ihrer gemütlichen Berliner Wohnung, an dem sie viel Wein getrunken und ununterbrochen gekichert hatten, gestanden, wie sie es angegangen war. Vor zwei Jahren, sie war dreiundzwanzig und stand kurz vor dem Abschluss des Studiums, hatte ein deutlich jüngerer Kommilitone mit ihr im Seminar gesessen, der sie immer wieder bewundernd angestrahlt hatte. »Ich habe sofort gedacht, der könnte es sein. Er war süß und appetitlich, außerdem dachte ich, so ein junger Hüpfer stellt hinterher keine Ansprüche, der ist wahrscheinlich sogar froh, wenn er mich schnell wieder los ist.« Adele lud ihn zum Abendessen in ihre Wohnung ein und verführte ihn bei Kerzenschein nach allen Regeln der Kunst. »Ich glaube, der hat gar nicht gemerkt, dass es für mich auch das erste Mal war«, gluckste sie, »der war so aufgeregt, der hat so gezittert, dass er das Kondom gar nicht richtig drüberkriegte.« Als sie es ablehnte, sich weiter mit ihm zu treffen, schwor der junge Mann ihr ewige Liebe und verfiel in tiefen Kummer, aber Adele wischte ihre Schuldgefühle mit einer Handbewegung weg. »Wenn ich es nicht beendet hätte, hätte er es irgendwann getan«, sagte sie kategorisch, »außerdem ist es gut, wenn sie früh lernen, dass sie nicht immer die Sieger sind. Das hat ihn schon nicht umgebracht.« Danach hatte sie noch mit einigen Männern geschlafen, und zu dem Zeitpunkt, als Anna aus Berlin abfuhr, hatte sie sich in eine Frau verguckt, die sie bei einer Demonstration kennen gelernt hatte. Anna nahm sich vor, Adele zu schreiben und nachzufragen, wie es mit der Sache weitergegangen war.

Bis zum Abend durchstreifte sie die Düsseldorfer Innenstadt und machte Notizen, zwischendurch kaufte sie sich eine Sommerbluse, aß ein Stück Torte in einer Konditorei und schlenderte durch den Hofgarten.

Auf der Rückfahrt kam wieder das ungute Gefühl vom Vormittag zurück. Pekkas unglückliches Gesicht stand vor ihr und der verschlossene Elias, der wie gepanzert gewirkt hatte. Niemals hätte sie sich ein Zerwürfnis zwischen den beiden vorstellen können. Sie waren zwar unterschiedlich wie Feuer und Wasser, hatten sich darin aber stets perfekt ergänzt. Onkel Eli mit seinem bedächtigen Brummen, wenn Pekka neue Bestellungen durch die Werkstatt rief und alle mit seiner Hektik verrückt machte, Onkel Eli, der durch ein paar Handgriffe und Nadelstiche einer schlecht sitzenden Jacke einen eleganten Fall verlieh. Pekka und Elias samstagnachmittags in der Werkstatt bei einem Bier und einem *pirtu*: »Das haben wir uns verdient, *kulta*, wenn man die ganze Woche schuftet, darf man samstags ein bisschen Spaß haben.« Onkel Eli nahm die kleine Anna auf den Schoß und summte, in seinem roten Bart hing ein wenig Bierschaum, seine Augen glänzten und lächelten Pekka an.

II. Tod aus Finnland

Als Anna die Haustür aufschloss, fiel ihr sofort ein stechender Geruch auf. Im Flur war es dunkel, aber die Tür zum Kontor war nur angelehnt, und ein Lichtstreifen fiel heraus, Pekka schien noch über seinen Büchern zu sitzen. Sie wollte zu ihm hineingehen, als Louise die Treppe herunterkam.

»Wo bleibst du, Kind, wir haben uns Sorgen gemacht.«

»Es riecht so merkwürdig, wie bittere Mandeln.«

»In der Tat, du hast Recht. Vorhin war das noch nicht, wer weiß, was Pekka treibt.«

Anna stieß die Tür zum Kontor auf. Das Erste, was sie sah, war eine *Pirtu*-Flasche, die umgekippt auf dem Teppich lag und einen feuchten Fleck um sich verbreitete. Dann Pekka, der mit verkrampften Armen bäuchlings über dem Schreibtisch lag. Es stank nach Alkohol und bitteren Mandeln. Neben Pekka stand das Päckchen, das Louise am Abend zuvor gebracht hatte: Aufgerissenes Papier, eine kleine Holzkiste, unter deren aufgestemmtem Deckel Holzwolle hervorquoll.

Anna stürzte auf ihren Vater zu und rüttelte ihn am Arm. Er war leblos, der ganze Mann war leblos, sein Gesicht war rosig und völlig verkrampft, die Lippen zerbissen. Anna und Louise sahen sich an, bis Anna zu begreifen begann, dass Pekka nicht sinnlos betrunken war und auch nicht schlief, sondern dass etwas Unfassbares geschehen sein musste.

»Papa!«, schrie sie. »Papa, was ist mit dir? Wach auf, komm zu dir! Louise, ruf einen Arzt, ruf Dr. Gerstner an!«

Louise lehnte kreidebleich im Türrahmen, dann rutschte sie langsam zu Boden und verdrehte die Augen. Anna rannte zum Telefon im Flur, und es dauerte eine Weile, bis sie mit dem Hausarzt verbunden wurde. Als sie aufgelegt hatte, kam Emma mit leidendem Gesicht im Morgenmantel die Treppe herunter.

»Was soll der Lärm zu nachtschlafender Zeit, man kriegt ja kein Auge zu.«

Anna zeigte nur stumm auf die Tür, in der Louise auf der Erde kauerte, die Hände vor das Gesicht geschlagen.

Dr. Gerstner kam kurze Zeit später, fühlte, ob bei Pekka noch ein Puls vorhanden war, und schnupperte in die Luft.

»Polizei«, sagte er, »und zwar auf der Stelle. Das ist Blausäure, der Geruch ist eindeutig, Zyankali. Es scheint in der Flasche gewesen zu sein. Berühren Sie um Gottes willen nichts, es ist ein Kontaktgift, absolut und auf der Stelle tödlich.«

In der Tat roch der Fleck auf dem Teppich besonders intensiv.

»*Pirtu*«, flüsterte Anna, »es ist eine Flasche mit finnischem Schnaps.«

Sie ließ sich mit der Polizei verbinden, der Arzt versorgte Louise und Emma, die, nachdem sie den Toten gesehen hatte, ebenfalls zu Boden gesunken war, mit einem Beruhigungsmittel. Gemeinsam hievten sie Emma und Louise hoch und verfrachteten sie in die Sessel im Salon. Kurz darauf standen zwei Polizisten in dunkelblauen Uniformröcken und mit Pickelhauben vor der Tür, inspizierten den Tatort und ermahnten Anna und Dr. Gerstner, nichts anzurühren. Mit ernsten Gesichtern patrouillierten sie vor der Tür des Kontors auf und ab.

Dann erschien der Leiter des Polizeireviers von Elberfeld-Mitte, Kommissar Emil Hohenstein, den Anna unter anderen Umständen spontan als Prototyp eines Wilhelms eingestuft hätte. Er mochte um die fünfzig sein, seine Uniform saß tadellos, er bewegte sich dynamisch auf federnden, etwas zu kurzen Beinen. Seine blauroten, glänzenden Wangen mahlten, sein Mund war von einem rötlichen Prachtstück von einem Schnauzbart bedeckt. In seinem Gefolge befand sich ein ebenfalls uniformierter junger Sergeant, unter dessen Pickelhaube, als er sie abnahm, zerzauste dunkle Locken zum Vorschein kamen und schräg geschnittene braune Augen, die er erstaunt aufriss, als er Anna sah.

»Sergeant Blank, Hugo Blank, vielleicht erinnern Sie sich, dass wir uns schon einmal begegnet sind?«

Als er ihr die Hand gab, fing sie an zu zittern und zu schluchzen, bis ihr die Zähne aufeinander schlugen. Er hielt sie fest und führte sie vorsichtig in den Salon, wo Dr. Gerstner ihr, wie zuvor schon Louise und Emma, Brom zur Beruhigung gab.

»Zuerst bitte ich Sie um Verzeihung dafür, dass ich Sie in dieser Situation mit Fragen belästigen muss«, sagte er, als Anna sich einigermaßen gefasst hatte, »aber wir sind verpflichtet, unverzüglich unsere Ermittlungen aufzunehmen. Wie haben Sie Ihren Vater gefunden? Haben Sie irgendeine Erklärung für das, was geschehen ist? Ist in der letzten Zeit etwas Ungewöhnliches vorgefallen? Hatte er Feinde?«

Anna schüttelte den Kopf, dann brachte sie zwischen Schluchzern heraus, sie wisse nur, dass ihr Vater zurzeit Probleme mit seinem Kürschner habe. »Aber so was ist doch normal«, wimmerte sie, »da wird man doch nicht gleich umgebracht.« Das Paket sei am Vorabend eingetroffen, sie hätten angenommen, es sei aus Finnland, aber nicht gewusst, von wem es stamme, es sei kein Absender darauf.

Louise nickte zur Bestätigung von Annas Aussage, Emma lag apathisch und blass im Sessel und schien nicht bei sich zu sein. Ab und an erschien Dr. Gerstner und fühlte ihr den Puls.

»Sie hat schwere Schocksymptome«, sagte er besorgt, »es ist mir lieber, sie kommt in die Klinik. Ich denke, ich werde sie nachher persönlich hinbringen.«

Der Sergeant ging in den Flur. »Haben wir die Flasche sichergestellt? Da müssten sich doch Fingerabdrücke drauf finden lassen«, sagte er zu seinem Vorgesetzten.

»Natürlich ist sie sichergestellt, das ganze Paket ist sichergestellt, es wird alles untersucht. Aber diese Daktyloskopie, das ist papperlapapp, was soll das schon beweisen.« Hohenstein sprach laut und abgehackt. »Außerdem haben wir gar nicht die Ausrüstung.«

»Ich könnte es machen, ich habe alles, was man braucht, Bleistaub und Paraffin reichen im Notfall. Wir könnten doch wirklich mal anfangen, eine Kartei aufzubauen …«

»Hier wird keine Kartei aufgebaut, hier wird ein Mord untersucht«, bellte Hohenstein.

»Selbstverständlich, Herr Kommissar.«

Hugo wandte sich unwillig ab. Es fiel ihm nicht leicht, sich auf der ersten Dienststelle zurechtzufinden, die man ihm, nachdem er die Polizeischule in Düsseldorf absolviert hatte, zugewiesen hatte. Ausgerechnet in das konservative Elberfeld hatte es ihn verschlagen, wo er sich in der Hauptsache mit streitenden Nachbarn oder hysterischen Bürgerfrauen beschäftigen musste, denen ein Betrunkener in den Vorgarten gepinkelt hatte.

Hugo Blank stammte aus einer wohlhabenden Kölner Familie und gehörte zu den achtunddreißig Prozent sozialdemokratischer Wähler, die die SPD bei den Reichstagswahlen im Januar zur stärksten Fraktion gemacht und für den Wahlkreis Elberfeld-Barmen Friedrich Ebert in den Reichstag gewählt hatten. Der junge Sergeant war fasziniert von den Methoden der modernen Kriminologie und wollte sie auch in Elberfeld anwenden, biss aber bei seinem Vorgesetzten, der das Preußentum geradezu idealtypisch verkörperte, immer wieder auf Granit. Besonders hinterwäldlerisch fand Blank, dass Hohenstein sich der Daktyloskopie widersetzte, die als Identifizierungsmethode international anerkannt und in vielen Ländern – selbst in Russland und Indien – bereits eingeführt war. In großen Mordprozessen in England und Frankreich hatte das Verfahren den entscheidenden Beweis geliefert, der zur Verurteilung der Täter geführt hatte. Nur Preußen sperrte sich dagegen, hier setzte man immer noch auf die Bertillonage, eine erkennungsdienstliche Methode, die auf einer exakten Vermessung der Delinquenten beruhte. Dies war ein in Hugo Blanks Augen, aber auch aus der Sicht der fortschrittlichen Fachwelt antiquiertes Verfahren, das äußerst anfällig für Irrtümer war.

Der Fall Salander war der erste Mord, mit dem der Sergeant zu tun bekam, und er nahm sich vor, ihn zeitgemäß aufzuklären, egal, wie sein Vorgesetzter sich zu seinen Methoden stellen würde. Notfalls musste er Hohenstein eben manchmal übergehen und es stillschweigend so machen, wie er es für richtig hielt. Er ging, als Hohenstein anderweitig beschäftigt war, zu dem Toten hinein und nahm ihm mit seiner eigenen provisorischen Ausrüstung aus Paraffin und Bleistaub die Fingerabdrücke ab.

Gegen Mitternacht kam der Leichenwagen. Sergeant Blank hielt Anna fest, als zwei Polizeidiener Pekka auf die Trage legten und mit einem schwarzen Tuch bedeckten. Das Letzte, was sie von ihrem Vater sah, war sein Gesicht, das jetzt grau geworden war und über dem eine glatte Haarsträhne hing. Sie schoben ihn in eine schwarz verhangene Droschke, die auf dem Wall direkt unter dem erleuchteten Firmenschild des Pelzhauses Salander wartete und trotz der späten Stunde eine Gruppe Schaulustiger angezogen hatte. Hugo zog Anna, die der Bahre folgen wollte, schnell wieder ins Haus zurück. Sie lehnte sich an ihn und weinte, als würde ihr das Herz herausgerissen.

*

Emma wurde von Dr. Gerstner ins Klinikum am Arrenberg gebracht, Anna und Louise verbrachten den Rest der Nacht im Salon und nickten irgendwann in ihren Sesseln ein. Als die Kürschner um sieben zur Arbeit kamen, wachte Anna auf und erkannte Louise kaum wieder. Ihr Haar war weiß geworden, ihr Gesicht faltig und grau, die Augen lagen tief in den Höhlen. Sie schreckte hoch und verfiel sofort wieder in das Wimmern, das seit der Entdeckung des Toten unablässig aus ihr herauskam.

»Ich wusste es, ich wusste, dass etwas Schreckliches passiert«, flüsterte sie immer wieder, »sag mir, dass es nicht wahr ist, sag mir, dass wir das alles nur träumen.«

Auch Anna hätte sich das gern eingeredet, aber das polizeilich versiegelte Kontor, der immer noch in der Luft liegende Bittermandelgeruch und die Anrufer, die hören wollten, ob tatsächlich stimmte, was in Elberfeld als entsetzliches Gerücht kursierte, konfrontierten sie immer wieder mit der Realität.

Gegen halb acht erschienen die Polizisten, informierten die fassungslosen Angestellten über den Mord und vernahmen sie einzeln in Schlipköters Kontor.

Der Kürschnermeister war zuerst wie erstarrt. Als er begriffen hatte, was passiert war, weinte er heftig und konnte kaum mit den Polizisten reden. Immer wieder beteuerte er, er könne sich nicht vorstellen, wer Pekka nach dem Leben getrachtet haben könnte.

»Wir haben gehört, dass Sie Ihre Stelle aufgeben wollten«, nahm Hugo die Befragung auf, »welchen Grund hatten Sie dafür?«

»Das Angebot von Tietz hat mich gereizt, aber ich habe den Vertrag noch nicht unterschrieben«, brachte Schlipköter stockend heraus.

»Aber ganz offensichtlich hat es doch ein Zerwürfnis zwischen Ihnen und Herrn Salander gegeben«, insistierte Hugo, »das legen jedenfalls die Aussagen der anderen Zeugen nahe.«

Schlipköter quälte sich. »Das hat vielleicht den Anschein gemacht, wir waren beide große Dickköpfe. Manchmal sind wir wegen Kleinigkeiten aneinander geraten.«

»Haben Sie denn auch bemerkt, dass es Herrn Salander nicht gut ging?«

»Das kann wohl sein, aber ich weiß nicht, warum, wir haben nicht über Privates gesprochen. Es ging ihm immer mal wieder nicht gut, das lag wohl in seiner Natur, er hatte einen Hang zur Schwermut.«

Die restlichen Angestellten bestätigten dies, und Gertrud Meier, die nach Elias am längsten in der Kürschnerei arbeitete, ergänzte, dass Pekka stets launenhaft gewesen sei und in Abständen immer wieder schlechte Phasen gehabt habe.

Dann übernahm Kommissar Hohenstein das Verhör. »Verwenden Sie Zyankali für die Pelzveredelung? Nach unseren Informationen braucht man es zum Färben.« Er schnarrte und fixierte Schlipköter, der aber keine Regung zeigte.

»Man kann es verwenden, aber wir tun das nicht, es gibt auch andere Verfahren.«

»Also haben Sie keins hier in der Werkstatt?«

»Nein.«

»Aber Sie würden es im Chemikalienhandel bekommen, wenn Sie es bestellen würden?«

»So wird es wohl sein, ich habe es noch nicht ausprobiert.«

Hohenstein war ungehalten, weil er regelrecht an dem Kürschnermeister abprallte.

»Sie können uns jederzeit ansprechen, wenn Ihnen noch etwas einfällt«, sagte Hugo, »wir sitzen ja gleich um die Ecke im Präsidium am Neumarkt. Natürlich können Sie uns auch per Telefon erreichen.«

Der Sergeant war für Anna eine große Hilfe. Er war rücksichtsvoll und höflich, bemühte sich, auf ihren Kummer einzugehen, beruhigte sie, wenn sie vor Angst zitterte, und stellte ihr diskret seine Schulter zur Verfügung, wenn Weinkrämpfe sie überfielen. Umso schlimmer fand Anna den schrecklichen Wilhelm, wie sie Hohenstein für sich nannte, der ganze Mann war ihr ein Gräuel, sein schnarrender Ton, seine herablassende Art, mit ihr umzugehen. Ein Chauvinist und Preuße, wie er im Buche stand. Er schien es als Zumutung zu empfinden, auf eine Frau wie Anna als Ansprechpartnerin angewiesen zu sein, und auch sie machte nicht den geringsten Hehl aus ihrer Abneigung.

Nachdem die Angestellten und die unmittelbaren Nachbarn vernommen waren, fragten die Kommissare nach Pekkas Verwandten in Finnland, und Louise und Anna berichteten das Wenige, was sie wussten. Dass seine Eltern nicht mehr lebten und dass es eine Schwester namens Minna gegeben hatte, zu der aber kein Kontakt bestand, dass er einige Jahre in Carl Soderbergs Pelzhandlung in Helsinki gearbeitet hatte.

Die Kommissare untersuchten Pekkas Büro und förderten einen Stapel finnisch geschriebener Briefe von Carl Soderberg zutage. Sie machten sich auf die Suche nach einem Übersetzer, was sich als nicht einfach erwies. Schließlich fiel Anna Pirkkaliisa Großmann ein, eine ihr flüchtig bekannte Finnin, die in Solingen mit einem deutschen Geschäftsmann verheiratet war und gelegentlich Übersetzungsaufträge übernahm.

Pirkkaliisa, Mutter von vier Kindern, war erschüttert über das Schicksal ihres Landsmannes und wollte der Polizei gern behilflich sein, allerdings, sagte sie mit Verweis auf ihre Mutterpflichten, werde sie einige Zeit brauchen. »Ich werde Sie immer anrufen, wenn ich einen Brief fertig habe«, stellte sie Hugo in Aussicht, der auf eine schnelle Erledigung drängte.

Auf diesen Soderberg müsse man die finnische Polizei unbedingt hinweisen, schnarrte Kommissar Hohenstein bei einem seiner Besuche am Wall, mit ihm sei der Kontakt des Opfers doch besonders eng gewesen. Sein Ton brachte Anna in Rage.

»Carl Soderberg ist der älteste Freund meines Vaters, er ist über jeden Verdacht erhaben. Er ist der netteste Mensch, den ich jemals kennen gelernt habe.«

»Niemand, der mit einer Mordsache in Berührung kommt, ist über einen Verdacht erhaben«, korrigierte Hohenstein. »Ich habe jedenfalls den Generalgouverneur in Helsinki benachrichtigt. Die sollen sich den mal vorknöpfen und auch nach der Schwester von Herrn Salander Ausschau halten, das heißt, wenn da überhaupt jemand reagiert. Wir haben ja kein Rechtshilfeabkommen mit denen, und wer weiß, wie diese finnischen Behörden arbeiten. Die stehen ja unter der russischen Knute, wahrscheinlich spricht da noch nicht mal jemand deutsch.«

Er sprach abgehackt und laut und lief mit vorgereckter Brust im Salon auf und ab. Sein bellender Ton durchdrang die Wand aus Trauer und Angst, die Anna umgab, und sie baute sich vor ihm auf.

»Jetzt will ich Ihnen mal eins sagen. Die Finnen sind ein sehr intelligentes Volk, sie haben eine hervorragende Schulbildung und sprechen fast alle deutsch. Und soviel ich weiß, haben sie ebenfalls eine hervorragend ausgebildete Polizei. Die können Fremdsprachen im Gegensatz zu den Bewohnern dieses Wilhelmlandes hier, ich möchte mal einen Deutschen sehen, der Finnisch kann, bei den meisten reicht es ja noch nicht mal zu Englisch oder Französisch. Außerdem sind die Finnen fortschrittlich, die haben schon seit sechs Jahren das Frauenwahlrecht, und die Frauen studieren an den Universitäten. Davon kann man hier doch nur träumen, in diesem … diesem chauvinistisch-reaktionären Kaiserreich.«

Ihre Wangen glühten. Hugo Blank, der hinter seinem Vorgesetzten stand, grinste vergnügt und nickte ihr aufmunternd zu. Hohenstein war rot angelaufen.

»Frauenwahlrecht, noch so eine Marotte von diesen Suffragetten. Wenn Sie glauben, wir lassen uns von diesen Weibsbildern unsere ganze Gesellschaftsordnung auf den Kopf stellen, haben Sie sich in den Finger geschnitten. Jawohl. Und sehen Sie sich vor, dass ich Sie nicht wegen Majestätsbeleidigung belange, halten Sie Ihre Zunge im Zaum.«

Jetzt ging Anna erst richtig hoch.

»Sie? Sie wollen mich belangen, Sie Schnauzbart? Wegen Beleidigung von diesem anderen Schnauzbart? Da lachen ja die Hühner, ja, wo sind wir denn!« Sie verließ den Salon und drehte sich unter der Tür noch einmal um. »Und wenn ich Sie dann höflichst bitten dürfte, Ihre Pflichten unverzüglich zu erfüllen! Ich habe nämlich weiß Gott noch anderes zu tun, als mir so ein Gerede anzuhören.«

Der Anblick von Hugo Blank, der sich auf die Lippen biss und kurz davor war, loszuprusten, stoppte den Ausbruch. Hohensteins Wangen mahlten.

»Sie werden von mir hören, Fräulein Salander, bezüglich der Mordsache, aber auch bezüglich anderer Delikte, die ich mich jetzt gezwungen sehe, zu verfolgen. Beamten- und Majestätsbeleidigung sind schließlich keine Petitessen!«

Er schnappte nach Luft und stolzierte hochrot hinaus. Hugo folgte ihm, beugte sich vorher aber noch zu Anna und flüsterte: »So gefallen Sie mir schon wieder viel besser, aber seien Sie vorsichtig, er verfügt nicht über besonders viel Humor.«

*

Am nächsten Tag erschien der Sergeant ohne seinen Vorgesetzten. »Ich habe ihm das mit der Beamtenbeleidigung erst mal noch ausreden können«, grinste er, »ich habe ihm gesagt, Sie stünden unter Schock, er solle mal fünf gerade sein lassen. Aber ich empfehle Ihnen, sich in Zukunft zusammenzureißen, schließlich repräsentiert er die Staatsgewalt, und in diesen Fragen hat er keine Toleranz.«

»So sieht er auch aus«, giftete Anna.

»Im Übrigen haben wir das Testament eingesehen. Ihr Vater war ein vermögender Mann, Sie und Ihre Mutter erben je zur Hälfte, Ihre Tante bekommt eine lebenslange Rente. Hohenstein wird daraus ein Motiv für Sie und Ihre Mutter ableiten, ich wollte Sie nur schon mal vorwarnen.«

Anna wusste nicht, ob sie in Tränen oder Wut ausbrechen sollte, schließlich wurde es eine Mischung aus beidem.

»So was kann nur einem kranken Hirn entspringen«, schluchzte sie, »der ist doch nicht normal. Das Verhältnis zwischen Papa und mir steht ja wohl außerhalb jeder Frage, und Mutter zu verdächtigen, erscheint mir vollkommen absurd.«

»Erst mal muss die Kriminalpolizei jede Hypothese verfolgen und jedes mögliche Motiv abklopfen. Gehen Sie einfach ein bisschen in die Defensive, dann nehmen Sie meinem Vorgesetzten den Wind aus den Segeln.«

Anna warf den Kopf zurück und sah ihn wütend an, dann schwieg sie.

»Wie schätzen Sie denn die Ehe ein, die Ihre Eltern geführt haben? Kann man aus der Tatsache, dass Ihre Mutter nicht die Alleinerbin ist, schließen, dass es damit vielleicht nicht zum Besten stand?«

»Na ja, gut stand es nicht um die beiden, das ist sicher kein Geheimnis. Aber ich frage mich natürlich, welches Ehepaar nach zwanzig Jahren noch glücklich ist. In den letzten Jahren haben sie sich oft gestritten, meistens ging es von meiner Mutter aus. Ich habe Ihnen ja schon gesagt, dass es meinem Vater überhaupt nicht gut ging, als ich aus Berlin kam, ich war richtig erschrocken.« Sie schlug die Hände vor den Mund. »Das ist gerade zwei Wochen her, es kommt mir vor, als läge ein Menschenleben dazwischen.«

»Welche Rolle hat Ihre Tante in dem Haushalt gespielt? Sie hat eng mit Ihrem Vater zusammengearbeitet, sie müsste doch immer und überall dabei gewesen sein. Ich wundere mich, dass sie so wenig zu unserer Untersuchung beitragen kann.«

»Tante Louise ist ein Mensch, der Konflikte nicht sehen will, sie hat immer beschwichtigt und so getan, als wäre nichts, obwohl es manchmal heftige Auseinandersetzungen bei uns gab, zwischen meinen Eltern, aber auch zwischen mir und meiner Mutter. Louise hat niemals mitgestritten, sie hat niemals Stellung für eine Seite bezogen, sie war immer nur darauf bedacht, zwischen uns zu schlichten. Ich glaube, sie übersieht einfach manche Dinge, sie nimmt sie einfach nicht wahr.«

»Worin bestanden denn die Spannungen zwischen Ihrer Mutter und Ihrem Vater?«

»Sie waren sehr verschieden. Meine Mutter hat die Art meines Vaters nicht verstanden, sein Temperament, seine Leidenschaftlichkeit. Er konnte ja sehr fröhlich sein, vor allem früher, als ich noch klein war, er erzählte die schönsten Geschichten, tanzte und spielte jede Rolle nach, er sang und machte Grimassen, Louise und ich kamen manchmal aus dem Lachen überhaupt nicht heraus. Mutter konnte selten etwas damit anfangen, seine gefühlvolle Art war ihr eher peinlich, er konnte zum Beispiel, wenn bei uns eine Gesellschaft war und er getrunken hatte, vor allen Gästen singen oder auch weinen, je nachdem.«

Anna lächelte, verfiel in Pekkas Singsang und gestikulierte mit den Händen. »›Durch die Sümpfe sind sie gewatet, Tante Mia und Tante Naimi, die beiden runden Nudeln, das hättet ihr nur sehen müssen. Zu fett waren sie, um über den schmalen Steg zu dem Inselchen zu balancieren, das zu unserem Sommerhaus gehörte, da haben sie sich einfach pillpullnackt ausgezogen und sind durch den Sumpf marschiert, bis zur Taille steckten sie drin. Den Picknickkorb trugen sie über dem Kopf, der ist niemals nass geworden. Dann haben sie sich in die Sonne gesetzt und Blaubeerkuchen gegessen, bis ihnen der Saft auf die Bäuche getropft ist, dabei haben sie so laut gelacht, dass man es über den ganzen See hören konnte.‹ – Solche Sachen erzählte er stundenlang, und wenn die Geschichten zu Ende waren, fing er wieder von vorne an, wir konnten sie immer und immer wieder hören, es wurde niemals langweilig.«

Hugo lächelte, dann schlug er die Augen nieder. »Bitte entschuldigen Sie die nächste Frage, aber ich muss sie stellen. Glauben Sie, dass Ihr Vater außereheliche Verhältnisse hatte?«

»Ehrlich gesagt hätte ich es ihm gewünscht, er war ein zärtlicher, liebevoller Mensch, und meine Mutter war wirklich nicht besonders nett zu ihm. Aber wenn etwas gewesen ist, hat er es sehr gut verborgen, ich weiß jedenfalls nichts.«

»Wissen Sie noch etwas über die Verwandtschaft Ihres Vaters? Aus was für einer Familie kam er?«

Anna kamen schon wieder die Tränen, und sie ließ ihnen freien Lauf. »Es gibt oder gab die Schwester Minna, das habe ich Ihnen ja schon gesagt. Er ist wohl schon mit achtzehn aus Tampere weggegangen und hat bei Soderberg in Helsinki angefangen, weil es zu Hause die Hölle war, so hat er es ausgedrückt. Seine Mutter war früh gestorben und sein Vater ein konservativer, harter Mensch, auch ein Pelzhändler. Er gehörte zu den schwedisch sprechenden Finnen, und mein Vater fühlte sich zu der oppositionellen finnischen Bewegung hingezogen. Er liebte Sibelius, er konnte die ganze ›Finlandia‹ mitsingen. Von Helsinki aus ist er wohl häufig nach Lappland gefahren, um dort Pelze einzukaufen. Er hat den Norden sehr geliebt, sehr, sehr oft hat er mir Geschichten von den Lappen erzählt, das waren die allerschönsten.«

»Verheiratet war er in Finnland nicht?«

»Natürlich nicht, das hätten wir doch gewusst. Er war ja auch gerade erst fünfundzwanzig, als er nach Elberfeld kam.«

»Aber den definitiven Grund, warum er aus Helsinki weggegangen ist und alles abgebrochen hat, wissen Sie nicht?«

Louise war hereingekommen, sie ging gebückt, als trüge sie eine Zentnerlast auf dem Rücken, und balancierte mit zitternden Händen ein Tablett mit Kaffeetassen und Bergischem Zwieback. Ihre Stimme war brüchig wie die einer alten Frau.

»Das war ein schweres Thema für Pekka, wir wissen nur, dass er seinen Vater hasste. Wahrscheinlich wollte er nicht in seiner Nähe bleiben.«

»Setzen Sie sich zu uns, Fräulein Brüninghaus. Sie haben doch sehr eng mit Herrn Salander zusammengearbeitet, Sie müssten eigentlich am genauesten über alles Bescheid wissen, was ihn betraf. Vielleicht ist Ihnen ja inzwischen eingefallen, ob vor dem Mord nicht doch etwas Außergewöhnliches passiert ist. Die abwegigste, unbedeutendste Kleinigkeit kann wichtig für uns sein. Gab es ungewöhnliche Kunden? Hat er sich über irgendetwas geärgert? Haben Sie eine Erklärung dafür, weshalb es ihm in der letzten Zeit nicht gut ging, wie Fräulein Salander beobachtet hat?«

»Er war privat meistens verschlossen, und vom Geschäftlichen wusste ich nicht viel. Ich habe mit ihm und Frau Kriebel zusammen den Verkauf gemacht, aber die wichtigen, großen Kunden hat nur er bedient, und die Kontobücher, die Bestellungen und all das war auch sein Bereich, damit hatte ich nichts zu tun. Ich habe nur aufgeschrieben, wenn etwas ausgegangen war, das nachbestellt werden musste.«

Louise sah den Sergeanten nicht an, sie sprach mechanisch, wie eine aufgezogene Puppe.

»Mir ist nichts aufgefallen, es lief alles seinen normalen Gang, er war ja sehr beliebt bei den Kunden. Dass es ihm nicht gut ging, habe ich natürlich auch bemerkt, er trank viel und zog sich sehr zurück. Aber was er hatte, weiß ich absolut nicht. Nach meinem Eindruck hatte er Probleme mit dem Älterwerden, er hat ein paar Mal darüber gesprochen, dass sein fünfzigster Geburtstag nicht mehr weit sei, vielleicht war es das. Außerdem hatte er oft Herzschmerzen, der Arzt hat allerdings nichts Richtiges gefunden. Ich denke, dass er überarbeitet war, er hätte dringend ausspannen müssen.«

»Sind Ihnen weitere finnische Kontakte von Herrn Salander bekannt, außer der Verbindung zu Herrn Soderberg?«

Louises Hände zitterten so, dass sie die Kaffeetasse absetzen musste, aber ihr Tonfall blieb gleich. »Ich weiß nicht mehr als Anna. Ich habe meine Arbeit getan und die Kunden bedient, außer mit Herrn Soderberg, der ja auch zweimal hier in Elberfeld war, habe ich mit keinem Finnen jemals zu tun gehabt.«

Anna schaltete sich ein. »Von den geschäftlichen Dingen weiß ich auch wenig, mein Vater wollte mich in alles einarbeiten, dazu ist es ja nun nicht mehr gekommen. Ich weiß nur, dass Herr Soderberg ihm vor relativ kurzer Zeit den Vorschlag gemacht hatte, gemeinsam in Finnland eine Pelztierzucht zu gründen, weil in Lappland anscheinend die Felle knapp werden und die Preise immer mehr steigen. Er dachte darüber nach, ob er das tun sollte.« Sie schluchzte und biss sich in die Fingerknöchel. »Jetzt fällt mir etwas ein, was er vor seinem Tod gesagt hat, ich habe das überhaupt nicht ernst genommen. Ich habe das Gefühl, mit mir geht es nicht mehr lange, das hat er gesagt, wortwörtlich. Er muss eine Todesahnung gehabt haben.«

»Hatten Sie das Gefühl, dass er sich bedroht fühlte?«

»Nicht direkt, nicht von Personen, jedenfalls hat er nie etwas darüber gesagt. Er hatte Kummer wegen Onkel Eli und was weiß ich, weshalb sonst noch, er fühlte sich schwach und krank, wie Tante Louise schon sagte, das Herz, der Arzt wollte ihn zur Erholung schicken. Ich dachte, dass sich seine Todesahnung darauf bezog. Inzwischen denke ich natürlich auch, dass es noch etwas anderes gewesen sein muss.«

Louise sah in ihren Schoß, sie war weiter zusammengesunken.

»Fräulein Brüninghaus, wenn Sie etwas wissen, müssen Sie heraus damit. Sie machen sich strafbar, wenn Sie mit Informationen hinter dem Berg halten.«

Der Sergeant legte Strenge in seine Stimme, Louise sah nicht auf.

»Ich bin hier nur die unverheiratete Schwester, was soll ich denn schon wissen. Ich schwöre Ihnen, dass ich alles gesagt habe. Wir haben hier im Haus zum Teil auch nebeneinander hergelebt, mein Schwager war oft sehr für sich und machte viele Dinge, von denen wir nichts mitbekamen. Und sein finnisches Leben lag für uns eigentlich vollkommen im Dunkeln, genau wie Anna sagt. Alles, was vor seiner Ankunft in Elberfeld war, hat er nur ungenau beschrieben, er erzählte viele einzelne Anekdoten aus Finnland, aber ein richtiges Bild bekam man dadurch nicht.«

Louise sah aus, als würde sie gleich zusammenbrechen, aber Blank ließ nicht locker. »Was wissen Sie noch über die Ehe der Salanders? Sie scheint nicht gut gewesen zu sein, in den letzten Jahren sind sie nicht mehr miteinander ausgegangen, sagen die Nachbarn, die wir befragt haben, es gab ja auch wohl viel Streit.«

»Das stimmt, es stand nicht mehr zum Besten. Ich denke, sie waren einfach zu verschieden. Meine Schwester hat ja die etwas schwerblütige bergische Natur unserer Mutter geerbt, die vertrug sich immer weniger mit seiner humorvollen Art und seinem Temperament. Außerdem trank er viel in der letzten Zeit, das hat Emma natürlich nicht gefallen.«

»Würden Sie sagen, dass die beiden sich gehasst haben?«

»Hass ist sicherlich der falsche Ausdruck, eher würde ich sagen, sie waren sich gleichgültig. Wenn Sie darauf hinauswollen, dass meine Schwester Grund oder die Absicht hatte, ihn umzubringen, so kann ich mir das ganz und gar nicht vorstellen. Er ging ihr manchmal auf die Nerven, das ist wahr, aber Hass ist ganz bestimmt das falsche Wort. Und wenn sie froh wäre, dass er tot ist, würde sie sich bestimmt nicht mit einer so ernsten Nervenkrise im Krankenhaus befinden.«

Louise stand auf und hielt sich am Tisch fest, sie war bleich. »Ich würde mich gerne hinlegen, Herr Kommissar, mir ist gar nicht gut. Diese Sache war einfach zu viel für mich, ich bin vollkommen am Ende.«

Anna, deren Gesicht fleckig vom Weinen war, brachte Louise zur Tür und vergewisserte sich, dass sie wohlbehalten in ihr Zimmer kam.

»Es ist absurd, wie sie ihre Rolle darstellt«, sagte sie dann zu Hugo, »wie klein sie sich macht. Sie war ein vollwertiges Mitglied dieses Hauses. Mein Vater hat ihren Rat und ihre Arbeit hoch geschätzt, er liebte sie und hing an ihr, wir alle tun das.«

Sie sah Hugo mit schwimmenden Augen an. »Wir haben sie nicht immer gut behandelt, wir haben ihr vieles aufgebürdet, wir haben alle gedacht, sie hält was aus. Immer nur haben wir an uns selbst gedacht.«

Anna brach wieder in Tränen aus und sank an die Schulter des Sergeanten, der neben ihr auf der Chaiselongue saß.

*

Die Untersuchung des Päckchens ergab, dass es tatsächlich einen finnischen Poststempel vom 6. Mai trug, auch die Kordel und das Papier waren in Deutschland nicht gebräuchlich. Auffällig war die Adresse, die in einer kindlichen Handschrift geschrieben und so formuliert war, als sei sie von einer Zeitungsanzeige abgeschrieben worden. Auf der Schnapsflasche fand Sergeant Blank Fingerabdrücke von Pekka und zwei weiteren Personen, die mit keinem der Beteiligten aus Elberfeld identisch waren.

Die Obduktion ließ keinen Zweifel daran, dass Pekka Salander durch Zyankali ums Leben gekommen war, das sich in der Flasche aus Finnland befunden hatte. Anscheinend hatte er gierig und ohne nachzudenken getrunken, sonst hätte der starke Geruch der Blausäure ihn mit Sicherheit gewarnt.

»Es ist verwunderlich, dass das Paket ohne Absender angenommen wurde«, sagte Hugo zu Anna bei einem seiner zahlreichen Besuche. »Wir schicken alle Angaben zu den Kollegen nach Helsinki, damit sie das entsprechende Postamt herausfinden können.«

Obwohl immer mehr darauf hindeutete, dass der oder die Absender des Päckchens in Finnland zu suchen waren, verhörten die Beamten mehrere Stunden lang auch Heinrich Honscheid, dessen Feindschaft zu Pekka ihnen nicht nur von den Angestellten bestätigt, sondern auch von anderen Händlern auf dem Wall, die sie nach und nach befragten, zugetragen worden war. Aber Honscheid wies jeden Verdacht entrüstet von sich, und abgesehen von großer persönlicher Abneigung war kein Motiv zu finden. Für einen dringenden Tatverdacht reichten die Gerüchte bei weitem nicht aus, allerdings bekamen Honscheid und auch Schlipköter die Auflage, sich zur Verfügung zu halten und bei der Polizei abzumelden, wenn sie die Stadt verlassen wollten.

Emma lag in der Klinik, und es ging ihr immer noch so schlecht, dass die Ärzte dringend von ihrer Teilnahme an der Beerdigung abrieten. Auch Louise kam überhaupt nicht mehr auf die Beine, sie blieb im Bett und weinte, sobald man sie ansprach.

So trug Anna allein die Verantwortung für alles, was der Mord an Pekka nach sich zog. Wie ein Automat gab sie die Bestattung in Auftrag, erledigte die Behördengänge, kümmerte sich um ein Grab auf dem Friedhof Hochstraße und schrieb zusammen mit der weinenden Else Kriebel die Einladungen zur Trauerfeier.

Anna hatte die Angestellten in Urlaub geschickt, aber Elias kam weiter jeden Morgen. Als Anna ihn fragte, warum, sagte er, er gehe auf keinen Fall zu Tietz, sondern bleibe im Geschäft, solange sie ihn brauche. Auch Else Kriebel und Gertrud Meier kamen täglich und beteuerten unter Tränen, das seien sie Pekka schuldig. Elias und Gertrud nähten die Bestellungen fertig, Else Kriebel verpackte die Waren, damit sie nicht verstaubten, dann räumte und wienerte sie im Laden herum, bis kein Stäubchen mehr zu sehen war.

Am Tag vor der Beerdigung ging Anna in die Kürschnerei und setzte sich zu Elias.

»Du musst mir sagen, was zwischen dir und Papa vorgefallen war«, flüsterte sie, »die Polizei glaubt dir vielleicht, dass es ein belangloser Streit war, aber ich glaube es nicht.«

Schlipköter sah sie lange an, seine Augen schwammen. »Es war nichts«, krächzte er und streckte Zeige- und Mittelfinger in die Luft, »ich schwöre es bei allen Heiligen, es war nichts, was mit seinem Tod zusammenhängen könnte. Er war ja sehr nervös in der letzten Zeit und hat mich ein paar Mal angefahren, das wollte ich mir nicht gefallen lassen, da gab ein Wort das andere. Wir waren doch täglich zusammen, wir gingen uns einfach auf die Nerven.«

Anna wusste, dass er log und dass sie nicht mehr aus ihm herausbekommen würde.

*

Die Menschenmenge, die sich in den Bänken der Friedhofskirche an der Hochstraße drängte, war kaum zu überblicken. Elias Schlipköter, der sich immer wieder die Augen wischte, stützte Anna und Louise, die ihre Gesichter hinter schwarzen Hutschleiern verborgen hatten. Sie betraten als Letzte die Kirche durch den Seiteneingang, gleichzeitig setzte die Orgel mächtig mit dem ersten Satz aus Sibelius' »Finlandia« ein, den Pekka besonders gern mitgesungen hatte, lyrisch-hymnisch hatte er diese Musik genannt. Sein Sarg stand vor dem Altar, bedeckt mit der blauweißen finnischen Fahne und einem riesigen Bukett aus Rosen, Lilien und Vergissmeinnicht.

Es soll zu Ende sein, dachte Anna, lieber Gott, lass das alles endlich vorbei sein. Sie hatte keine Tränen mehr und sorgte sich um Louise, die schwer an Elias' Arm hing und immer wieder umzusinken drohte. Sie hatte es sich nicht nehmen lassen, mit zur

Beerdigung zu kommen, während Emma, die immer noch unter schweren Beruhigungsmitteln stand, dazu nicht in der Lage war.

Die Trauerfeier zog wie ein Film vorüber. Ohne etwas zu fühlen, sah Anna den Pfarrer vor dem Altar agieren und auf der Kanzel seine Predigt halten, hörte die Orgel immer wieder einsetzen, begleitet vom schleppenden Gesang der Gemeinde, über den sich einzelne helle Sopran- und Tenorstimmen hinaushoben. Sie ging hinter dem Sarg und dem Pfarrer her durch den Mittelgang der Kirche und ein Meer von Gesichtern, in dem Anna die weinenden Angestellten und viele Elberfelder Geschäftsleute vom Wall und aus der ganzen Innenstadt erkannte. In einer der letzten Reihen saß eine zarte Gestalt, die hinter ihrem Hutschleier heftig zu weinen schien. Lina, das musste Lina sein. Nicht weit von ihr saßen der Kommissar und der Sergeant.

Sie lief über den Friedhof bis zu einem frisch ausgehobenen Grab, wo Pekkas Sarg in die Erde gelassen wurde. Anna dachte nichts, außer dass Elias Louise gut festhalten sollte, damit sie nicht hinterhersprang, wie eine Schleife drehte es sich in ihrem Kopf.

Nach dem Ende der Zeremonie brachte Elias Louise nach Hause, Anna ließ mechanisch das Defilee der Elberfelder Honoratioren über sich ergehen. Auf dem Weg zum Friedhofsausgang, wo die Droschken warteten, um sie zum Hotel Weidenbruch am Bahnhof zu bringen, sah sie einen Mann mit verweinten, auffällig großen und blauen Augen, den sie zu kennen glaubte, hinter einem dicken Lindenstamm verschwinden. In der Droschke fiel ihr ein, dass es der Gleiche gewesen war, den sie schon einmal am Wall gesehen und für einen Russen gehalten hatte. Das war zwei Tage vor dem Mord an Pekka. Und nun war er hier auf der Beerdigung. Heißer Schrecken schoss hoch, und sie nahm sich vor, Sergeant Blank davon zu berichten.

Im Saal des Hotels war die gesamte Elberfelder Geschäftswelt um lange Tafeln mit Kaffee und Bergen von Butterkuchen versammelt. Anna hatte sich vorgenommen, alle Fragen nach den Umständen von Pekkas Tod kategorisch abzuwehren, und zog ihren schwarzen Hutschleier halb über das Gesicht, bevor sie sich unter die Gäste mischte.

Abraham Feldmann, der ein gut gehendes Geschäft für Damenkonfektion auf der Herzogstraße betrieb, sah ihr mitleidig ins Gesicht, beugte sich an ihr Ohr und flüsterte, falls sie die Absicht habe, das Geschäft zu verkaufen, könne sie sich jederzeit vertrauensvoll an ihn wenden, er werde ein gutes Angebot abgeben.

Während die Butterkuchenberge schwanden und die Kellner immer neuen Kaffee heranschleppten, gab es viele Nachfragen von mitleidigen Gattinnen nach Emmas und Louises Befinden und noch weitere diskrete Kaufangebote von dickleibigen älteren Herren. Anna beschlich das Gefühl, von Geiern umgeben zu sein, die auf Beute lauerten.

*

Das Telefon schnarrte, verschlafen und lustlos griff Hugo nach dem Hörer. Eigentlich mochte er so früh noch nicht sprechen.

»Blank, Polizei Elberfeld.«

In der Leitung knackte es, dazwischen hörte er den finnischen Akzent von Pirkkaliisa Großmann.

»Guten Morgen, Herr Sergeant, ich hoffe, es geht Ihnen gut. Ich habe spannende Neuigkeiten für Sie, Sie werden es nicht glauben«, sagte sie. »Ich habe gestern Abend einen Brief übersetzt, der voller Wasserflecken war, als hätte Herr Salander darauf geweint. Ich konnte gar nicht alles richtig lesen. Und wenn man den Inhalt kennt, verwundert es einen auch nicht, der ist wirklich zum Weinen.«

»Nun sagen Sie schon, Sie spannen mich ja richtig auf die Folter.« Hugo saß hellwach und angespannt auf seinem Bürostuhl, Auge in Auge mit dem Kaiser, der streng von der Wand blickte.

»Vom 15. März 1902. Ich lese vor: Lieber Pekka, bevor ich vom Geschäftlichen spreche, möchte ich dir eine Mitteilung machen, von der ich fürchte, dass sie dir wehtun wird. Ich hoffe, du wirst sie tragen können. Ich habe mit deiner Tochter und deiner Schwester gesprochen, und sie möchten nicht, dass du nach Helsinki kommst. Riikka will dich nicht sehen, sie sagt, du habest ihr so große Schmerzen zugefügt, dass sie nicht daran erinnert werden möchte. Minna hat mir gesagt, Riikka sei krank geworden, als sie von deinem Brief hörte, sie habe zwei Tage Fieber gehabt. Minna tut das alles schrecklich weh, sie sagt, sie würde dich gerne sehen, sie hat große Sehnsucht nach ihrem Bruder. Aber wegen Riikka, denkt sie, ist es besser, wenn ihr nicht kommt, noch nicht. Vielleicht später, hat sie gesagt, aber sie hat sich danach erkundigt, wie du lebst in Elberfeld und auch nach Anna, was sie für ein Mädchen ist, ob sie dir Freude macht. Ich habe ihr alles erzählt und eine Fotografie von Anna gezeigt, wir haben lange miteinander gesprochen. Vielleicht ist das ein Trost für dich.«

Pirkkaliisa hielt inne, ihre helle Stimme hatte sich belegt.

»Jetzt kommen nur noch geschäftliche Dinge, was es in dem Jahr an Pelzen gab und so weiter, ich schicke Ihnen das alles schriftlich.«

»Das heißt, er hatte eine Tochter in Helsinki und hat nie darüber gesprochen, seine Familie in Elberfeld, seine Frau, seine Tochter wussten von alldem nichts.«

»Ich war auch wie vom Blitz getroffen«, sagte Pirkkaliisa. »Und wie schockiert Fräulein Salander erst sein wird, die Arme, ihr bleibt auch nichts erspart.«

Und mir auch nicht, dachte Hugo, der die Botschaft überbringen musste. Das war wirklich starker Tobak für Anna. Außerdem musste er Louise Brüninghaus und Emma Salander noch einmal vernehmen. Waren sie wirklich so ahnungslos, wie sie getan hatten?

»Da scheint sich ja noch einiges an Zündstoff zu verbergen«, sagte Hugo, »wie schnell können Sie weitermachen, Frau Großmann?«

»Hier in Solingen gehen die Windpocken um, die Kleinen hatten sie noch nicht, wenn sie uns erwischen, sieht es schlecht aus. Aber ich werde mein Bestes tun, ich setze mich jetzt direkt wieder dran, der Haushalt kann warten.«

»Nehmen Sie sich doch vielleicht zuerst noch mal die jüngeren Briefe vor, wer weiß, was darin steckt.«

»Mach ich, Herr Kommissar, *hej, hej*[*].« Die helle Stimme ver-

[*] Tschüs

stummte, und aus der Leitung rauschte es nur noch. *»Hej, hej«*, sagte Hugo in den Hörer, dann ging er ins Nebenzimmer und informierte Kommissar Hohenstein. Anschließend verließ er das Präsidium, nahm im Erfrischungsraum des Warenhauses Tietz einen starken Kaffee und ein Brötchen zu sich und ging mit mulmigem Gefühl den Wall hinunter.

Anna öffnete ihm, blass und mit verweintem Gesicht, und er sah, dass sie abgenommen hatte.

»Ich bin noch gar nicht so weit«, sagte sie, »kommen Sie, frühstücken Sie mit mir. Ich schlafe nachts kaum, erst gegen Morgen ein paar Stunden.«

Die Neuigkeit von einer Schwester in Helsinki brachte Anna völlig aus der Fassung. Sie verschluckte sich und hustete minutenlang, dann lehnte sie sich erschöpft zurück.

»Ich weiß gar nicht, ob ich überhaupt verstehe, was Sie sagen«, flüsterte sie, »ich glaube, das alles kommt gar nicht richtig bei mir an. Eine Schwester, sagen Sie? Und Papa wollte sie besuchen? Wann, sagen Sie, vor zehn Jahren?«

Hugo nickte. »So steht es in dem Brief, mit Ihnen zusammen wollte er fahren.«

Wir fahren über die Ostsee, kulta, nach Helsinki, da sehen die Wolken im Sommer wie Schäfchen aus, lauter weiße Wollschäfchen grasen in dem blauen Ostseehimmel.

Emma mit Migränegesicht: Lass das Kind mit deinen Versprechungen in Ruhe, redest immer davon und fährst doch nicht.

Kinder sind das Schönste, das einem geschenkt werden kann, kullan muru, sie sind die beste Möglichkeit von uns selbst, wir vergrößern uns in ihnen, sie sind unser Weg in die Zukunft, wir können von ihnen lernen, was selbstlose Liebe ist.

Was redest du wieder, Pekka, was soll das Kind damit anfangen, vergrößern, selbstlose Liebe, was für ein Blödsinn.

Ein Kind zu verlieren, ist das Schlimmste, was einem Menschen passieren kann, man geht durch die Hölle. Wasser in blaugrünen Finnenaugen, nicht weinen, isi, komm, wir gehen zu Kremer und essen Schokoladenkuchen.

Eine Schwester. Der Gedanke kroch fremd heran und hatte

gleichzeitig etwas Tröstliches. Anna hatte sich immer Geschwister gewünscht und sich vorgestellt, einen großen Bruder zu haben, der sie beschützte, eine Schwester, mit der sie flüstern und zu der sie nachts ins Bett kriechen konnte, wenn Angst und schlechte Träume sie quälten.

»Wenn es nicht mein Vater wäre, und Sie wissen, wie ich ihn geliebt habe, würde ich denken, was für ein Mensch«, brachte sie schließlich heraus. »Was für ein Mensch ist das, der der einen Tochter die andere verschweigt? Der zwanzig Jahre mit einer solchen Lüge lebt und sie mit ins Grab nimmt?«

»Vielleicht gibt es das häufiger, als man denkt«, versuchte Hugo sie zu beruhigen, »die Dinge kommen ja nicht immer so schonungslos ans Licht.«

»Und diese Riikka wollte nichts von ihm wissen?«

»So hat es sich angehört.«

»Wie viele Briefe hat Pirkkaliisa schon übersetzt? Mit welchen Überraschungen müssen wir noch rechnen?«

»Bis jetzt sind es zehn, es bleiben noch fünfzehn. Natürlich weiß ich auch nicht, was da noch alles drinsteckt.«

Anna lief eine Weile mit der Kaffeetasse in der Hand in der Küche auf und ab, langsam gewann ihr Gesicht wieder Farbe, und ihr Blick bekam etwas Kämpferisches. Abrupt stellte sie die Tasse auf den Tisch und sah Hugo entschlossen an.

»Ich weiß, was ich tue, ich werde nach Helsinki fahren. Ich werde mich auf die Spuren meines Vaters begeben, diese Tante suchen und meine Schwester, du lieber Himmel, so einen Gedanken kann man ja gar nicht denken.«

»Ich weiß nicht, ob das eine so gute Idee ist, Fräulein Salander, Sie begeben sich direkt in die Höhle des Löwen. Sie brauchen den Schutz der Polizei, jemand, der einen so hinterhältigen Giftmord plant, schreckt vielleicht auch vor anderen Dingen nicht zurück. Dort ist alles fremd, und Sie sprechen die Sprache nicht.«

Hugo sah besorgt aus, Anna hatte sich gesetzt und die Hände auf den Tisch gelegt.

»Überlegen Sie es gut, Sie sind ja immer noch in einer Ausnahmesituation. Ich wäre untröstlich, wenn Ihnen was passieren würde.«

Er zögerte und legte dann seine Hand auf ihre, sie ließ es sich eine Weile gefallen, und ihr Blick wurde weich, dann zog sie die Hand zurück und funkelte ihn wieder an.

»Was soll mir passieren, es ist schließlich die Heimat meines Vaters. Ich werde zu Herrn Soderberg Kontakt aufnehmen, der wird mich sicher beschützen. Sie reden wie meine Mutter, es ist ja schließlich nicht so, dass Finnland die Wildnis ist, Helsinki ist eine hochzivilisierte Stadt. Und auf den Schutz der deutschen Schnauzbärte kann ich gut verzichten, wir sehen ja, was dabei herauskommt. Zwei Wochen nach der Tat immer noch kein Ergebnis, nicht die geringste Spur. Und jetzt habe ich Hunger«, sagte sie energisch und schmierte sich ein Brötchen, »wollen Sie auch eins?«

Hugo lehnte dankend ab. Er würde sie wohl nicht von ihrer Idee abbringen, gleichzeitig war er froh, dass ihre Lebensgeister wieder erwachten. Außerdem gefiel sie ihm besonders gut, wenn ihre Augen wütende Blitze schleuderten.

»Sie begeben sich wirklich in große Gefahr«, versuchte er es noch einmal.

»Die Entscheidung überlassen Sie mal mir«, sagte Anna spitz, »ich kann schon ganz gut allein auf mich aufpassen.«

»Daran zweifelt niemand.«

Hugo stand auf und verabschiedete sich mit einer Verbeugung und einem Grinsen in den Augenwinkeln.

»Ich fänd es nur schön, wenn ich Sie unversehrt wiedersehen würde.« Er nahm wieder ihre Hand, sie entzog sie ihm erst nach einer Weile und wurde rot dabei, auch das registrierte er erfreut.

Auf dem Weg zurück ins Präsidium dachte er, dass sie Recht hatte. Sie verschlissen hier in Elberfeld ihre Kräfte, während immer offensichtlicher wurde, dass des Rätsels Lösung nur in Helsinki liegen konnte. Die Idee, einfach auf eigene Verantwortung hinzufahren, war ihm auch schon gekommen, und er hatte mit Kommissar Hohenstein darüber gesprochen, der jedoch abgewunken hatte. Das Problem war, dass es noch keine internationale Zusammenarbeit der Polizei und damit auch keinen offiziellen Weg für eine solche Mission gab. Angesichts der immer neuen

Hinweise, die nach Helsinki deuteten, nahm er sich vor, noch mal mit seinem Vorgesetzten zu reden. Er musste ihn positiv stimmen, an seine kriminalistische Ehre appellieren, ihm schmeicheln. Hugo hatte vor kurzem gehört, dass Hohensteins Frau ihn vor einem halben Jahr verlassen hatte, was vielleicht eine Erklärung für seine Übellaunigkeit und seine extreme Reaktion auf Anna war. Da konnte ihm eine solche Abwechslung doch eigentlich nur gut tun.

*

Anna verfiel in hektische Betriebsamkeit, die Idee der Reise erschien ihr wie eine Erlösung. Sie konnte etwas tun und entkam der schrecklichen Stimmung in Elberfeld, außerdem würde sie endlich die sagenumwobene Heimat ihres Vaters kennen lernen, die Fata Morgana am nördlichen Ende der Welt.

Im Sommer kann man an Rom denken, kulta, wenn man vom Hafen aus auf den weißen Dom schaut und die Sterne auf den Kuppeldächern glänzen. Aber Helsinki ist noch viel schöner, es ist eine Zauberstadt mit einer Zauberlampe über dem Himmelszelt. Immer ist es da, das Licht, wie eine Gnade, im Sommer mild und hell, es leuchtet den Himmel blau und die Wolken weiß, das Laub so grün wie sonst nirgendwo, die Holzhäuser gelb und rot. Abends ist der Himmel wie auf einem Aquarell, rosa und grün, auch ein wenig blau, sanft, durchsichtig, nirgends auf der Welt kannst du einen solchen Himmel sehen wie über Helsinki. Auch im Winter ist die Zauberlampe da, sie blinkert hinter den Sternen hervor, das meiste von ihrem Licht schickt sie nach unten, zum gleißenden Schnee, der übernimmt dann für sie das Leuchten. Nur manchmal, wenn die Wolken alles zuhängen, kann es die schwarze Hölle sein.

Angesichts der jüngsten Enthüllungen war es nicht verwunderlich, dass Pekka sein finnisches Leben so vernebelt hatte. War er verheiratet gewesen? Was mochte er dieser Riikka angetan haben, dass sie ihn nicht sehen wollte? Und die Tante, die auf ein Wiedersehen mit ihrem Bruder verzichtete, um ihre Nichte nicht zu verletzen? Sie schien heikel zu sein, diese Schwester, sie schien die Leute nach ihrer Pfeife tanzen zu lassen.

Anna beschloss, direkt eine Reiseagentur aufzusuchen und ein Visum zu beantragen. Außerdem würde sie Dr. Gerstner vorschlagen, Louise zusammen mit Emma nach Bad Neuenahr zu schicken, damit sie beide eine Nervenkur machten. Louise lag immer noch im Bett, sie fieberte und murmelte unverständliche Dinge vor sich hin, manchmal hatte Anna den Eindruck, dass sich ihr Geist langsam umnachtete. Auch Emma ging es nicht gut, sie stand weiter unter starken Medikamenten und hatte Anna mit matter Stimme von dem Verhör berichtet, dem Kommissar Hohenstein sie unterzogen hatte. Er habe ihr zugesetzt und die Vermutung geäußert, sie könne etwas mit dem Tod von Pekka zu tun haben. Sie sei einer Ohnmacht nahe gewesen ob einer so impertinenten Bezichtigung, allerdings habe sich der Chefarzt des Klinikums, der sie zum Glück nicht allein gelassen habe, eingeschaltet und den Kommissar in seine Schranken verwiesen.

Das Einzige, was Anna nicht behagte, war die Aussicht, die Reise allein antreten zu müssen. Jemand müsste sie begleiten, aber wer? Adele Honscheid käme infrage, sicher wäre sie einem solchen Abenteuer nicht abgeneigt. Andererseits hatte sie vielfältige Verpflichtungen in Berlin und war kurzfristig sicher nicht abkömmlich. Dann fiel ihr Lina ein, vielleicht konnte sie mitfahren? Bestimmt wäre sie eine angenehme Reisebegleiterin. Vielleicht konnte Anna sie als Gesellschafterin engagieren?

Sie ließ sich mit der Nummer der Villa vom Baum im Briller Viertel verbinden und hatte sofort Lina am Apparat. Anna schlug ein Treffen in der Mittagszeit im Café Kremer vor. Dann ging sie zur Post und gab ein Telegramm an Carl Soderberg auf, in dem sie ihr Kommen ankündigte, anschließend steuerte sie eine Reiseagentur auf der Königsstraße an, wo sie erfuhr, dass jeden Samstag ein Schiff von Lübeck abfuhr, das zwei Tage bis Helsinki brauchte. Sie ließ zwei Plätze für den 9. Juni vormerken, und man sagte ihr zu, bei den Visaanträgen behilflich zu sein und für eine schnellstmögliche Bearbeitung zu sorgen.

Lina saß bereits bei Kremer, sie war blass, geradezu durchsichtig, auch sie schien abgenommen zu haben und ließ ihren Blick verängstigt durch das voll besetzte Café schweifen. Tränen schossen ihr in die Augen, als sie Anna sah.

»Das mit deinem Vater ist so grauenvoll«, flüsterte sie, »ich habe es überhaupt nicht glauben wollen. So etwas Entsetzliches kann man sich ja gar nicht vorstellen. Weiß man denn schon, was dahinter steckt?«

Anna berichtete vom Stand der Ermittlungen, und auch, dass Onkel Eli zunächst verdächtigt und eingehend verhört worden war. »Ich glaube nicht, dass er der Polizei die Wahrheit gesagt hat, es war etwas Ernsthaftes zwischen Papa und ihm, da bin ich ziemlich sicher. Andererseits glaube ich nicht, dass er etwas mit seinem Tod zu tun hat, es sieht mehr und mehr danach aus, als sei der Mörder tatsächlich in Helsinki zu suchen.«

Lina sah stumm in ihren Schoß und kämpfte mit den Tränen. Annas Redeschwall war ohnehin nicht zu bremsen, sie erzählte von den Enthüllungen in Carl Soderbergs Briefen und breitete ihre Reisepläne aus.

»Und du musst mit, ich traue mich nicht allein. Ich habe schon Soderbergs telegrafiert, sicher können wir sie als Anlaufadresse nehmen.«

Lina wurde rot und blass, sie knetete ihre Finger und setzte immer wieder an, etwas zu sagen, aber es kam nichts heraus.

»Ich bezahle natürlich die Reise für uns beide«, sagte Anna in der Annahme, dass das Linas Problem sei, »du weißt, dass mein Vater wohlhabend war. Wir sind ihm diese Reise schuldig, wenigstens das können wir für ihn tun.«

Lina wand sich zuerst, das könne sie nicht annehmen, willigte schließlich aber doch überraschend schnell ein. Sie überlege schon lange, wie sie der vom Baum entkommen könne, sagte sie leise, eigentlich komme Annas Angebot wie gerufen. »Ich bin dir so dankbar, ich kann es gar nicht sagen. Was meinst du, wann wird es losgehen?«

»Ich habe Schiffskarten für den 9. Juni bestellt und bestätige sofort. Ich hoffe, dass wir die Visa schnell bekommen. Du musst mir deinen Pass geben, ich leite alles in die Wege. O Lina, wie bin ich froh, dass du mitkommst.«

Lina weinte und küsste Anna zum Abschied. Die sah ihr nach, wie sie auf ihren kleinen Füßen geschmeidig zwischen den Tischen hindurch und dann die Poststraße hinunterlief, um die nächste Schwebebahn zu erreichen. Irgendwas sitzt in ihr drin, dachte Anna, ihre Augen sind voller Angst. Ich werde schon noch herausfinden, was es ist.

*

Anna hatte Louise und Emma in den Zug nach Bad Neuenahr gesetzt und kehrte mit gemischten Gefühlen zum Wall zurück. Das Haus wurde immer leerer, abgesehen von den Hausmädchen und der Köchin war sie jetzt ganz allein. Elias, Gertrud Meier und Else Kriebel hatten alle Aufträge abgearbeitet und keinen Grund mehr zu kommen, Laden und Werkstatt waren aufgeräumt und geputzt, die Pelze hatte Elias einlagern lassen.

Immer wieder hörte Anna Pekkas Stimme, sah seine Augen oder dachte, dass er im nächsten Augenblick aus dem Laden kommen müsse, und jedes Mal weinte sie wieder heftig, wenn ihr bewusst wurde, dass sie ihn niemals wiedersehen würde.

Emma hatte sich geweigert, das Haus noch einmal zu betreten, sie könne das alles nicht aushalten, hatte sie gejammert, die Demütigung, sich Fingerabdrücke abnehmen lassen zu müssen, die Verdächtigungen des Kommissars, der Schock sitze ihr immer noch in den Knochen, und sie werde den Anblick des toten Pekka einfach nicht los. Anna war erleichtert, dass sie Mutter und Tante für die nächsten sechs Wochen, so lange sollte die Kur mindestens dauern, versorgt wusste.

Louises Zustand hatte sich nicht gebessert. Als Anna ihr die Geschichte von der finnischen Schwester erzählte, und dass sie Lina Pasche wiedergetroffen habe und mit ihr zusammen nach Helsinki fahren werde, hatte sie sich benommen, als sei sie nicht mehr bei Trost. Sie hatte nach Luft geschnappt und immer wieder geflüstert: Dieses Luder, so ein Luder, aber auf Annas beharrliches Nachfragen, was sie denn meine, sagte sie nur, sie habe Lina früher immer als raffiniert empfunden, Anna solle vorsichtig sein.

Dann wankte sie in ihr Zimmer und kam erst am nächsten Morgen wieder heraus, noch grauer und verknitterter als vorher. Anna hoffte, der Aufenthalt in Bad Neuenahr werde ihr den Verstand und ihre Kräfte zurückbringen.

Es waren noch zwei Tage bis zur Abreise, und Anna hatte alle Hände voll mit den Vorbereitungen zu tun. Sie hatte ihren Koffer schon mehrmals ein- und ausgepackt, weil sie wusste, dass man sich in Finnland auf alle Wetterlagen einstellen musste. Auf jeden Fall mussten sie Beinkleider mitnehmen, die ihnen unterwegs volle Bewegungsfreiheit garantierten, und Anna hatte sie bei der Schneiderin in ihrer und Linas Größe in Auftrag gegeben. Ein Telegramm von Carl Soderberg war angekommen, in dem er schrieb, er sei glücklich, Anna und Fräulein Pasche in Helsinki begrüßen zu dürfen. Er werde mit seiner Frau Ulla am Kai stehen und sehe ihrem Kommen mit großer Freude entgegen, selbstverständlich seien sie in seinem Haus als Gäste willkommen.

Vor dem Schaufenster des Pelzhandels Salander stand Hugo Blank und lächelte ihr entgegen, ganz offensichtlich wartete er auf sie. Seit ihrer Auseinandersetzung wegen der Helsinkireise hatten sie sich nicht mehr gesehen.

»Na, heute nicht im Dienst?«

Ihr Ton fiel aggressiver aus, als sie es beabsichtigte. Hugo verunsicherte sie. Einerseits hatte es ihr gefallen, als er seine Hand auf ihre gelegt hatte, und überhaupt begann die Luft zu flirren, wenn sie zusammen waren. Das Gefühl war wunderbar, und in dieser Art hatte sie es noch bei keinem Mann erlebt. Aber es schwächte sie auch und entzog ihr die Kontrolle über die Situation, das war mehr als unangenehm. Adele Honscheid hatte sie mehrfach vor diesem Zustand gewarnt: Sie machen dir schöne Augen und lullen dich ein, dann sitzt du in der Falle, und sie machen mit dir, was sie wollen. Am liebsten sofort ein Kind, damit du außer Gefecht bist. Pass bloß auf, das ist der übelste Trick der Männer, triff dich niemals mit einem, ohne Kondome in der Tasche zu haben.

»Doch, doch«, sagte Hugo, »Sie wissen doch, ein preußischer Beamter ist immer im Dienst. Heute Morgen rief Frau Großmann mich wieder an, sie hat noch etwas Aufschlussreiches entdeckt.«

Anna wurde blass. »Hoffentlich betrifft es nicht wieder mich? Aber kommen Sie doch herein, das müssen wir ja nicht auf der Straße besprechen.«

»Kommt Ihnen der Name Nilas Niolpas bekannt vor? Hat Ihr Vater ihn mal in seinen finnischen Geschichten erwähnt?«

Anna überlegte, der Name war ihr nicht fremd, aber sie kam nicht mehr auf den Zusammenhang.

»Ich denke, mein Vater hat mal über ihn gesprochen, im Zusammenhang mit Lappland. Aber genau weiß ich es nicht mehr. Was ist denn mit ihm?«

»Herr Soderberg spricht von ihm in einem Brief, der etwa ein halbes Jahr zurückliegt. Der Mann soll Drohungen gegen Ihren Vater ausgestoßen haben, wohl wegen der Planungen, eine Zucht einzurichten. Hat er jemals darüber gesprochen?«

»Über die Zucht ja, aber nicht über diesen Niolpas. Das war ja auch die Zeit, als ich nach Berlin ging. Ich werde in meinem Gedächtnis kramen, wenn mir etwas einfällt, sage ich Ihnen noch Bescheid. Wir fahren ja in zwei Tagen.«

»Sie fahren tatsächlich? Und schon so schnell?«

»Am Freitag geht es los«, sagte Anna, »Samstagmittag geht unser Schiff von Lübeck.«

»Wollen Sie nicht noch warten? Ich versuche die ganze Zeit, meinen Vorgesetzten davon zu überzeugen, dass wir nach Helsinki müssen, dann könnten Sie wenigstens mit Begleitschutz fahren.«

»Du lieber Himmel! Auf den Herrn Wilhelm können wir ja wohl warten, bis wir schwarz sind. Nein, nein, das schaffen wir schon.«

»Wer ist denn wir?«

»Fräulein Pasche fährt mit mir, Lina Pasche, eine alte Freundin.«

Hugo war erleichtert, dass kein Mann mit von der Partie war, und verabschiedete sich schnell. Hohenstein hatte sich bisher zwar nicht gegen die Reise ausgesprochen, aber auch nicht dafür. Jetzt würde er ihn vor vollendete Tatsachen stellen. Auf dem Weg ins Präsidium ging er in der Reiseagentur vorbei und buchte zwei Schiffspassagen für den 16. Juni.

*

Bad Neuenahr, den 9. Juni 1912

Liebe Anna,
wir sind gut hier angekommen und denken an dich, wo du dich doch heute auf den Weg in das finnische Abenteuer machst. Emma hat Angst um dich, der finnische Urwald, sagt sie immer wieder, wer weiß, was ihr alles zustoßen kann. Aber ich bin ganz ruhig, ich weiß, dass du eine mutige junge Frau bist und vertraue auf Herrn Soderberg, der dich sicher beschützen wird.

Mein liebes Kind, dies ist der Beginn eines Geständnisses, das ich auf dem wunderschönen Balkon meines Hotelzimmers niederschreibe, gestreichelt von dem warmen Juniwind und dem Schatten der Kastanie, deren frische, hellgrüne Blätter mich vor den Blicken der anderen Kurgäste schützen. Ich habe Schuld auf mich geladen, und ich kann sie nicht löschen, indem ich diese Beichte ablege. Aber vielleicht drückt sie mich dann weniger und manches von dem, was geschehen ist, erklärt sich wenigstens ein Stück. Ich muss weit ausholen, ich schreibe dir von Dingen, die du auch miterlebt hast, aber ich schreibe aus meiner Sicht, die immer eine andere war als die von dir und deiner Mutter und die ich mir auch erst richtig zugestehen kann, seitdem Pekka nicht mehr lebt. Seitdem Pekka tot ist, diese kaum fassbare Tatsache dringt erst allmählich in mein Bewusstsein, und ich vermute, dass es dir ähnlich geht.

Dies ist die Geschichte von Louise Brüninghaus und Pekka Salander, ich erzähle sie von Anfang an.

Es war wie ein Sonnenaufgang, als ich ihn das erste Mal gesehen habe, wie ein warmer Strahl hat er mich berührt. Er hatte ein Lachen, das ich sonst nur bei Kindern erlebt habe, und Augen, denen man bis auf den Grund sehen konnte. Sein Gesicht war so frei, so empfindlich, so weich wie das eines jungen Mädchens, ich hatte noch nie einen solchen Mann getroffen. Im Geschäft verzauberte er die Kundinnen, keiner konnte so vor ihnen stehen wie er, mit seinem kräftigen, federnden Körper, er gab ihnen das Gefühl, Nofretete und die Königin von Saba gleichzeitig zu sein, wenn sie sich vor ihm drehten in den schmeichelnden Krägen. Manchmal blies er in die Haare der Silberfüchse und der Kronenzobel mit ihren silbernen Spitzen, die Soderberg für uns in Russland auftrieb, und sagte: Schauen Sie, der Wind wird zu Seide, wenn man einen Pelz trägt. Die Frauen schmolzen dahin, sie waren ihm verfallen, sie kamen nur seinetwegen, und ich glaube, dass er viel von seinem Geld mit seinen blaugrünen Finnenaugen verdient hat. Natürlich auch mit seinem Fleiß und seinem guten Instinkt für die Wünsche von Frauen, seinem hervorragenden Geschmack, niemand verstand es wie Pekka, den Kundinnen den passenden Pelz auf den Leib zu schneidern, die Wespentaillen der Jungen zu betonen oder mit eleganten Umhängen die problematischen Stellen der Älteren zu überspielen. Unsere Capes, Schals und Stolen aus dem hellgelben finnischen Rotfuchs mit dem besonders feinen Haar, dem rötlichen Eichhörnchen, dem dunkelgelben Iltis mit den schwarzen Grannenhaaren suchten ihresgleichen im ganzen Rheinland.

Pekka war ein Glücksmensch, zumindest habe ich das lange so gesehen. Ich wusste ja auch um das andere, aber trotzdem, es war ein Glanz um ihn, er war nicht so hart und säuerlich wie unsere Männer, unsere Schnauzbärte, unsere Wilhelms, wie du sie nennst, er roch so gut, es war einem wohl, wenn er in der Nähe war.

Aber das weißt du ja alles, mein Annakind, du weißt,

wie dein Vater war. Ich schreibe dir diesen Brief, damit du die Dinge erfährst, die hinter all dem lagen, die nie ausgesprochen wurden in unserem Hause. Inzwischen glaube ich ja, dass es das in jeder Familie gibt, das offizielle Leben sozusagen, das sich nach außen zeigt, an das die Nachbarn glauben und an das man selbst auch am liebsten glauben möchte. Und dann das zweite Leben, das dahinter liegt oder darunter, wie man es sehen will. Das geheime Leben, das aus der Leidenschaft, den Ängsten und den Schattenseiten der Menschen erwächst.

Mein Verhängnis war, dass ich am Anfang dachte, ich sei Pekka nicht egal, als Frau meine ich, und vielleicht war es für kurze Zeit auch so. Wir harmonierten ja so wunderbar bei der Arbeit, wir waren fröhlich, Scherze flogen hin und her, der Tag verging wie im Flug. Erst später wurde mir klar, dass er allen Frauen dieses Gefühl gegeben hat. Egal, wie unscheinbar sie waren, wenn Pekka sie anstrahlte, blühten sie auf und sahen schön und glücklich aus.

Als er hier ankam, war er sehr einsam und sprach ein Deutsch, vor dem es einen grausen konnte. Louiss, sagte er zu mir, Louisschen, du bist eine gute Seele, wenn ich nur jemanden hätte, bei dem ich mein Herz ausschütten könnte. Obwohl ich ihn immer wieder dazu ermuntert habe, tat er es lange nicht, sondern erging sich nur gelegentlich in nebulösen Andeutungen. In der Nacht, als du geboren wurdest, Annakind, war es dann so weit, Pekka und ich haben Schnaps getrunken aus Freude über deine Ankunft, während du und Emma den Schlaf der Gerechten schliefet, und da hat er mir alles erzählt, wie ein Sturzbach brach es aus ihm heraus, die ganze Geschichte, von der außer mir niemand etwas erfahren hat.

III. Die Reise

»Guck dir das an, Frauengefängnis ist doch gar kein Ausdruck!«

Anna und Lina standen in der Schlange vor dem Erste-Klasse-Wagen des D-Zuges nach Hamburg auf dem belebten Bahnsteig des Düsseldorfer Hauptbahnhofes und beobachteten eine Frau, die versuchte, die hohen Trittbretter zu erklimmen. Der hautenge Rock ihres Reisekostüms erwies sich dabei als unüberwindliches Hindernis, und sie schaffte es erst, als von oben gezogen und von hinten nachgeschoben wurde. Anna und Lina wiesen die Hände, die sich auch ihnen hilfreich entgegenstreckten, hoheitsvoll zurück und schwangen sich wie die Männer in ihren Beinkleidern mit raumgreifenden Schritten in den Wagen.

Der Zug pfiff gellend und stieß Dampfwolken aus, dann setzte er sich langsam in Bewegung und rumpelte in Richtung Nordosten. Sechs Stunden würden sie bis Hamburg-Altona brauchen, wo Anna ein Hotelzimmer gebucht hatte. Am nächsten Morgen sollte es weiter nach Lübeck gehen, wo sie am Mittag die »Primula« besteigen und zwei Tage später, nach einem Zwischenstopp in Reval*, Helsinki erreichen würden.

Sie hatten jede nur einen Reisekoffer und ein Stück Handgepäck dabei und machten es sich in ihrem Erste-Klasse-Abteil bequem.

»Heute Abend trinken wir Champagner!« Zum ersten Mal seit Pekkas Tod funkelten Annas Augen wieder. »Lina, jetzt fängt unser Abenteuer an, lass uns versuchen, es trotz allem ein bisschen zu genießen.«

»Hoffentlich geht es gut aus.« Lina seufzte, sie war wortkarg und sah immer noch blass und erschöpft aus. »Und du meinst, bei Soderbergs können wir wirklich unterkommen?«

»Auf jeden Fall, wir sind ihm sehr willkommen, hat er telegraphiert. Du hast ihn ja damals kennen gelernt, als er uns besucht

* heute Tallinn

hat, du erinnerst dich doch, wie freundlich er war? Er weiß, was passiert ist, die finnische Polizei war wohl schon einige Male bei ihm.«

Anna sah aus dem Fenster und dachte an Onkel Soderbergs gütige Augen, seine bedächtige, ruhige Stimme und seinen Geruch nach frischer Wäsche, den sie sich jederzeit wieder ins Gedächtnis rufen konnte, genau wie seinen wunderbar weichen Kaschmirmantel mit dem Biberkragen, der ihm etwas Vornehmes, Aristokratisches gegeben hatte. Elf Jahre musste es her sein, dass er in Elberfeld gewesen war, sie erinnerte sich, wie er ihre Kinderhand in seine schmale, trockene Hand genommen und sie ihm die Stadt gezeigt hatte, das neue Museum mit seinen Kunstschätzen, den Neumarkt mit dem Rathaus und dem Neptunsbrunnen, die ebenfalls gerade fertig gestellte Stadthalle und natürlich die Schwebebahn, die eben von Kaiser Wilhelm und Kaiserin Viktoria – Anna hatte sie als winkende kleine Püppchen in Erinnerung – eingeweiht worden war.

Was hat die kleine Anna für ein Glück, dass sie in einer Stadt mit einer so schönen Luftschaukel – wie Pekka sagte er Luftsssaukel – wohnen darf.

Als Soderberg wieder abfuhr, hatte Pekka weinend auf dem Bahnsteig gestanden, und das weiche, zischende Finnisch, in dem die beiden sich unterhielten, hatte Anna noch Tage in den Ohren geklungen.

So einen Papa hätte ich mir gewünscht, kullan muru, er ist ein guter Mensch, der beste, den ich kenne. Schau, was er für schöne Pelze mitgebracht hat, Blaufüchse, Silberfüchse, und hier, der Zobel, ein Pelz für den Kaiser. Ach, was rede ich, nicht für den dummen Kaiser, für mein Annakind ist der Zobel, der Kronenzobel für meine Kaiserin, die einmal die schönste Frau der Welt sein wird.

Pekka blies die Pelzhärchen auseinander, Emma echauffierte sich.

Was redest du dem Kind ein, Pekka, sie verliert ja jedes Maß, sie gerät uns ja völlig aus den Fugen.

Meine Tochter wird eine schöne, stolze, kluge Frau sein, da braucht sie kein Maß und keine Fugen, es reicht, wenn sie so ist, wie sie ist.

»Ich würde was drum geben, wenn ich einen Blick in die Zukunft werfen und sehen könnte, was in vier Wochen ist«, sagte Anna. »Wenn ich nur wüsste, was uns erwartet. Als Erstes müssen wir uns auf die Suche nach meiner Tante machen, ich hoffe, Herr Soderberg hat eine Spur von ihr. Warum hat Papa nur alle Kontakte abgebrochen? Ich weiß, dass er seine Schwester liebte, er hat oft von ihr gesprochen, von ihren Kinderstreichen im Sommerhaus, wie sie Tante Mia und Tante Naimi geärgert und Salz in den Zuckertopf getan haben, weil die beiden so gerne naschten, und wie Tante Mia, weil eine Maus in den eingemachten Heidelbeeren ertrunken war, die ganze Gegend zusammenschrie. ›*Yksi hiiri, yksi hiiri*‹, rief Papa dann mit Fistelstimme, ›*voi hyvä jumala, yksi hiiri.*‹* Allerdings sprach er nie von Minna als Erwachsener, er hat nie etwas darüber gesagt, was aus ihr geworden ist. Warum ist so vieles rätselhaft an meinem Vater, Lina? Ich werde fast verrückt davon, wie wenig ich von ihm weiß.«

Lina hatte sich zurückgelehnt, ihr kleines Gesicht war fast grau. Ein paar Mal öffnete sie den Mund, als wolle sie etwas sagen, tat es aber nicht, sondern schloss die Augen und drückte sich tief in den gepolsterten Sitz. In Anna, die in den letzten Nächten vor Aufregung kaum geschlafen hatte, machte sich Erschöpfung breit, sie lehnte sich ebenfalls zurück und wollte gerade die Augen schließen, als eine Männergestalt an der gläsernen Tür des Abteils, deren Vorhänge zurückgezogen waren, vorbeiglitt.

»Das kann doch wohl nicht wahr sein!«

Lina öffnete ebenfalls die Augen und sah Anna erschrocken an.

»Hast du den Mann gerade gesehen?«

Lina verneinte, Anna konnte vor Aufregung kaum sprechen. »Es war der Russe, jedenfalls nenne ich ihn so für mich, ein sehr seltsamer Mann, den ich schon zweimal in Elberfeld gesehen habe. Einmal stand er vor unserem Haus, das war kurz vor dem Mord, er fiel mir auf, weil er irgendwie fremd aussah. Und dann war er auf Papas Beerdigung, da war er ganz verweint. Ich wollte

* Eine Maus, eine Maus, um Gottes willen, eine Maus

es der Polizei sagen, aber ich habe es immer wieder vergessen in der ganzen Aufregung. Und jetzt scheint er hier im Zug zu sein. Das muss doch etwas zu bedeuten haben, Lina, ich habe das Gefühl, dass er mich verfolgt. Was machen wir nur?«

»Das weiß ich auch nicht. Das Beste ist, wir verriegeln das Abteil, und wenn wir mal raus müssen, gehen wir zusammen.«

»Sergeant Blank hat gesagt, wir würden Schutz brauchen«, sagte Anna beklommen, »ich hätte auf ihn hören sollen.«

Lina setzte sich auf, sie war kalkweiß und sah aus, als würde sie gleich ohnmächtig.

»Vielleicht war die ganze Reise ohnehin ein Fehler«, brachte sie schließlich heraus, »vor allem hätte ich niemals mitkommen dürfen, das wird mir immer klarer. Es gibt nämlich etwas, das du nicht weißt, ich habe dich belogen, Anna. Ich habe zuerst gedacht, ich könnte es dir verschweigen, aber das geht nicht. Ich muss dir etwas sagen, das dich sehr schockieren wird, und ich verspreche dir, dass ich auf dem nächsten Bahnhof aussteigen und umkehren werde, wenn du das möchtest.«

Anna schwappte die Angst bis in den Kopf, sie krampfte ihre Hände in die Sitzpolster.

»Schieß los«, sagte sie und sah Lina mit weit aufgerissenen Augen an.

*

Als Hugo am Freitagmorgen um halb acht zum Dienst erschien, saß auf dem Stuhl vor seinem Büro bereits eine einfach gekleidete Frau, die ein keckes Hütchen auf ihrem Haarknoten balancierte. Beim Näherkommen erkannte er Gertrud Meier, das Nähmädchen aus der Kürschnerei. Sie nestelte unruhig an ihrer Tasche.

»Ich muss Ihnen etwas sagen, das ich bisher verschwiegen habe«, flüsterte sie, nachdem Hugo sie hereingebeten hatte. »Ich habe nämlich ein Gespräch zwischen Herrn Salander und Elias angehört, als Herr Salander noch lebte. Ich habe es Elias zuliebe verheimlicht, aber jetzt kann ich es nicht mehr für mich behalten, ich muss es loswerden.«

Hugo brühte Kaffee auf und stellte zwei Tassen auf seinen Schreibtisch. »Da bin ich aber sehr neugierig.«

»Es war ungefähr zwei Monate vor Herrn Salanders Tod, wir hatten schon Feierabend«, begann Gertrud. Sie sprach stockend und verhaspelte sich immer wieder. »Ich musste noch mal in die Werkstatt zurück, da hörte ich die beiden streiten. Vor allem Elias war richtig laut, das war man ja von ihm gar nicht gewohnt. Ich blieb hinter dem Pelzständer stehen, weil ich nicht wollte, dass sie mich bemerkten. ›Du machst ihr Leben kaputt‹, rief Elias, ›du spielst mit ihr, und hinterher lässt du sie fallen wie eine heiße Kartoffel. Das passiert ja nicht zum ersten Mal, daran sind schon viele junge Frauen kaputtgegangen.‹ Herr Salander kam kaum dazwischen, so brüllte Elias, ich habe ihn so noch nie erlebt. Schließlich sagte Salander, er liebe Lina mehr als sein eigenes Leben, er werde sie niemals fallen lassen, sondern sich von seiner Frau trennen und sie heiraten.«

Hugo pfiff durch die Zähne. »Lina? Wissen Sie, wer damit gemeint war?«

»Natürlich, Fräulein Pasche war gemeint, die Nichte von Elias. Sie hatte ja ganz früher, vor meiner Zeit, bei Salander gearbeitet und war dann nach Köln gegangen. Vor einem Jahr ist sie zurückgekommen, weil ihre Mutter krank wurde. Elias erzählte oft von ihr, er freute sich, dass sie wieder da war, er hing sehr an ihr, er hatte ja keine eigene Familie. Sonntags und an den Feiertagen war er meistens bei ihr und ihrer Mutter, ich glaube, er hat sich ein bisschen als Linas Ersatzvater gefühlt.«

»Wissen Sie, ob Lina Pasche mit Fräulein Salander befreundet ist?«

»Ich denke schon, neulich erzählte Fräulein Anna in der Werkstatt, sie habe Fräulein Pasche auf der Hardt getroffen und sich sehr darüber gefreut, und jetzt fahren sie ja zusammen nach Helsinki.«

Hugo sah auf die Uhr, gerade mussten die beiden Frauen in Düsseldorf in den Zug nach Hamburg gestiegen sein.

»Wie ging das Gespräch zwischen Salander und Schlipköter weiter?«

»Es endete sehr abrupt. Nachdem Herr Salander das mit dem Heiraten gesagt hatte, knallte Elias seine Zange auf den Tisch und schrie, das werde er sowieso nicht tun, das würden alle Männer sagen, die junge Frauen verführten. Wenn sie ihr Vergnügen gehabt hätten, würden sie sie dann doch sitzen lassen und der Schande überantworten, so ähnlich drückte er sich aus. Außerdem sei Lina gesellschaftlich erledigt, ob er sie heirate oder nicht, eine Ehebrecherin, damit wolle doch niemand etwas zu tun haben. Herr Salander versuchte, ihn zu beschwichtigen, aber er hatte wohl keine Chance, Elias war so wütend, wie ich ihn noch nie erlebt habe. Ich habe mich dann hinausgeschlichen, weil ich Angst hatte, die beiden würden mich entdecken.«

»Und warum kommen Sie damit erst jetzt? Das hätten Sie uns unbedingt gleich sagen müssen.«

Die Stimme des Nähmädchens war tonlos. »Ich weiß«, flüsterte sie, »ich habe seitdem auch keine Nacht mehr richtig geschlafen. Ich hatte Angst, dass es Elias in einen schrecklichen Verdacht bringen würde, deshalb habe ich nichts gesagt. Und ich bin sicher, dass er es nicht war, zu so etwas wäre er niemals in der Lage. Außerdem kam doch das Paket aus Finnland, da konnte er doch gar nicht dran.«

»Solche Rückschlüsse müssen Sie natürlich der Polizei überlassen, Fräulein Meier, ich denke, das wissen Sie auch. Ich billige Ihr Verhalten zwar nicht, aber ich danke Ihnen trotzdem für diese Aussage.«

Hugo stand auf und griff nach seiner Uniformjacke. »Bitte halten Sie sich zur Verfügung, falls wir weitere Nachfragen haben.«

Gertrud Meier schlich hinaus, und Hugo lief im Eilschritt zur Schwebebahn, um zu Schlipköter zu fahren, der an der Loher Straße wohnte. Hugo musste eine Weile suchen, bevor er die Wohnung in einem kleinen, mit Bergischem Schiefer verkleideten Hinterhaus fand.

Schlipköter öffnete erst, nachdem er mehrmals geklingelt hatte. Der Kürschner machte einen verängstigten und verwahrlosten Eindruck, und Hugo fragte sich, ob er seine Wohnung überhaupt noch verließ.

»Ich wusste, dass Sie eines Tages darauf kommen würden«,

murmelte er, als der Sergeant ihn mit der Aussage konfrontierte. »Aber ich konnte das Kind doch nicht preisgeben, meine kleine Lina, es wäre doch gewesen, als hätte ich sie an den Pranger gestellt. Diese Schande, diese Demütigung, das hätte sie doch niemals verkraftet. Das geht doch immer alles gegen die Frauen, bei den Männern ist es ein Kavaliersdelikt, und die Frauen sind die Schlechten.«

»Ich gebe Ihnen vollkommen Recht, aber trotzdem hätten Sie es nicht verschweigen dürfen. Immerhin steht es im Zusammenhang mit einem Mord.«

»Sie können mich gerne verhaften, mein Leben ist sowieso nichts mehr wert.«

»Na, na, Herr Schlipköter«, beschwichtigte Hugo, »niemand wird die Sache mit Fräulein Pasche an die große Glocke hängen, das verspreche ich Ihnen in die Hand. Und von einer Verhaftung kann auch keine Rede sein, es sei denn, Sie hätten uns noch etwas anderes verschwiegen. Fühlen Sie sich denn in besonderer Weise für Ihre Nichte verantwortlich?«

Schlipköter blieb eine Weile stumm, er schluckte und kämpfte mit den Tränen.

»Lina ist alles, was ich habe, sie und ihre Mutter, andere Verwandte habe ich nicht. Sie musste ja ohne Vater aufwachsen, da habe ich immer ein bisschen den Ersatz gespielt. Aber eigentlich brauchte sie das gar nicht, sie war immer so vernünftig und selbstständig, sie war ein gutes Kind. Sie half ihrer Mutter, sie lernte für die Schule, dann fing sie an zu arbeiten, immer fröhlich, immer optimistisch, das ist einfach ihr Naturell. Natürlich haben meine Schwester und ich gehofft, sie würde einen anständigen und gut situierten Mann abbekommen, hübsch und intelligent genug ist sie ja. Stattdessen hat sie sich auf so eine Geschichte eingelassen.«

»Woher wussten Sie überhaupt von der Affäre? Hat Fräulein Pasche es Ihnen gesagt?«

Schlipköter ging an den Herd, auf dem eine zinnerne Dröpelmina* mit zierlichen gedrechselten Füßchen stand, und füllte

* Bergische Kaffeekanne

zwei Tassen mit Kaffee. Er schob eine Hugo hin, dann sagte er leise und stockend:

»Ich habe sie einmal überraschend besucht, da habe ich Pekka angetroffen, in Hosenträgern, die Situation war eindeutig. Ich habe gedacht, mich trifft der Schlag, am liebsten hätte ich ihn umgebracht oder zumindest verprügelt.« Schlipköter sah Hugo mit nassen Augen an. »Natürlich habe ich es nicht getan, aber in dem Augenblick hatte ich das Bedürfnis, ich dachte, er hat alles zerstört, sie, ihre Mutter und mich auch. Danach hätte ich ihm niemals mehr unter die Augen treten können, als wäre nichts gewesen.«

»Das kann man ja in gewisser Weise verstehen. Hatten Sie vorher auch schon manchmal Hassgefühle gegen Herrn Salander? Hat er Ihnen irgendeinen Grund gegeben?«

Wieder brauchte Schlipköter eine Weile für die Antwort.

»Wie konnte ich ihn hassen, er hat mir Arbeit gegeben, gute Arbeit, ich war selbstständig, er hat mich anerkannt und gut entlohnt.«

»Wie ist die Sache denn nach der Auseinandersetzung weitergegangen?«

»Ich habe mir überlegt, dass ich da nicht mehr weiter arbeiten kann, und ausgerechnet zu der Zeit kam auch das Angebot von Herrn Honscheid, die Kürschnerei von Tietz zu übernehmen, es kam wie gerufen. Zwei Wochen später hat Lina mir gesagt, sie habe sich von ihm getrennt, und ich denke auch, dass das stimmt. Pekka ging es ab da schlecht, ich glaube, dass er sehr gelitten hat. Aber ich wollte trotzdem weg, ich konnte ihm nicht verzeihen, was er getan hatte.«

»Wusste außer Ihnen noch jemand etwas davon? Hat Frau Salander nichts geahnt oder Fräulein Brüninghaus?«

»Ach, Frau Salander, die hatte doch nichts anderes im Kopf, als an ihm herumzumeckern. Und Louise, ich weiß nicht, bei ihr wusste man nie, was in ihr vorging.«

»Und Fräulein Pasche ist jetzt auf dem Weg nach Helsinki, zusammen mit Fräulein Salander.«

Schlipköter schlug die Hände vor das Gesicht. »Wenn ich sie

wenigstens davon hätte abhalten können, das ist doch der größte Wahnsinn. Aber sie hatte so schreckliche Angst vor der Polizei, irgendwann erfahren sie es und stellen mich bloß, hat sie nach dem Mord zu mir gesagt, Sie hätten sie sehen müssen, sie war vollkommen aufgelöst, und ich glaube, es war eine Art Kurzschlussreaktion, dass sie mitgefahren ist.«

Er schluchzte, Hugo verstand ihn kaum noch und entschied, es für heute gut sein zu lassen. Er ermahnte ihn, in Zukunft besser mit der Polizei zusammenzuarbeiten, und versicherte, dass außer Kommissar Hohenstein niemand vom Inhalt ihres Gespräches erfahren würde. Falls sich noch Fragen ergeben würden, werde er noch einmal vorbeikommen, Schlipköter solle sich möglichst nicht aus der Stadt entfernen. Der Kürschner nickte, Tränen rannen in seinen Bart, als er den Sergeanten zur Tür brachte.

*

»Und es passierte ganz plötzlich?«

Sie fuhren durch das endlose norddeutsche Flachland, das Abteil war blau verqualmt, weil Anna sich eine Zigarette nach der anderen anzündete. Linas Geständnis erschütterte sie zutiefst, sie war rot und blass geworden, als Lina es herausgestoßen hatte, sie schnappte nach Luft, rang die Hände und konnte es kaum fassen. Die Affäre hatte zu der Zeit begonnen, als sie nach Berlin gegangen war, deshalb hatte sie nichts davon mitbekommen, und natürlich war sie eine plausible Erklärung für die schlechte Stimmung zu Hause.

»Eigentlich fing es schon an, als ich bei euch gearbeitet habe. Etwas zuckte und blitzte immer zwischen uns, wenn Pekka hereinkam, wir gerieten in eine Art Verzückung, mir stieg das Blut in den Kopf, und ich war ganz außer mir. Aber ich konnte damit gar nicht umgehen, es war mir eher unangenehm, und auch Pekka hat mir später gesagt, dass die Heftigkeit ihn erschreckt hat. Ich glaube, dass es sogar einer der Hauptgründe war, weshalb ich damals gegangen bin, es machte mir Angst und erschien mir gefährlich.«

Lina war nach Köln gegangen, hatte sich dort wieder eine Stelle als Verkäuferin gesucht und sich einer Frauengruppe angeschlossen. Einige Jahre später begann sie ein Verhältnis mit einem jungen Rechtsassessor, der sehr verliebt schien. Er verließ sie jedoch, nachdem seine Eltern eine Heirat mit einer vermögenden jungen Frau aus gutem Hause arrangiert hatten, die ihm auch den Weg zu einer glänzenden Karriere öffnete. Lina war tief verletzt, gleichzeitig wurde ihre Mutter krank und brauchte ihre Unterstützung. So ging sie zurück und lebte sich in Elberfeld wieder gut ein. Die Kölner Erfahrung trat in den Hintergrund, sie war ganz zufrieden und hatte sich mit ihrem Leben arrangiert, als sie zufällig in der Schwebebahn Pekka wiedertraf.

»Es war so ähnlich wie unser Wiedersehen, Anna, er sprach mich beim Aussteigen an und lud mich in ein kleines Café an der Hardt ein. Es hat sofort gefunkt, wir mussten die ganze Zeit lachen und redeten ununterbrochen, es war eine Vertrautheit da, als hätten wir uns nie aus den Augen verloren. Es war wie eine Naturgewalt, wir konnten uns dem nicht entziehen, ich weiß nicht, ob du das verstehen kannst.«

Dieses Luder. Louises düstere Stimme, sie musste es gewusst haben.

»Ich hatte natürlich immer Angst vor Entdeckung, ich hätte Hedwig ja wegen dieses verdammten Kuppeleiparagraphen ins Gefängnis bringen können, wenn uns jemand denunziert hätte. Außerdem wäre ich mit Sicherheit meine Stelle losgeworden, und auch für Pekka wäre es eine Katastrophe gewesen. Zum Glück stand Hedwigs Haus so einsam, dass er sich immer unbemerkt hereinschleichen konnte. Ob Onkel Elias etwas geahnt hat, als er uns eines Tages überraschte, weiß ich nicht. Er hat gesagt, es sei reiner Zufall gewesen, aber so ganz kann ich das nicht glauben. Kurz danach kam ein Brief, anonym, ohne Absender. Darin stand, es sei bekannt, dass ich eine Ehebrecherin sei und dass man das meiner Arbeitgeberin mitteilen werde. Lassen Sie Herrn Salander in Ruhe, stand da mit drei Ausrufungszeichen. Ich habe geglaubt, es sei die Schrift deiner Mutter, die kannte ich ja aus der Zeit, in der ich bei euch gearbeitet habe. Ich dachte, sie wisse es vielleicht von Elias, aber jetzt bin ich nicht mehr so sicher, weil sie nichts davon der Polizei gesagt hat. Vielleicht kam der Brief ja auch aus der Nachbarschaft oder von einem der Angestellten. Ich warf ihn fort, erzählte Pekka allerdings davon. Ich sagte ihm, das alles sei mir zu gefährlich, erst Elias, dann dieser Brief, wir müssten uns trennen. Da machte er mir einen Heiratsantrag, er wollte alles aufgeben, das Geschäft verkaufen und mit mir in eine andere Stadt gehen.«

»Ich kann mir durchaus vorstellen, dass meine Mutter so einen Brief geschrieben hat«, sinnierte Anna, »aber ich glaube nicht, dass sie diese Dinge jemals nach außen zugegeben hätte. Sie besitzt die Fähigkeit, Tatsachen, die sie nicht wahrhaben will, einfach nicht zur Kenntnis zu nehmen. Louise macht es ähnlich, sie tun so, als sei es nicht, wie es ist, sondern biegen es so hin, wie sie es haben wollen. Bestimmt haben sie befürchtet, dass die Schande an ihnen hängen bleibt, wenn sie es der Polizei sagen. Warum hast du Pekka verlassen, anstatt seinen Antrag anzunehmen?«

»Ich hatte plötzlich so entsetzliche Vorstellungen, was passieren könnte, alle würden ja in Mitleidenschaft gezogen, meine Mutter, Onkel Eli und natürlich deine Familie. Pekka als Ehebrecher bloßgestellt, vielleicht vor der ganzen Elberfelder Gesellschaft, sein Geschäft würde leiden, er müsste deiner Mutter hohe Summen zahlen und wäre ruiniert. Ich habe ihn geliebt wie niemals einen anderen vorher, das musst du mir glauben, aber irgendwann sah ich nur noch die Schwierigkeiten und bekam furchtbare Angst. Ich dachte an die Demütigung in Köln, so etwas wollte ich nicht noch einmal mitmachen. Es war ja auch gar nicht vorstellbar, dass Pekka seinen Laden aufgab, ohne es später zu bereuen und mich dafür verantwortlich zu machen, es war doch sein Lebenswerk. Ich dachte, er wird es mir immer vorhalten, wenn die ganz große Liebe vorbei ist, und sie geht vorbei, Anna, das ist so sicher wie das Amen in der Kirche. Wenn man Glück hat, respektiert man sich hinterher und versteht sich gut, wie Freunde, vielleicht kann man auch ganz gut ein Leben miteinander verbringen. Aber das konnte ich mir nicht vorstellen bei den starken Gefühlen zwischen Pekka und mir. Ich dachte, ein

Alltag, ein Mittelmaß, das würde zwischen uns nicht funktionieren. Dann begann er, immer mehr zu trinken, ich sah, dass es ihm schlecht ging. Andererseits wollte er alles neu beginnen, er sprach sogar von einem Kind, er wurde immer unrealistischer, und ich habe einfach nur Angst bekommen.«

Alle verlassen mich, niemand liebt mehr den alten Pekka.

»Du wirst es der Polizei sagen müssen, der Schnauzbart wird sich wahnsinnig aufregen, dass du nicht gleich damit gekommen bist.«

»Es hat mich niemand gefragt«, sagte Lina leise, »das Verhältnis war ja beendet, als Pekka starb. Außerdem bin ich polizeibekannt, vor einem Jahr habe ich an einer Demonstration für das Frauenwahlrecht teilgenommen, da haben sie von uns allen die Personalien aufgenommen. Überleg doch mal, Anna, so ein Weibsbild, und dann auch noch Ehebruch. Meinst du wirklich, ich wäre verpflichtet gewesen, von mir aus ins Präsidium zu gehen und mich selbst zu denunzieren?«

Nachdem sie Bremen passiert hatten, packten sie ihre Sachen zusammen, verriegelten das Abteil und gingen gemeinsam zur Zugtoilette. Während die eine drin war, überwachte die andere ängstlich den Gang, aber es zeigte sich kein Russe, sondern nur ein freundlicher Schaffner, der versprach, sich in Hamburg um ihr Gepäck zu kümmern.

Der Altonaer Bahnhof wimmelte von Menschen, auf den Gleisen schnauften die Lokomotiven. Mit einer Droschke fuhren sie zum Hotel, das in der Nähe des Hafens lag. Anna bestellte zum Abendessen Nordseekrabben und Champagner auf das Zimmer.

Lina sah durch das hohe Fenster auf die belebte Straße hinunter, am Horizont waren Schiffsmasten zu sehen, über denen Möwen kreisten.

»Ich würde es verstehen, wenn du mit mir nichts mehr zu tun haben willst«, sagte sie leise, »ich habe dir ein böses und falsches Spiel vorgemacht, ich habe nur an mich gedacht.«

Anna umarmte sie. »Blödsinn«, sagte sie, »natürlich bin ich vollkommen erschüttert, aber nicht über dich, sondern einfach über die Tatsache, dass es so war, wie es war. Ich kann dir doch nicht vorwerfen, dass du dich in meinen Vater verliebt hast. Ich vertraue dir, Lina, wir halten zusammen und stehen das gemeinsam durch, außer dir kann ich mir keinen Menschen vorstellen, mit dem ich diese Reise machen wollte.«

Der Zimmerkellner rollte einen gedeckten Tisch herein und schenkte ihnen die Champagnerkelche voll. Anna prostete Lina zu.

»Auf Helsinki und darauf, dass wir alles gut überstehen.«

Sie machten es sich auf dem Bett bequem und drapierten die Krabbenbrote und die Champagnergläser um sich herum.

»Dass ich mich auf die Sache mit Pekka eingelassen habe, war verwerflich«, begann Lina wieder, »da will ich auch nichts dran beschönigen. Aber wenn es so etwas gibt wie Liebe, die einen überfällt und gegen die man sich nicht wehren kann, dann war es das zwischen uns. Wir konnten es nicht beeinflussen, es war magisch, wie ein Strudel, wie das Schicksal einfach, anders kann ich es nicht beschreiben. Vielleicht wäre es ganz am Anfang noch zu vermeiden gewesen, vielleicht, wenn ich es abgelehnt hätte, mit ihm ins Café zu gehen. Aber als es einmal angefangen hatte, war nichts mehr zu machen, da saßen wir drin wie in einem fahrenden Karussell.«

»Wart ihr glücklich zusammen?« Anna flüsterte und hatte das Gefühl, Pekka sitze mit seiner warmen Brust zwischen ihnen auf dem Bett.

Lina seufzte. »Ich bin jedenfalls niemals so glücklich gewesen wie in den Stunden, in denen er bei mir war. Er kam mittwochs und sonntags gegen Abend, manchmal auch noch am Freitag, meistens blieb er bis in die Nacht. Ich weiß nicht, was er zu Hause gesagt hat, ich habe nicht danach gefragt. Die Liebe mit ihm war vertraut und selbstverständlich, das Schönste, was ich je erlebt habe«, sagte Lina mit nassen Augen, »jedenfalls vier Monate lang, dann wurde sie ohne Übergang zu einem Alptraum.«

»Hast du denn aufgehört, ihn zu lieben?«

Linas Tränen liefen. »Natürlich nicht, niemals, zu keinem Zeitpunkt. Bevor ich von dem Mord hörte, hatte ich mir auch überlegt, den Kontakt wieder aufzunehmen, er schickte mir ja fast täglich Briefe mit Beteuerungen, wie sehr er mich vermisse. Als es dann passiert war, habe ich sie alle verbrannt, ich war wie von Sinnen, jeden Augenblick rechnete ich mit der Polizei, bei jedem Schellen, bei jedem Geräusch dachte ich, jetzt sind sie da, jetzt haben sie dich. Und dann war ich einfach nur erleichtert, als du mich fragtest, ob ich mit nach Helsinki fahre, ich hatte nur den Gedanken: weg aus Elberfeld, weg aus der Nähe der Polizei.«

»Du Arme!« Anna nahm Linas Hand und legte sie an ihre Wange. »Ich vermute übrigens, dass die Polizisten uns nachreisen, die Spuren nach Helsinki werden ja immer deutlicher. Aber du musst keine Angst haben. Der eine, der Kommissar, ist zwar ein Brechmittel, ein Wilhelm, wie er im Buche steht, aber der Sergeant ist ganz in Ordnung, ein Junger, Hübscher, ich glaube, ein Sozialdemokrat. Er hat mir sehr beigestanden in den letzten Wochen, an manchen Tagen waren wir ja ununterbrochen zusammen. Er ist angenehm, er gefällt mir.« Anna wurde rot.

»So, so«, lächelte Lina, »warum erfahre ich das erst jetzt?«

»Ach, ich weiß nicht, erst mal habe ich mich mit ihm gestritten, er wollte nicht, dass wir allein fahren.«

»Der Mann, mit dem du nicht streitest, muss ja wohl erst noch geboren werden, oder?«

Sie lachten, und Anna schenkte den Rest aus der Champagnerflasche ein. Ihre Wangen röteten sich, und sie begann zu lispeln.

»Wenn er mir nahe kommt, wird mir ganz anders, heiß und schwach, als würde sich der ganze Körper auflösen. Oder als wäre man nur noch Körper, ich weiß auch nicht richtig. Jedenfalls zieht es einem irgendwie die Beine weg. Ich habe das noch nie erlebt bei einem Mann.«

»So ist das, wenn man ihnen erliegt, im wahrsten Sinne des Wortes.«

»War das bei Papa und dir auch so?«

Ein Glanz brach durch Linas tränengetrübten Blick. »Es war wie ein Rausch, wie ein Sturm, als wäre ich kopfüber in ein wildes Meer geweht worden und hätte das Ufer nicht mehr gefunden.

Zusammen waren wir auf einer goldenen Insel mittendrin, so, wie er mir die Inseln auf den finnischen Seen im Sommer beschrieben hat, kleine, sonnige Paradiese voller Blaubeeren und Pfifferlinge und glitzernder Fische, die man über dem Feuer rösten kann. Aber sobald er weg war, dachte ich, ich müsse ertrinken, zumindest in den ersten Wochen. Ich habe nur noch auf die Stunden mit ihm hingelebt. Dann habe ich gedacht, ich muss lernen, den Kopf oben zu behalten, auch wenn er nicht da ist. Dieses Hin und Her hat mich fast wahnsinnig gemacht.«

Anna nahm den letzten Schluck aus ihrem Glas und kuschelte sich in ihr Kissen. »Hast du manchmal auch das Gefühl, dass Pekka noch da ist? Manchmal denke ich, er ist bei mir und schaut mir zu.«

»Andauernd habe ich das, manchmal spüre ich sogar seine Hände, und oft sehe ich seine Augen, als würden sie aus dem Himmel heruntergucken. Jetzt, wo wir beide zusammen sind, ist es noch viel stärker.« Lina rutschte unter die Bettdecke und rollte sich zusammen. »Manchmal denke ich, die Tür geht auf, und er kommt herein, ich kann es eigentlich nicht glauben, dass er tot ist.«

»So geht es mir auch«, sagte Anna, »wahrscheinlich ist das so, wenn es so plötzlich kommt. Hat er mit dir eigentlich mal über seine andere Tochter gesprochen, über diese Riikka?«

»Nein, niemals. Manchmal, wenn er getrunken hatte und traurig war, sagte er, dass es das Schlimmste wäre, ein Kind zu verlieren, aber wenn ich ihn gefragt habe, wie er darauf kommt, ist er ausgewichen. Du weißt ja, wie er war, wenn er nicht wollte, bekam man nichts aus ihm heraus. Obwohl wir so nahe zusammen waren, hatte ich doch immer das Gefühl, dass er voller Rätsel steckte.«

»Das ist mir auch nie anders gegangen«, lispelte Anna, »und wir sehen ja, wie viele Rätsel vor uns liegen. Ein Kind, von dem er niemandem erzählt hat, dazu gehört ja auch noch eine Mutter. Und jemand, der ihn entsetzlich gehasst haben muss. Ich darf gar nicht richtig drüber nachdenken, was uns erwartet, da wird mir ganz schön komisch.«

Lina streckte ihre Hand aus, und Anna ergriff sie im Halbschlaf, im Hafen tutete dumpf eine Schiffssirene. Tropfen fielen aus Pekkas Augen und legten eine goldene Spur um das Bett.

*

Bad Neuenahr, den 10. Juni 1912

Heute wirst du das Schiff besteigen, das dich nach Norden bringen wird, meine Anna, in seine Heimat, nach der er all die Jahre solche Sehnsucht hatte. Aber ich bin trotz des entsetzlichen Endes doch froh, dass er bei uns in Deutschland gelebt hat und wir an seiner Energie und Lebensfreude teilhaben durften.

Das Haus war plötzlich wieder voller Leben, als er damals zu uns gekommen war, das Geschäft blühte auf. Emma und ich waren ja wie gelähmt gewesen, als unsere Eltern so plötzlich starben und offenbar wurde, welchen Scherbenhaufen Vater uns hinterlassen hatte. Pekka brachte etwas ganz Neues hinein, seine Ideen, die Waren zu präsentieren, die Ausstattung des Ladens, alles wurde künstlerischer, anders kann man das nicht nennen. Wenn er nicht an der Nähmaschine saß, gestaltete er den Laden, kaufte edle Lampen und Kristallspiegel, Kronleuchter und Polstermöbel, war immer auf den Beinen, in der Kürschnerei, im Laden, im Kontor, wir arbeiteten Tag und Nacht. Ich stand morgens um sechs auf und freute mich auf einen neuen Tag mit ihm, ich machte alles so, wie er es wünschte, aber ich entwickelte auch selbst Ideen, denen er begeistert zustimmte, ich wienerte den Laden und brachte die alte Mahagonitäfelung wieder auf Hochglanz, und auf den Kristallspiegeln hättest du niemals ein Stäubchen gefunden. Du bist meine Beste, Louisschen, sagte er immer wieder, was täte ich nur ohne dich.

Emma spielte das Prinzesschen, du weißt, dass das ihre Art war, zur Arbeit war sie sich eigentlich immer zu schade. Sie war ja gerade erst neunzehn geworden, heute denke ich, sie war auf dem Höhepunkt ihrer Schönheit. Vielleicht hat die Ehe ihr dann auch den Schmelz genommen, den ihr ihre glatte, braune Haut verlieh, ihre dunklen Augen unter den gemeißelten Brauen, ihr roter, geschwungener Mund, den du von ihr geerbt hast. Und dann ihr Lachen, glucksend und ein wenig heiser, ich glaube, dass Pekka das sehr fasziniert hat, damals jedenfalls. Ich dagegen mit dem Straßenköterblond von unserem Vater – unserer ebenfalls dunkellockigen, ebenfalls in jungen Jahren wunderschönen Mutter war es immer ein besonderes Vergnügen, dieses Wort auszusprechen – und der undefinierbaren Augenfarbe, irgendwas zwischen grau und blau. Louise ist ein reizloser Typ, höre ich sie noch, nicht Fisch, nicht Fleisch, gut, dass sie wenigstens die Lachgrübchen hat, sonst wäre gar nichts dran an ihr.

Trotzdem habe ich mir eine Weile Hoffnungen gemacht, dass Pekka mich meinen könnte, wenn er so von innen heraus strahlte und mir seine Reverenzen erwies, ich dachte, vielleicht möchte er eine zuverlässige, praktische Frau, die beim Aufbau des Geschäftes mit ihm an einem Strang zieht. Er hatte damals Elias eingestellt, und immer mal wieder machte er Bemerkungen in die Richtung, ob der nicht etwas für mich sei, er habe das Gefühl, ich gefalle ihm. Ich hätte diese Zeichen richtig deuten müssen, aber manchmal ist man ja wie vernagelt. Elias mit seinem roten Bart und seinem einfachen Gemüt, seinem Fleiß, seiner Zuverlässigkeit, seiner bergischen Biederkeit, seiner Warmherzigkeit, die man nur entdecken konnte, wenn man ihn gut kannte, wie du ja weißt. Elias mit seinem treuen Hundeblick. Vielleicht wäre er sogar infrage gekommen, wenn Pekka nicht gewesen wäre, bestimmt wäre ich gut mit ihm gefahren, niemals hätte ich Angst haben müssen, dass er mich betrügt oder verlässt. Vielleicht hätte ich mich mit ihm arrangiert, weil ich ja gar nichts anderes gekannt hätte. Von den Interessen her hätten wir ganz gut zusammengepasst, in den ersten Jahren sprach Pekka manchmal davon, ein zweites Geschäft in Barmen aufzumachen, das hätten wir gemeinsam führen können. Aber ich konnte es nicht, obwohl er eine Weile um mich geworben hat in seiner schüchternen, zurückhaltenden Art, vor allem konnte ich mir nicht vorstellen, mit ihm das Bett zu teilen.

Als Emma mir dann eröffnete, dass sie schwanger sei und Pekka heiraten werde, da dachte ich, die Welt geht unter. Ich hatte keine Ahnung, dass sich zwischen den beiden etwas angebahnt hatte, wahrscheinlich habe ich es auch nicht sehen wollen. Später, als ich merkte, wie wenig sie ihn liebte und immer wieder darüber nachdachte, warum sie ihn wohl geheiratet hatte, war mein Gefühl oft, sie habe ihn mir bewusst ausgespannt, sie habe gespürt, dass sich zwischen Pekka und mir etwas entwickelte, und das hat ihn für sie interessant gemacht. Ehe Louise ihn kriegt, nehme ich ihn lieber, zu Emmas Art würde das passen. Heute noch spüre ich, wie die Stelle in meiner Brust einfror, wie mein Herz zu einem harten, schmerzenden Klumpen wurde und Eis sich auf meine Seele legte. Das ganze Eis von Finnland, habe ich manchmal gedacht. Vielleicht erinnerst du dich an Pekkas Beschreibungen, wie sich im Winter die Eisschollen auf der Ostsee blaugrün und knirschend übereinander schieben und in der kalten Mittagssonne dampfen.

Zuerst sah es aus, als seien die beiden das ideale Paar, bis ich merkte, dass Emma in ihm nur den starken, erfolgreichen Pelzhändler sehen wollte, nicht den schwachen, ängstlichen Pekka, der er ja auch sein konnte, wie wir wissen, manchmal mehr als alles andere. Und noch weniger den Verrückten, der, wenn er getrunken hatte, sang und mit ausgebreiteten Armen und schwingenden Hüften tanzte, der eine finnische Sauna im Haus einbauen und sich im Winter nackt im Schnee wälzen wollte, am liebsten mit uns allen zusammen. Dann zog sie ihren schönen

Mund verächtlich herunter und sagte, er sei ein Idiot, wie sie nur so einen habe heiraten können. Und er trank und weinte sich bei mir aus, dass es ihm an Liebe mangele. Andererseits hättest du sie sehen müssen, wenn sie auf die Bälle der Elberfelder Geschäftsleute oder später in die Konzerte der neuen Stadthalle gingen, Emma in ihrer ganzen Schönheit, ein wenig geschminkt und mit dem Kronenzobel über den Schultern, am Arm von Pekka, der mit dem blonden Haar zum schwarzen Frack eine hervorragende Figur machte. Das war schon ein imponierender Anblick, und kein Mensch hätte vermuten können, was für Dramen sich zu Hause abspielten. Ein großer Streitpunkt warst von Anfang an du. Emma wollte nicht, dass er dich so vergötterte und verwöhnte, oft hatte ich den Eindruck, dass sie regelrecht eifersüchtig war. Schon als kleinen Säugling trug er dich in der Gegend herum, er ging mit dir durch Elberfeld und zeigte dich den Nachbarn und den Kunden mit einem Stolz, als habe er dich höchstpersönlich geboren. So ist kein Mann, keifte Emma, das ist doch weibisch, einen solchen Narren an einem Kind zu fressen. Nie werde ich von Anna weggehen, sagte er, wenn es wieder Streit gegeben hatte, lieber ertrage ich diese Hölle auf Erden, als meine Tochter zu verlassen. Als noch mal eine Tochter zu verlassen, ergänzte ich dann im Stillen für mich, das erste Mal hat es dich ja schier um den Verstand gebracht. Aber ich habe mich gehütet, dieses Thema anzusprechen, er kam selten darauf, nur manchmal, wenn wir allein waren und wenn er genug getrunken hatte.

Meine kleine Riikka, meine kleine braune Haselnuss, die nichts von ihrem *isi* wissen will, sie hat mich einfach in ihren Gedanken getötet, einfach ausgelöscht, so wie ihre Mutter, wie sie mich alle ausgelöscht haben, als hätte es mich niemals gegeben, den Teufel haben sie aus mir gemacht, nur Carl nicht, mein einziger, treuer finnischer Freund, er ist mir wie ein Vater.

Pekka weinte oft bitterlich, und ich habe natürlich versucht, herauszubringen, wer die Mutter des Mädchens war und warum er sie verlassen hatte. Aber da biss ich auf Granit, du weiß ja selbst, Anna, wie er war, die Dinge konnten aus ihm herauskommen wie Sturzbäche, aber nur, wenn er es wollte. Wenn nicht, war nichts zu machen, da konnte man sich an ihm die Zähne ausbeißen, das Einzige, was man erreichte, war, dass er in tiefe Depressionen fiel. Du kannst dir vorstellen, Anna, wie mich dieses Geheimnis gedrückt hat, dass ich etwas wusste, was so stark mit der Familie zu tun hatte, mit Emmas Leben und mit deinem, und von dem ihr nie erfahren durftet. Wenn ich darüber nachdachte, hatte ich manchmal das Gefühl, es bringt mich um den Verstand, deshalb habe ich es immer wieder im tiefsten Winkel meiner Seele vergraben.

*

»Eisberge gibt es ja wohl nicht in der Ostsee, oder? Nicht, dass wir auch mit einem zusammenstoßen.«

Anna und Lina schoben sich im Hafen von Lübeck in einer Menschenschlange über die Gangway, die vom Kai auf die »Primula« führte, ein großes Passagierschiff mit dicken, schwarzroten Schornsteinen, aus denen immer wieder Dampf in den hellblauen Himmel schoss.

»Daran darf man ja überhaupt nicht denken, wenn man auf ein Schiff steigt. Aber wir befinden uns schließlich nicht im Wettlauf um das Blaue Band, außerdem ist Finnland nicht Grönland. Dort ist jetzt Sommer, genau wie bei uns, sogar noch viel schöner, Pekka hat doch immer davon erzählt. Alles wächst in rasender Geschwindigkeit, das macht die Mitternachtssonne.«

Lina war seit ihrem Geständnis wie erlöst, sie sprach lebhaft und hatte Farbe bekommen.

Anna ertappte sich dabei, wie sie die Menschenmenge immer wieder nach dem kantigen Kopf des Russen absuchte, ein paar Mal drehte sie sich abrupt um, weil sie glaubte, ihn gesehen zu haben. Lina versuchte, sie zu beruhigen.

»Mach dich nicht verrückt, du kannst ja noch nicht einmal sicher sein, ob es der Mann im Zug war, er ist doch ganz schnell vorübergehuscht, hast du gesagt.«

»Aber es kann auch sein, dass er hinter mir her ist. Schließlich ist mein Vater ermordet worden, womöglich steckt der russische Geheimdienst dahinter. Vielleicht haben sie diesen Menschen auf mich angesetzt, vielleicht bin ich die Nächste.«

»Natürlich kann das sein, aber alles andere kann auch sein. Er kann sich als vollkommen harmlos herausstellen. Was hältst du davon, wenn wir dem Kabinenpersonal ein gutes Trinkgeld geben, damit sie nachts ein Auge auf uns haben? Sonst sind wir ja immer unter Leuten, da kann eigentlich nichts passieren.«

Anna kämpfte ihre Angst nieder. »Du hast Recht, es hat keinen Sinn, wenn ich mich verrückt mache. Aber du musst immer in meiner Nähe bleiben, am besten trennen wir uns keine Sekunde lang.«

Lina versprach es, und sie betraten Hand in Hand das Schiff. Vom Oberdeck aus beobachteten sie das quirlige Treiben auf dem Kai. Passagiere drängten an Bord, Verwandte blieben winkend zurück, Frauen weinten, Paare küssten sich verschämt, Marinesoldaten mit blauen Kappen, weißen Krägen und Goldknöpfen auf blauen Jacken patrouillierten auf und ab. Kisten und Säcke wurden mit großen Ladekränen an Bord gehievt, Matrosen liefen brüllend und die Arme schwenkend hin und her. Im vorderen Teil des Hafens lagen Kriegsschiffe mit dicken Kanonen, nicht weit von der Gangway intonierte eine Marinekapelle Marschmusik.

»Unsere blauen Jungs, guck sie dir an«, spottete Anna. »Die Häfen wimmeln von ihnen, ganz Deutschland schreit Hurra, das hat unser Admiral von Tirpitz prächtig hingekriegt.«

Adele Honscheid hatte durch ihre journalistische Tätigkeit in Berlin Einblick in die Öffentlichkeitsarbeit der Militärs bekommen und Anna davon berichtet.

»Es ist die reine Propagandamaschinerie, sie stimmen damit das Volk auf den Krieg ein.« Adele hatte erzählt, dass das Nachrichtenbüro des Reichsmarineamtes sensationell aufgemachte Berichte und attraktives Bildmaterial über die tolle Flotte an die Zeitungen schickte, und alle, alle druckten sie es. Die Kinder wurden in Matrosenanzüge gesteckt, ganz Deutschland verschickte Postkarten mit imposant in Szene gesetzten Kriegsschiffen, und viele Wissenschaftler verkündeten, der Flottenbau sei der einzige Weg, um den Wohlstand des Reiches zu erhalten. »Und dieses Einpeitschen wirkt«, empörte sich Anna, »alle sind begeistert, und der Reichstag bewilligt die Unsummen, die die Oberschnauzbärte für ihre Armada brauchen.«

»Die Oberhunnen«, sagte Lina verächtlich in Anspielung auf eine unsägliche Rede des Kaisers, die er 1900 an deutsche Soldaten gerichtet hatte. Sie sollten in Peking den Boxer-Aufstand niederwerfen, und der Kaiser hatte ihnen ans Herz gelegt, dass sie in China bekannt und gefürchtet werden sollten wie die Hunnen.

Neben ihnen hatte sich ein stutzerhaft gekleideter junger Mann aufgebaut, der offensichtlich allein reiste und Anschluss suchte. Er sah abwechselnd Anna und Lina an und lächelte offensiv.

»Ein prächtiges Bild gibt unsere Marine doch ab, finden Sie nicht?«

Die Frauen grinsten und verständigten sich mit einem kurzen Blick.

»Na ja«, sagte Anna, »wenn man diese Verkleidungen mag. Ich finde, sie sehen eher aus wie Karnevalsprinzen, mein Geschmack ist das nicht.«

»Ich glaube, die Finnen sind nicht so obrigkeitshörig wie die Deutschen, was meinst du«, wandte Lina sich demonstrativ an Anna.

»Bestimmt nicht. Sie werden ja seit Hunderten von Jahren von den Großmächten unterdrückt, sie haben die Nase gestrichen voll von der Obrigkeit.«

»Auf jeden Fall sind die starken wirtschaftlichen und kulturellen Verflechtungen zwischen Finnland und Deutschland nicht zu leugnen«, mischte sich der Stutzer eifrig ein, »die Beziehungen sind hervorragend, immer schon gewesen. In manchen Kreisen wird sogar darüber nachgedacht, ob man Finnland nicht zur Monarchie machen soll mit einem deutschen Adeligen auf dem Königsthron.«

»Da sei Gott vor!« Anna warf den Kopf zurück. »Darauf kann das finnische Volk ja wohl gut verzichten. Immerhin haben sie die modernste Demokratie Europas, Einkammer-Landtag mit Frauenwahlrecht. Da brauchen sie doch wohl keinen degenerierten Deutschen an der Spitze!«

»Aber sie stehen unter der russischen Knute, da beißt die Maus keinen Faden ab«, beharrte der Stutzer.

Anna näselte von oben herab. »Wir wollen die russische Knute ja nicht durch eine deutsche ersetzen, junger Mann, und Sie glauben doch nicht, dass die Deutschen einfach so einen König zur Verfügung stellen, ohne Gegenleistung. Die wollen doch nur ihren Machtbereich ausdehnen. Nein, nein, aus den finnischen Angelegenheiten sollen sich die Wilhelms mal schön raushalten.«

Der Stutzer gab auf und sah sich nach unkomplizierteren Reisebekanntschaften um, Anna und Lina unterdrückten mühsam einen Lachanfall. Die Kräne auf dem Kai hatten ihre Lasten abgeladen, die Gangway wurde hochgezogen, und die Kapelle schmetterte den Radetzky-Marsch. Gespannt beobachteten sie, wie das Schiff ablegte und langsam Fahrt gewann. Der Wind war warm, obwohl der Himmel sich zugezogen hatte, die Ostsee schwappte wie Blei.

Sie bezogen ihre Kabine, Anna drückte dem Steward einen Geldschein in die Hand und bat ihn um erhöhte Aufmerksamkeit, die er zusicherte. Außerdem versprach er, die Kollegen im Service der ersten Klasse zu informieren.

Die Küste war jetzt außer Sicht, die »Primula« zog eine schnurgerade, grau schäumende Spur durch das Meer. Der Himmel hatte sich verdunkelt, Windböen kamen auf, in der Ferne grollte und blitzte es. Das Schiff rollte hin und her, auf dem Weg in ihre Kabine mussten sie sich an den Geländern festhalten. An ihnen vorbei stürzte leichenblass der Stutzer, die Hand vor den Mund gepresst. Anna prustete los.

»Pass bloß auf, Schadenfreude wird bestraft«, kicherte Lina, »nicht, dass wir auch gleich über der Reling hängen.«

*

Seine Hände waren wie eine Nussschale, die mit Rentierflaum ausgepolstert ist, er wiegte mich darin, und sie rochen wie das Paradies, niemals werde ich diesen Geruch vergessen. Nur bei Matte hatte ich später manchmal noch dieses Gefühl, wenn wir unsere Nasen aneinander rieben und er mir Püppchen mit einem roten Sonntagskleid bastelte und eine kleine Puppenschaukel in die Kote hängte, die ich hin und her schwenken konnte, hin und her. Eine kleine Glücksinsel war das, wie Mamas Lachen, o Marja, niemand konnte so glucksen wie du, als du noch fröhlich warst, als Matte noch im Sommer in die Berge nach Norwegen ging, dahin, wo die Lappen am glücklichsten und freiesten sind, wo ihnen der Wind um die Nase weht und ihre Gedanken frei rinnen können. Als er noch Schlittenrennen fuhr unter dem sternenbeglänzten Winterhimmel, als er noch tanzte, mit ausgebreiteten Armen und schnipsenden Fingern, als er noch nicht wie ein ausgehungerter Wolf durch meine Wohnung lief, hin und her, hin und her, Stunde um Stunde. An diesen Tagen konnte man nur froh sein, wenn man ihn zum *joiken*[*] brachte, das war das Einzige, was half.

Voia, voia, nana, nana, in Frieden liegen sie in der Erde, in Frieden sitzen sie bei den Göttern, *voia, voia, nana, nana*, in Frieden sind sie ins Totenreich Manala gelangt.

Zum Glück hatte er da den *laestadianern*[**] mit ihrem frömmelnden christlichen Getue, denen unsere ganze *sida*[***] anhing, schon abgeschworen. Sie wollten die Lappen unterwerfen, sogar das *joiken* wollten sie ihnen verbieten, das ist, als würde man den Lappen das Atmen

[*] Joik: Ursprünglicher Gesang der Samen

[**] Christliche, strenggläubige Erweckungsbewegung, der viele Samen angehörten

[***] Verbund von Samen und ihren Rentierherden

nehmen. Matte fand Trost, indem er sich seinem ursprünglichen Glauben wieder zuwandte. Stunden saß er da, rief die Götter und Geister an und sang das Totenlied für Per und Isak, er wiegte sich hin und her, und seine Augen wurden zu schwarzen, stumpfen Knöpfen. Wohl selten hat ein Unglück eine Familie mehr zerstört als die unsere. Am meisten Marja, die ich immer in ihrem roten Kleid sehe, das sie am Schluss nicht mehr auszog, obwohl es nur noch in Fetzen an ihr hing, die breite Mütze auf dem Kopf, deren bunte Streifen man vor Dreck nicht mehr erkennen konnte und die in den See rollte, wenn sie immer und immer wieder den Kopf auf den Steg schlug und sich dann im Boot verkroch.

Da haben wir Liebe gemacht, Riikka, da haben wir dich in der Sommernacht gezeugt, als an der einen Hälfte des Himmels der Vollmond, an der anderen die rote Sonne zu sehen war. Ein Kind der Sonne und des Mondes bist du, *kulta*, ein Sonnenmondkind, das in die Hölle gefallen ist.

Ja, ja, Marja, aber meine Hölle war nicht deine, sie war nicht, was geschehen war, sondern meine Hölle warst du. Wenn du erst die halbe Flasche *pirtu* ohne abzusetzen in dich hast hineinlaufen lassen und dich dann mit den Birkenzweigen geschlagen hast, bis die Saunabank voll gespritzt war mit deinem Blut, das war meine Hölle. Wenn ich dich umarmen, auf deinem Schoß sitzen und mir die Hasstiraden über meinen Vater anhören musste, obwohl du nach Schnaps stankst wie ein altes Spritfass, genau wie du es bei deiner Mutter tun musstest. Wie oft erzähltest du mir, wie du es verabscheut hast, niemals wolltest du deinem Kind das Gleiche antun, und doch hast du es getan, vielleicht gibt es gar keinen anderen Weg. Mein Vater hat Unrecht von seinem Vater erfahren und es an sein Kind weitergegeben, jedenfalls an sein erstes Kind, nicht an dieses Zuckerpüppchen aus Deutschland, dessen Leben ja wohl ein einziges Honigschlecken ist, wenn man Soderberg glauben kann. Vielleicht wollte er an ihr ja alles wieder gutmachen, was er an seiner Erstgeborenen verbrochen hat, vielleicht wollte er seine Schuld auslöschen, sich reinwaschen, aber ich bezweifle, ob einem Menschen das gelingen kann, wenn er sein Kind verlassen hat. Wir erfahren die Hölle und bereiten sie anderen, ohne es zu wollen, wir geben sie weiter von Generation zu Generation, als wäre es ein ewiges Gesetz.

Ich werde das nicht einlösen, ich werde kein Kind haben, kein schwächeres Wesen, auf das ich mein eigenes Unglück laden kann. Daran wird auch Seppo nichts ändern, der sich zurzeit mächtig ins Zeug legt, immer will er mit mir Tango tanzen gehen. Einen schönen starken Nacken hat er ja, und einen guten Geruch, aber er denkt, weil ich mich manchmal mit ihm treffe, sei das gleich ein Heiratsversprechen. Gut, dass es die Verhütung gibt, obwohl schwer dranzukommen ist für eine Frau, sogar in Helsinki, zum Glück habe ich meine Verbindungen. Zuerst hat er sich beschwert, als ginge es gegen seine Ehre, aber ich habe gesagt: Du ziehst das Ding über, oder es läuft gar nichts, Seppo. Glaubt er denn, ich würde klaglos ein Kind nach dem anderen werfen? Deinen Beruf musst du nicht aufgeben, Riikka, du kannst morgens in der Schule unterrichten und dich nachmittags um unsere Kinder kümmern. Natürlich, Seppo, während du auf deinem Bock sitzt, ein paar *hesalaiset** durch die Gegend kutschierst und anschließend mit den Jungs einen trinken gehst, schufte ich bis in die Nacht, um meine Familie glücklich zu machen. O nein, dieser Kelch wird an Riikka Turi vorübergehen, das ist der stärkste Nacken und die weicheste Haut eines Mannes nicht wert. Mach dich niemals abhängig, mach es nicht so wie ich, werde ein eigenständiger Mensch. Diese Sätze von dir klingen mir ewig in den Ohren, Marja, und ich habe es ja auch geschafft, trotz deines Vorbildes oder gerade deshalb. Obwohl es manchmal hart und einsam ist, wie die

* Bewohner von Helsinki

Winternächte in Lappland, wenn du vor Dunkelheit keinen Stein siehst, wenn die Rentiere in die Gletscherspalten fallen und verzweifelt grunzen, wenn es so kalt ist, dass dir die Fingerkuppen erfrieren, kaum hast du sie aus dem Pelz gesteckt, wenn die Wölfe lauern, die Teufel, und dir die Herde totbeißen. Sie brennen, sagen die Lappen zu den mordenden Wölfen, sie sind das Feuer. Aber alles ist besser als diese Unterwerfung, diese Knechtschaft ein Leben lang, diese Aussichtslosigkeit auf etwas anderes, nur weil man als Frau geboren ist.

*

»Du lieber Himmel, sie mästen einen ja regelrecht«, stöhnte Anna und schob ihren Teller fort, »wenn das so weitergeht, müssen wir uns durch Helsinki rollen.«

Sie saßen im Salon der ersten Klasse beim Abendessen und hatten sich reichlich von dem Buffett bedient, auf dem sich Salate, Fleisch- und Fischpasteten, Hummer- und Krabbencocktails, Dutzende von Käsesorten und Schüsseln voller Süßspeisen türmten. Der Kellner schenkte immer wieder Wein nach.

Ihre Stimmung wechselte, manchmal waren sie euphorisch und voller Spannung auf Helsinki, dann nahm wieder die Angst vor allem, was vor ihnen lag, überhand.

»Wenn die Polizisten nachkommen, muss ich alles beichten«, seufzte Lina, »das ist mir so peinlich, das kannst du dir gar nicht vorstellen.«

»Doch, das kann ich, aber mach dir keine Sorgen, ich helfe dir. Wir sprechen mit dem Sergeanten, dem Wilhelm sagen wir erst mal gar nichts.«

Sie waren seit eineinhalb Tagen an Bord. Nach dem Gewitter hatte die See sich beruhigt, sie hatten den ganzen Abend und die halbe Nacht geredet, und Anna hatte versucht, Lina ihre Schuldgefühle zu nehmen.

»Wenn jemandem überhaupt ein Vorwurf zu machen ist, dann Papa«, sagte sie immer wieder.

Der Tag war sonnig, sie hatten zusammen mit anderen Passagieren der ersten Klasse unter Schirmen auf dem Vorderdeck gesessen und die weißen Schäfchenwolken bewundert, die, wie in Pekkas Beschreibungen, zu Tausenden auf der Himmelswiese grasten.

Weiß gekleidete Kellner servierten Kaffee und Kuchen, später ging man zu Portwein und Sherry über. Der Stutzer lief hin und her, um einer Dame im Humpelrock gefällig zu sein, er rückte ihr den Liegestuhl zurecht, besorgte ihr etwas zu trinken und redete ununterbrochen auf sie ein. Anna und Lina würdigte er keines Blickes.

Der Abend war mild, nach dem Abendessen gingen sie wieder hinaus, um die Fortsetzung des Himmelsschauspiels zu genießen. Sie waren jetzt so weit im Norden, dass es nicht mehr richtig dunkel wurde. Die Schäfchenwolken hatten sich zu vereinzelten dunklen Wolkenschlieren zusammengezogen, der Himmel färbte sich ganz langsam von Zartblau zu Grün, Rosa und Orange, die Sonne stand tief über dem Horizont und warf rote Streifen auf das Wasser.

Unter der Mitternachtssonne sieht der Inari-See aus, als habe man Blut hineingegossen, kulta, dann stehen die Lappen am Ufer und joiken, und man glaubt, man sei nicht mehr auf dieser Welt.

Wie geht joiken, isi?

Pekka steht breitbeinig und weitet die Lunge, setzt in der Kehle an. Seine Töne wehen hoch und hell über den See, über die Berge hin.

Mit dem joiken erinnern sich die Lappen, manches wird in Hass erinnert, manches in Liebe, manches in Trauer.

Pekka hört auf, weil er so weinen muss.

»Wenn man in der Mittsommernacht ein grünes Feuer leuchten sieht, weiß man, dass darunter Geheimnisse liegen, vergrabene Schätze oder verborgenes Geld.« Anna verfiel in den Singsang. »Und wenn man an den Glücksstein kommt, der an jedem Sommerwohnplatz der Lappen liegt, muss man ihn grüßen und zu ihm reden wie zu einem Menschen, und dann gießt man ihm ein wenig Branntwein hin und sagt: Sieh, das ist für dich, trinke auch du ein wenig.«

»Das sind ja richtig magische Bräuche«, sinnierte Lina, »je mehr ich von Lappland höre, umso seltsamer erscheint es mir.«

»Die Lappen sind in Not, man nimmt ihnen ihr Land und ihre Kultur, sie müssen hungern, weil sie nicht mehr genug Weideplätze für ihre Rentierherden haben und weil es nicht mehr genug Pelztiere zum Jagen gibt.«

»Und deshalb hat dieser lappische Händler Pekka bedroht?«

»Nicht direkt ihn«, sagte Anna, »er hat wohl allgemein damit gedroht, alle Zuchtfarmen niederzubrennen, weil sie den Lappen den Verdienst nehmen.«

»Die scheinen ja nicht zimperlich zu sein, wer weiß, wozu die noch in der Lage sind«, sagte Lina, »vielleicht sind wir tatsächlich heilfroh, wenn die deutsche Polizei bei uns ist.«

Annas Silhouette stand dunkel vor dem leuchtenden Himmel. »Ich bin so schrecklich aufgeregt, Lina, wo geraten wir da nur hinein.«

*

Sie erwachten, weil die Schiffsmotoren gedrosselt wurden und laute Rufe zu hören waren. Schnell schlüpften sie in ihre Kleider und richteten die Haare, um das Anlegemanöver in Reval zu beobachten. Einige Passagiere, die Gepäckstücke trugen und offensichtlich von Bord gehen wollten, hatten sich an Deck versammelt.

»Da, schau mal, da ist er wieder!« Anna kniff Lina heftig in den Arm und deutete auf einen Mann, der in der Gruppe stand. Große, hellblaue, erstaunt blickende Augen, ein kantiges Gesicht. Der Russe, kein Zweifel. Die Angst schnürte ihr die Kehle zu, und sie mochte nicht in seine Richtung sehen, aber Lina reckte neugierig den Hals.

»Er sieht eigentlich nett aus, und er scheint von Bord zu gehen. Der will gar nicht nach Helsinki, schau, Anna, wir haben uns umsonst verrückt gemacht.«

Das Schiff warf die Anker und tutete, Matrosen auf dem Kai fingen dicke Taue auf, die ihnen vom Deck aus zugeworfen wurden, und machten sie an eisernen Pollern fest, die Gangway wurde heruntergelassen. Der Russe, oder was er auch immer sein mochte, zog seine Kappe und nickte ihnen kurz zu, bald war er in dem Gewimmel auf dem Kai verschwunden.

Anna zitterte und griff nach Lina, ihre Hände waren eiskalt. »Warum grüßt der uns plötzlich, als wären wir alte Bekannte? Das ist doch alles nicht normal.«

Aneinander gedrängt beobachteten sie die alten Frauen, die in große Umschlagtücher gewickelt auf dem Kai hockten und selbst gestrickte Socken, bunt gemusterte Zipfelmützen und gehäkelte Topflappen feilboten. Ein Stück entfernt in einem anderen Teil des Hafens lagen russische Kriegsschiffe, die nagelneu in der Sonne glänzten.

Einige neue Passagiere kamen an Bord, schließlich legte die »Primula« wieder ab.

Beim Frühstück konnte Anna sich immer noch nicht über den Russen beruhigen und brachte vor Aufregung keinen Bissen herunter. Etwas Ablenkung brachte schließlich der Stutzer, der mit der Dame im Humpelrock am Nebentisch saß. Sie strahlte ihn bewundernd an, er winkte unentwegt nach dem Kellner und spreizte sich, fand Lina, wie ein liebestoller Pfau.

Am frühen Nachmittag kam die finnische Küste in Sicht. Sie packten ihre Sachen und machten sich zurecht, Lina zog einen dunklen Rock mit heller Bluse an, Anna ein hellblaues Sommerkleid mit besticktem Ausschnitt, das ihre Augen grün leuchten ließ. Sie drehte sich nervös vor dem Spiegel. Soderbergs hatten angekündigt, sie vom Schiff abzuholen, jetzt war es fast so weit. In weniger als einer Stunde würden sie anlegen und vor vollkommen fremden Menschen stehen, in einer noch fremderen Stadt, in der sie sich nicht auskannten und niemanden verstanden. Wo es eine Schwester und eine Tante gab, mit denen sie vielleicht gar nicht reden konnten. Und in der wahrscheinlich Pekkas Mörder herumlief. Annas Herz schlug, Panik schoss ihr in den Magen.

»O Gott, Lina, ich glaube, ich kann nicht, ich sterbe. Es ist doch alles fremd. O Gott, ich glaube, wir müssen umkehren.«

»Jetzt wird nicht gekniffen, außerdem ist es sowieso zu spät.« Lina nahm beherzt Annas Arm und zog sie nach draußen.

Die »Primula« glitt mit gedrosselten Maschinen durch flache Felseninseln, einige waren graubraun und nackt und ragten wie Schildkrötenrücken aus dem Wasser, auf anderen standen Büsche und Bäume, vereinzelt auch kleine Häuser.

»Sieh mal, die Schären. Und das muss die Festung Viapori* sein, siehst du, da vorne auf der Insel. Mein Gott, was für ein Panorama, Papa hat nicht übertrieben!« Anna liefen die Tränen, während das Schiff in den Südhafen einlief.

Segelschiffe lagen am Kai, rechts dahinter, im Alten Hafen von Helsinki, glänzten wieder die Schornsteine russischer Kriegsschiffe. Hinter der Kaimauer ragten hohe Bürgerhäuser auf, und über allem thronte auf einem Hügel der von dem deutschen Architekten J.L. Engel entworfene mächtige weiße Dom, dessen kupferne Kuppeldächer mit goldenen Sternen besetzt waren. Nicht weniger auffällig lag rechterhand am Wasser, ebenfalls auf einer Anhöhe, die von den Russen erbaute orthodoxe Uspenski-Kathedrale aus rotem Backstein, deren Türme von goldenen Kuppeln gekrönt waren.

»Da haben sich die Russen ein Monument hingesetzt«, sagte Anna, »darüber hat Papa sich immer aufgeregt.«

Sie standen dicht beieinander, als das Schiff festmachte, und Anna reckte ihren Kopf, ob sie Soderbergs in der wartenden Menge entdeckte. Es dauerte eine Weile, bis sie das Schiff verlassen konnten. In einer langen Menschenschlange schoben sie sich durch eine düstere Abfertigungshalle, mürrische russische Grenzbeamte kontrollierten langwierig die Pässe und Visa. Schließlich betraten sie beklommen finnischen Boden.

*

Je näher der Abreisetermin rückte, desto nervöser wurde Sergeant Blank. Er dachte an Anna, wie es sein würde, sie wiederzu-

* heute Suomenlinna

sehen, ihre Augen, ihren Mund, und versuchte sich auszumalen, wie sie auf seine Ankunft reagieren würde. Er hatte seinem Vorgesetzten vorsichtig von dem Verhältnis Lina Pasches zu Pekka Salander berichtet, Hohenstein hatte mit der erwarteten Entrüstung reagiert und angekündigt, diese Dame werde er sich persönlich vorknöpfen. Er schien sich inzwischen regelrecht auf die Reise zu freuen, sein mürrisches Verhalten war heiterer Aufgeregtheit und wichtigtuerischer Geschäftigkeit gewichen.

»Internationale Ermittlungen«, tönte er stolzgeschwellt, »das soll uns erst mal jemand nachmachen, eine solche Aufgabe stellt sich nicht jeden Tag.«

Hugo korrespondierte lebhaft mit dem finnischen Kollegen, Kommissar Eino Plosila, dem er bereits ihre Ankunft telegrafiert hatte, und Plosila hatte in bestem Deutsch zurückgemeldet, er habe ihnen zwei Zimmer im Hotel »Kämpi« im Zentrum von Helsinki reserviert. Außerdem hatte er gebeten, das Tatwerkzeug mitzubringen, damit man die Fingerabdrücke abgleichen könne.

»Jetzt fangen die auch schon mit dem Blödsinn an«, hatte Hohenstein geknurrt, »was soll das ganze Theater, überflüssiges Zeug.«

Hugo ging zur Poststelle und gab ein weiteres Telegramm nach Finnland auf. »Fräulein Anna Salander, bei Soderberg, Lilla Fiskarviken, Helsinki«, schrieb er auf das Formular. »Ankommen nächsten Montag mit der ›Primula‹ – stop – Müssen dringend mit Fräulein Pasche sprechen – stop«. Er zögerte einen Augenblick, dann setzte er darunter: »Freue mich auf das Wiedersehen – stop – Herzlich Hugo Blank«.

Dann machte er sich noch einmal auf den Weg zu Elias Schlipköter in der Hoffnung, weitere Einzelheiten über Pekka Salander zu erfahren, die ihnen in Helsinki nützlich sein könnten.

Der Kürschnermeister war zu Hause und empfing den Sergeanten, wenn das überhaupt möglich war, noch zugeknöpfter als bei seinem ersten Besuch.

»Ich möchte noch einmal mit Ihnen über Herrn Salander sprechen«, begann Hugo, nachdem er sich am Küchentisch niedergelassen und Schlipköter ihm einen fast kalten Kaffee vorgesetzt hatte.

Elias setzte sich schwerfällig und sah vor sich hin.

»Mein Kollege und ich fahren ebenfalls nach Helsinki, um weitere Ermittlungen durchzuführen und um Fräulein Pasche zu vernehmen. Vielleicht sind Ihnen ja noch ein paar Einzelheiten eingefallen, die uns nützlich sein könnten.«

»Nehmen Sie Lina nicht so hart ran«, krächzte Schlipköter, »sie ist ein gutes Mädchen.«

»Das ist doch selbstverständlich«, erwiderte Hugo, »sie ist ja wirklich in einer sehr unglücklichen Lage, und jedes moralische Urteil über sie liegt mir fern. Von uns wird auch niemand von ihrem Verhältnis zu Herrn Salander erfahren. Ich versuche immer noch, mir ein möglichst genaues Bild von ihm zu machen, und Sie waren ja sehr eng mit ihm zusammen. Sie sagten mir, Sie seien gut mit ihm ausgekommen.«

Schlipköter nickte und knetete seine Hände.

»Ich dachte mir nur, wenn man zwanzig Jahre zusammenarbeitet, hat man doch vielleicht auch mal Probleme miteinander, ich meine, abgesehen von dem großen Problem, das Sie am Schluss mit ihm hatten.«

Schlipköter blieb stumm.

»Gab es denn niemals etwas, über das Sie sich geärgert hätten?«

Unter Schlipköters dichtem Bart zuckte es, und er wich Hugos Blick aus, schließlich begann er unter Mühen zu reden.

»Wenn Sie Pekka gekannt hätten, würden Sie eine solche Frage nicht stellen. Natürlich musste man sich manchmal über ihn ärgern, wenn er in seinen schwierigen Launen steckte, dann war er unfreundlich und manchmal auch ungerecht. Aber es gab sich immer wieder, Pekka war ein Mensch, der sich auch entschuldigen konnte.«

Schlipköter schwieg wieder, und Hugo wollte schon aufgeben, als er weitersprach.

»Aber er war natürlich immer auch der große, siegreiche Pekka, wo er auftauchte, flog ihm der Erfolg zu. Ihm fiel alles leicht, er brauchte nur mit dem Finger zu schnipsen, dann liefen die Dinge so, wie er sie haben wollte. Und erst seine Wirkung auf Frauen. Die meisten Kundinnen hatten bei der Anprobe nur Augen für ihn und nicht für ihre neue Pelzjacke, darum ging es den meisten gar nicht. Ich weiß nicht, wie es Ihnen gegangen wäre, aber manchmal hasst man so einen Menschen eben auch, vor allem in Zeiten, wo man sich selbst klein und elend fühlt und niemals das Gefühl hat, dass sich eine Frau auch nur nach einem umdrehen würde.«

»Nach Ihrem Eindruck war Herr Salander also ein sehr beliebter Mensch?«

»Bei den meisten Leuten ganz bestimmt. Vielleicht nicht bei den ganz Kaisertreuen oder bei den Muckern, aber sonst ja.«

»Bei den Muckern?«

»Das sind die Pietisten hier im Tal, viele von den Geschäftsleuten gehören dazu, die ganze frömmelnde Horde, die sich sonntags in den Kirchen herumtreibt. Die mochte er nicht, und sie ihn nicht, er ging ja mehr in die sozialdemokratische Richtung, er dachte sehr frei.«

»Darf ich fragen, warum Sie nicht geheiratet haben?«

Schlipköter wand sich.

»Warum, warum«, sagte er schließlich und trommelte mit den Fingern auf den Tisch. »Es hat sich eben nicht ergeben, und ich bin vielleicht auch kein Mensch für die Ehe.« Er atmete schwer.

»Gab es denn mal eine, mit der Sie es sich hätten vorstellen können?«

Schlipköter versteinerte.

»Sicher würden Sie auch das herausbekommen, deshalb sage ich es Ihnen«, murmelte er nach einer Weile, »aber es hat nichts mit dem Fall zu tun, es ist ja schon zwanzig Jahre her.«

»Ist es eine Person, die uns bekannt ist?«

»Louise war es, Fräulein Brüninghaus, mit ihr hätte ich es mir vorstellen können.«

»Und, warum ist nichts daraus geworden? Haben Sie sie denn mal gefragt?«

»Mit ihr war es wie mit allen anderen Frauen auch. Sobald

Pekka auftauchte, hatte sie nur Augen für ihn, sie sah mich gar nicht mehr. Da habe ich mir die Frage gespart.«

Schlipköter sank noch mehr in sich zusammen, er wirkte elend und tat Hugo schrecklich Leid. Er trank den kalten, bitteren Kaffee aus und verabschiedete sich.

»Grüßen Sie meine Kleine«, brachte Schlipköter trocken heraus, als sie an der Tür standen.

»Das werde ich tun.« Hugo lächelte ihn an. »Und wir werden ihr nicht den Kopf abreißen. Sie werden Sie gesund und munter wiedersehen, es wird alles gut werden, Herr Schlipköter, das verspreche ich Ihnen.«

Während der Rückfahrt sah er aus der schaukelnden Schwebebahn in die schmutzige, schnell fließende Wupper. Bei Schlipköter deuteten sich immer mehr Motive an, es sah ganz so aus, als habe Pekka Salander ihm alle Frauen weggenommen, die er geliebt hatte. Aber war das ein Grund, jemanden umzubringen? Eigentlich müsste er nach Bad Neuenahr fahren und Louise Brüninghaus mit der Aussage konfrontieren, aber das war nicht mehr zu schaffen. Hoffentlich war es die richtige Entscheidung, der Reise nach Helsinki Priorität einzuräumen.

*

Bad Neuenahr, den 12. Juni 1912

Wenn ich richtig rechne, kommt ihr heute in Helsinki an, meine Anna, ich hoffe und wünsche, dass es ein guter Aufenthalt für dich wird und du dich mit deinen finnischen Verwandten gut verstehst.

Ich habe mit Emma darüber gesprochen, dass das Verdrängen nicht hilft, nicht auf die Dauer. Das schreibt ja auch dieser Dr. Freud, der zurzeit in aller Munde ist. Unser Arzt Dr. Vollberg hat einige Schriften im Wartezimmer herumliegen und bietet Therapien nach seiner Methode an. Dabei sagt der Arzt nichts, nur der Patient soll reden, in der Hoffnung, dass irgendwann sein Unbewusstes an die Oberfläche kommt. Die verdrängten Anteile des Seelenlebens machen den Körper krank, schreibt Freud, und daran scheint viel Wahres zu sein. Ich bemerke, dass es mir, seitdem ich angefangen habe, die Dinge aufzuschreiben, viel besser geht, mein Appetit kehrt zurück, auch die Kopfschmerzen sind nicht mehr so quälend. Irgendwann bröckelt die Mauer, die man sich um die Seele gelegt hat. Emma empfindet das nicht so, wir haben uns doch nun wirklich nichts zuschulden kommen lassen, sagt sie, wir haben doch dieses vermaledeite Paket nicht abgeschickt. Mehr sagt sie nicht dazu, sie lehnt es ab, mit mir über diese Dinge zu sprechen, das tue ihren Nerven nicht gut, sie schlafe ohnehin kaum. Dabei nimmt sie Paraldehyd in Mengen und tagsüber dazu noch Brom. Auch wird sie immer dicker (als würde sich die Seele einen Panzer zulegen), sie passt in keines ihrer Kleider mehr und hat jetzt auch so einen Sack in Auftrag gegeben, ein Reformkleid, sie haben gute Schneider hier in Bad Neuenahr. Emma schwärmt von der neuen Bequemlichkeit – wer hätte das für möglich gehalten! Aber die Fülligkeit steht ihr nicht, es macht sie ordinär, bald ist überhaupt nichts mehr von ihrer Schönheit übrig. Sie scheint unserer Mutter auch in diesem Punkt nachzuschlagen, die war auch so aus dem Leim gegangen, als sie starb. Ich bin froh, dass Pekka sie nicht so sehen muss, er hat hübsche Frauen ja sehr geschätzt. Na ja, und auch zunehmend junge, wie wir haben erfahren müssen. So tun wie die Unschuld vom Lande und als Gipfel der Unverfrorenheit sich auch noch in dein Vertrauen einschleichen und mit dir nach Helsinki reisen. Ich konnte es kaum fassen, als ich es hörte. Obwohl Pekka ein Frauenmann war, glaube ich nicht, dass er vorher viele Affären gehabt hat. Manchmal hatte ich so ein Gefühl, dass sich in Düsseldorf etwas abspielte, er fuhr etwa einmal im Monat hin, um zu sehen, welche Neuheiten es in den Geschäften auf der Königsallee gab, natürlich, um sie auf der Stelle auch bei uns einzuführen. Er verstand sich wohl gut mit der Inhaberin eines Modesalons, er kam oft angeheitert nach Hause und erzählte, Frau Nieverding habe ihm einen so köstlichen Rheinwein angeboten, den werde er auch für uns bestellen. Sicher war es nichts Ernsthaftes, wahrscheinlich auch nur eine von Pekkas Anbeterinnen, von denen er ja reichlich hatte. Grundsätzlich war er eine treue Seele, wie du weißt, einmal hat er mir gesagt, er müsse eine Frau lieben, um sie zu begehren, ohne Liebe gebe das nichts. Wir waren ja manchmal sehr vertraut miteinander, das heißt, er öffnete mir im Laufe einer Flasche Wein sein Herz und vertraute mir seine Gefühle an, meine spielten ja keine Rolle, das haben sie nie getan.

Als Pekka tot war, dachte ich, es ist möglich, dass wir einfach so tun, als wüssten wir von nichts, obwohl ich das Misstrauen der Kommissare natürlich gespürt habe. Aber ich war ja auch in einem Ausnahmezustand, ich konnte gar nicht richtig denken, ich habe mir wirklich eingebildet, nichts zu wissen. Und ich glaube, dass Emma das bis heute tut. Niemals, niemals spricht sie von der Pasche, und auch ich werde mich hüten, den Namen ihr gegenüber in den Mund zu nehmen. Die Zeit nach dem Mord liegt für mich wie im Nebel, und erst jetzt habe ich langsam das Gefühl, dass alles wieder klarer wird. Was sollten wir der Polizei denn auch sagen? Dass er eine Geliebte hatte? Sollte Emma sich womöglich dem Spott der ganzen Stadt aussetzen oder, noch schlimmer, dem Mitleid? Und das mit der anderen Tochter? Ich war ja die Einzige, die es wusste, ich dachte an dich und Emma, an den Schock, den es noch zusätzlich für euch bedeutet hätte, das wollte ich nicht verantworten. Was hätte das aufgewühlt, wenn wir alles gesagt hätten! Was wäre da für schmutzige Wäsche gewaschen worden! Wer weiß, was das für Kreise gezogen hätte! Hätten wir denn wissen können, dass es auf andere Weise herauskommt und du dich einfach auf den Weg nach Helsinki machst, und dazu noch mit dieser Person? Das Schicksal geht verschlungene Wege, allmählich scheint mir, dass es letzten Endes doch immer nach der Wahrheit strebt. Ich weiß nun, mein Kind, dass ich mich ihr nicht entziehen kann, die Schuld drückt auf mich wie ein Felsen. Ich erzähle dir die ganze Geschichte wahrheitsgemäß und schicke eine Abschrift davon an die Polizei. Mein Leben ist mir jetzt, wo Pekka nicht mehr da ist, gleichgültig, ich kann das alles nicht mehr tragen, ich habe genug getragen im Leben, meinen Kummer, und immer auch noch den von Emma mit, sie hat ihn mir gerne aufgebürdet, genau wie Pekka, bei dem ich es allerdings als Ehre empfunden habe, wenigstens seine Geheimnisse teilt er mit mir, dachte ich.

Ich höre Emma vom Kurkonzert zurückkommen, sie klappert im Nebenzimmer. Was machst du da, Louise, fragt sie immer, wenn sie mich hier am Tisch findet, schreibst du etwa deine Memoiren? So ähnlich, habe ich zu ihr gesagt, man kann sich ja manches von der Seele schreiben. Seele, Seele, sagt sie dann, auch Dr. Vollberg spricht immer davon. Aber ich weiß nicht, was das ist, ich habe sie noch nicht gesehen, ein bisschen Kunst braucht der Mensch, ein bisschen Unterhaltung, einen spannenden Roman, aber eine Seele, du lieber Himmel. Man macht sich doch nur verrückt mit dem ganzen Gefühlskram. Das ist der Unterschied zwischen Emma und mir, dass bei mir die Dinge tief gehen und ich sehr über alles nachdenke, während sie einfach vergisst, was sie nicht wissen will. Genau so beschreibt es dieser Freud, die Amnesie, das Verdrängen unangenehmer Dinge als Schutz vor Beunruhigung. Ich bin froh, Annakind, dass du diesen Wesenszug nicht von ihr geerbt hast, du bist ja ganz das Gegenteil.

IV. Die Schwester

Carl Soderberg hatte sich wenig verändert, ein paar Falten hatten sich um seinen Mund gelegt, sein Haar war silbriger und dünner geworden. Weinend schloss er Anna in die Arme.

»Wie groß du geworden bist, kleine Anna, trotzdem hätte ich dich unter Tausenden wiedererkannt. Pekkas Tochter, unverkennbar. Warum hat es nur einen so schrecklichen Preis gekostet, dass du endlich nach Helsinki gekommen bist?«

Auch Anna weinte und brauchte eine ganze Weile, bis sie Lina vorstellen und die zierliche, weißblonde Ulla Soderberg begrüßen konnte, deren blaue Augen ebenfalls schwammen.

Sie nahmen eine Droschke, ließen den Hafen hinter sich und überquerten den majestätischen Senatsplatz, der, eingerahmt von der hohen, breiten Treppe zum Dom, der ebenfalls von dem Architekten Engel erbauten Universität und dem Regierungspalais, seinem Ruf als einem der bedeutendsten Plätze Europas alle Ehre machte. Sie fuhren ein Stück die schnurgerade Aleksandersgatan hinunter und bogen nach rechts ab in die Västra-Chaussee, vorbei an der riesigen Baustelle für einen neuen Hauptbahnhof und am Nationalmuseum. Die Boulevards und Jugendstil-Prachtbauten der finnischen Hauptstadt konnten sich mühelos mit Berlin messen. Weiter ging es nach links in die Mejlansgatan, die Ostsee tauchte wieder auf. Ihr Ziel war der Lilla Fiskarviken am Nordrand der Stadt.

»Auf deutsch heißt es kleine Fischbucht«, erklärte Carl Soderberg, »direkt gegenüber von unserem Grundstück liegt die Insel Råholmen.«

Sie hielten vor einer zweigeschossigen, mit Erkern und Türmchen verzierten Villa aus hellblau gestrichenem Holz. Überall sah der rote Granit, auf dem die finnische Hauptstadt erbaut war, aus der Erde heraus, auch Soderbergs Haus lag auf einem zum Meer abfallenden großen Felsen, der von Flechten und Moos überwuchert war.

Das Haus war von einer Holzveranda und rosa knospenden Rhododendronbüschen umgeben. Die Bäume standen in hellgrünem Laub, auf den Beeten grünte und blühte es.

»Hier wohnen wir nur im Sommer«, sagte Ulla Soderberg mit ihrer freundlichen, hellen Stimme, »im Winter ist es zu kalt, da gehen wir lieber in unsere kleine Stadtwohnung.«

Auf der Veranda und im weiß gestrichenen Wohnraum lagen bunte, gewebte Flickenteppiche auf dem Holzboden, geschwungene Korbmöbel waren um kleine Tische zu Sitzgruppen angeordnet, Kommoden aus Mahagoni mit weißen, bestickten Leinendecken belegt, dazwischen glänzten mit bunten Sträußen gefüllte Keramikvasen, Schalen, Dosen und Kerzenleuchter aus ziseliertem Silber.

Lina war entzückt. »Wie hell, wie geschmackvoll, ganz anders als unsere düsteren Wohnzimmer.«

»Die Finnen haben eine hohe Wohnkultur, du weißt, wie gut Papa Räume einrichten konnte.«

Anna lächelte stolz und wünschte, ihre Mutter, die immer abfällig über alles Finnische geurteilt hatte, könnte dieses wunderschöne Haus sehen.

»Wir müssen es uns drinnen gemütlich machen«, sagte Ulla Soderberg, »unser Land ist ja draußen meistens unwirtlich, Schnee, Frost und Dunkelheit von Oktober bis Mai.«

Anna und Lina bezogen ein gemütliches Erkerzimmer und gingen, nachdem sie sich eingerichtet hatten, hinunter auf die Veranda, wo Carl und Ulla Soderberg mit Kaffee und frischen *korvapuusti* warteten, die bei Anna sofort ein heimeliges Gefühl hervorriefen.

»Wir möchten, dass ihr euch ganz wie zu Hause fühlt«, sagte Soderberg feierlich, »außerdem sind wir Carl und Ulla, hier in Skandinavien duzt man sich, wenn man sich gut kennt, anders als in Deutschland. Wir erwarten noch einen Gast zum Kaffee, deine Tante Minna Salander, sie muss jeden Augenblick hier sein.«

Anna schoss vor Überraschung das Blut ins Gesicht. »Ihr habt Kontakt zu ihr? Kennt ihr auch meine Schwester?«

»Ja, wir kennen beide. Minna lebt am Engelsplatsen, ungefähr eine halbe Stunde von hier, und Riikka hat eine Wohnung an der Georgsgatan. Natürlich haben wir ihnen gesagt, dass du kommen wirst. Minna war sehr bewegt, sie wollte dich sofort sehen, der Tod Pekkas hat auch sie sehr betroffen.«

»Und Riikka? Was ist mit ihr?«

»Ich glaube, sie muss sich erst an den Gedanken gewöhnen, eine Schwester zu haben. Aber da ist Minna schon, sie kommt durch den Garten.«

Zwischen den Bäumen kam eine große, schlanke Frau den Hügel herauf, die um die vierzig sein mochte und Pekka wie aus dem Gesicht geschnitten war: die Augen, das blonde Haar, das sie zu einem Knoten im Nacken zusammengesteckt hatte und von dem ihr glatte Strähnen über die Stirn fielen, die breiten, hervorstehenden Wangenknochen, der weiche Mund, der federnde Gang.

*»Päivää.«** Sie blieb vor Anna stehen und streckte die Hände aus, die Tränen schossen ihr aus den Augen. »Kind«, stammelte sie nach einer Weile, »Pekkakind, er guckt ja aus deinen Augen heraus. Wie gut, dass du hier bist.« Sie sah nicht nur aus wie Pekka, sie sprach auch wie er, kehlig und mit einem Akzent, als hüpften die Worte von Stein zu Stein.

Ulla Soderberg beendete die allgemeine Rührung, indem sie den Kaffee einschenkte und zu Tisch bat.

Minna erzählte, dass sie unverheiratet sei, seit zwanzig Jahren in Helsinki lebe und an einem Gymnasium Deutsch und Englisch unterrichte. Annas Schwester Riikka sei bei ihr aufgewachsen, führe jetzt aber ihr eigenes Leben.

»Sie ist auch Lehrerin«, sagte Minna, »für Deutsch und Biologie, sie arbeitet an der gleichen Schule wie ich.«

»Warum ist sie nicht mitgekommen?«

Minna lehnte sich zurück und seufzte. »Für Riikka ist das alles sehr, sehr schwer, du wirst verstehen, dass sie eine andere Sicht auf die Dinge hat, wenn du ihre Geschichte kennst. Ich weiß gar nicht, wo ich anfangen soll, ich glaube, wir werden tagelang reden

* Guten Tag

müssen. Ich möchte ja auch alles über Pekka wissen, wie er gelebt hat in eurem Elberfeld, wer seine zweite Familie war.«

Ulla Soderberg sorgte für Nachschub an Kaffee und Kuchen, später tischte Birrit, das Hausmädchen, dunkles Roggenbrot, gesalzene Butter und eine Platte mit dünn geschnittenem Lachs auf, der mit frischem Dill bestreut war. Außerdem gab es warme Reispasteten und die süßen Fischhäppchen, die Anna schon aus Soderbergs Paketen kannte.

Minna und Carl erzählten im Wechsel, Anna und Lina hingen an ihren Lippen.

Pekka war mit achtzehn aus Tampere nach Helsinki gekommen und hatte im Pelzhandel von Carl Soderberg an der Esplanade als Kürschner angefangen. »Der begabteste junge Mann, den ich jemals eingestellt habe«, sagte Carl, »er war ein Naturtalent.« Weil die Felle, die ihnen bisher der lappische Händler Nilas Niolpas aus Inari geliefert hatte, immer teurer wurden, fuhr Pekka im Sommer 1885 nach Lappland, um neue Quellen aufzutun. Er nahm Kontakt zu dem Pelzjäger und Rentierzüchter Matte Turi auf und verliebte sich in das Land und in die achtzehnjährige Marja Turi, die Schwester Mattes. Ein Jahr später wurde Riikka geboren.

»Niolpas, ist das nicht der, der gedroht hat wegen der Pelztierzucht? Du hast Papa davon geschrieben.«

»Ja«, sagte Carl, »es gibt ihn immer noch, und er ist ein finsterer Geselle. Er beutet die Lappen aus, indem er ihnen die Felle für einen Hungerlohn abnimmt und uns hier in Helsinki teuer verkauft, zumindest versucht er das immer wieder. Im letzten Winter kam er zu mir in den Laden, obwohl ich mit ihm schon lange keine Geschäfte mehr mache. Er hatte wohl von den Plänen mit der Züchterei gehört und sagte mir, wenn wir das täten, wenn wir anfangen würden zu züchten, müssten die Lappen verhungern, aber vorher würden sie alles niederbrennen. Ich habe das der Polizei gesagt, als sie wegen Pekka hier war, sie haben Niolpas auch gesucht, aber soviel ich weiß, ist er zurzeit nicht zu finden. Wie viele Lappen geht er im Sommer hoch in den Norden, in die norwegischen Berge, da gibt es so viele Schlupfwinkel, dass man mit dem Suchen gar nicht erst anzufangen braucht. Sie wollen warten, bis er im August, September zurückkommt.«

»Aber steht er denn nicht in Verdacht?« Zwischen Annas eng zusammenstehenden Augen bildete sich eine Falte.

»Die Polizei in Inari hat festgestellt, dass er schon Mitte April in den Norden gegangen ist, dafür gibt es wohl Zeugen, während das Paket ja erst Anfang Mai in Helsinki aufgegeben wurde«, sagte Minna, »danach kann er es nicht gewesen sein.«

»Nachdem Riikka geboren war«, fuhr Carl Soderberg fort, »reiste Pekka zwischen Helsinki und Lappland hin und her, er fühlte sich zerrissen, weil er einerseits bei uns im Geschäft unabkömmlich war, andererseits bei seiner Familie sein wollte. Dann brachte er Marja und die Kleine mit nach Helsinki. Pekka hat Marja sehr geliebt, und er war seiner Tochter ein zärtlicher Vater. In dem Jahr, in dem sie hier gelebt haben, besuchten sie uns an den Sonntagnachmittagen, sie waren oft auch hier im Sommerhaus. Immer sehe ich dieses entzückende Kind vor mir mit den rabenschwarzen Haaren und den breiten, flachen Wangen der Lappen, aber mit Pekkas Augen, die du ja auch geerbt hast. Und Marja war eine der zauberhaftesten Frauen, die ich je kennen gelernt habe. Etwas größer als die anderen Lappen, dunkle Augen, mit denen sie einen unverwandt ansehen konnte, voller Vertrauen und Aufmerksamkeit, voller Freundlichkeit und Hingabe. Wenn sie lacht, ist es wie der Sonnenaufgang im Frühling, hat Pekka immer gesagt, wenn die ersten Strahlen über dem See leuchten und ein leichter Wind durch die Zweige geht, die prall sind von den Knospen, wenn alles voller Hoffnung ist und die Wärme und das Licht des Sommers in der Luft liegen. Und das stimmte, so war Marja, ganz genau so. Aber die Stadt war nichts für sie, sie war ein Kind der Lappen, obwohl ihr Vater ein Norweger war, sie fand sich nicht zurecht in Helsinki, sie hatte Angst vor dem Lärm und konnte nicht schlafen. Und, was das Schlimmste war, sie lernte den Alkohol kennen und verfiel ihm, genau wie vorher ihre Mutter. Nach einem Jahr brachte Pekka sie und die Kleine, die damals drei wurde, wieder zurück in der Hoffnung, zu Hause werde sie keinen Schnaps mehr brauchen.«

»Und, hat es etwas genützt?« Anna hörte atemlos zu.

»Letztendlich nicht. Pekka hielt es nicht ohne sie aus, er geriet wieder in die Zerrissenheit, es ging ihm nicht gut, und auch er trank immer mehr. Im Frühjahr ging er wieder nach Lappland, und da passierte das Unglück. Marjas Bruder Isak und Per, der Sohn ihres Bruders Matte, kamen dabei ums Leben. Eine Rentierherde ist ausgebrochen und hat sie totgetrampelt, wir wissen nicht genau, wie es passiert ist. Pekka war auf jeden Fall darin verwickelt, man beschuldigte ihn wohl, die Tragödie verursacht zu haben. Er kam aufgelöst zurück nach Helsinki, man konnte kaum mit ihm sprechen, er sagte nur, es sei ein Unglück geschehen, sein Leben sei verpfuscht, er werde so schnell wie möglich nach Deutschland gehen. Mehr war nicht aus ihm herauszubekommen, und er ging, innerhalb von einem Monat hatte er alles geregelt und war fort. Schon wenige Monate später schrieb er, dass er einen Pelzhandel in Elberfeld aufziehen wolle, und ich schickte ihm die ersten Felle. Etwa nach einem halben Jahr begann er, regelmäßig Geld für Riikka und Marja zu schicken. Ich versuchte, es an Matte Turi weiterzugeben, aber der reagierte nicht auf meine Briefe, ich bekam nur eine kurze Nachricht, dass er nicht mehr mit Fellen handele. So musste ich mir neue Lieferanten suchen, und das Geld für Riikka und Marja zahlte ich auf ein Konto ein.«

»Er hat einfach so sein Kind verlassen? Das kann ich mir überhaupt nicht vorstellen, das passt doch gar nicht zu ihm.«

Anna sah mitgenommen aus, Lina lehnte in der Sofaecke, auch sie war blass und sagte kein Wort.

Minna fuhr fort. »Es ist so gewesen, er hat wohl unter einem großen Druck gestanden. Für Riikka muss das sehr schlimm gewesen sein, ich denke, es war das Trauma ihres Lebens. Sie war gerade vier, als ihr achtjähriger Vetter Per und ihr Onkel Isak starben und dann auch noch der Vater wegging. Per war ihr Freund und Spielgefährte, außer ihm gab es kein anderes Kind in der kleinen *sida*, in der sie lebten. Gleichzeitig wurde der Alkoholismus ihrer Mutter immer schlimmer. Der Einzige, der ihr blieb, war ihr Onkel Matte, der älteste Bruder von Marja. Und sie war das Einzige, was ihm blieb, er war verwitwet, die Mutter seines Sohnes

Per war bei der Geburt gestorben, und dann hatte er sein Kind und seinen Bruder verloren. Er hörte auf, Pelztiere zu jagen, und sie lebten ziemlich ärmlich von einer kleinen Rentierherde, Riikka sagt allerdings immer, es habe ihr niemals etwas gefehlt, Matte habe ihr Liebe gegeben und sie gut versorgt. Mit Marja ging es allerdings immer mehr bergab, sie starb, als Riikka zehn war. Vorher hatte sie ihrer Tochter aber noch die Adresse von Carl gegeben, falls sie einmal Hilfe benötige, und Riikka schrieb ihm, dass sie kommen und in Helsinki zur Schule gehen wolle.«

»Sie schrieb ihm ganz von sich aus? Sie wollte ganz allein nach Helsinki gehen?«

»Ja, so war sie schon als Kind, und so ist sie heute noch, hartnäckig und zielstrebig, sie fasst ihre Entschlüsse und setzt sie durch, so schnell kann sie nichts davon abhalten. Inzwischen war ich aus Tampere hierher gezogen und hatte angefangen zu studieren. Ich suchte vergeblich nach Pekka, bis ich erfuhr, dass er nach Deutschland gegangen war. Durch einen Zufall lernte ich Soderbergs kennen, ich traf sie bei einer Einladung, sie hörten meinen Namen, und ihnen fiel die Ähnlichkeit mit Pekka auf, da sprachen sie mich an. Sie erzählten mir, dass Pekka eine Tochter in Lappland habe, die nach Helsinki kommen und hier zur Schule gehen wollte. Für mich war es sofort klar, dass sie bei mir leben sollte, ich empfand es als Fügung, dass ich Carl und Ulla ausgerechnet in diesem Augenblick kennen lernte. Sie gaben mir auch Pekkas Adresse in Elberfeld, und ich nahm mir vor, ihm zu schreiben, wenn seine Tochter bei mir war. Und dann stand sie an der Hand von Matte vor der Tür, mit stramm geflochtenen Zöpfen unter ihrer bunten Mütze, in ihrem Silberschmuck und ihrem roten Sonntagskleid, das ihre Mutter ihr noch genäht hatte und aus dem sie fast herausgewachsen war. Sie war ein ungewöhnlich starkes und kluges Kind, sie konnte gut Finnisch lesen und schreiben, obwohl sie in Lappland Samisch gesprochen und nur von dem durchreisenden Dorfschullehrer unterrichtet worden war, sie lernte schnell Schwedisch und hörte mir die deutschen und englischen Vokabeln ab, die ich für das Studium lernen musste. Dabei eignete sie sich ganz nebenbei auch diese Sprachen an.«

»War es nicht schwierig für dich, plötzlich ein so großes Kind zu haben?«, warf Anna ein.

»Sie war mir sofort nahe«, sagte Minna, »sie war das Kind meines Bruders, sie war mein Fleisch und Blut, das war überhaupt keine Frage. Ich liebte sie, und sie hat es mir auch leicht gemacht, sie war verständig und hat sich fast allein versorgt. Das einzige Problem war, dass sie niemals über ihren Vater sprechen wollte, sie fragte nicht nach ihm, und ich durfte ihn nicht erwähnen, sie lehnte es auch ab, den Namen Salander zu tragen, und ich musste sie unter Turi in der Schule anmelden, heute noch nennt sie sich so. Sie wollte auch keinen Kontakt zu Soderbergs, weil sie wusste, dass Carl mit Pekka korrespondierte. Deshalb sah ich davon ab, Pekka zu schreiben, ich wusste nicht, wie sie reagieren würde, wenn er sich bei uns meldete. Als sie vierzehn wurde, machte ich noch einmal einen Versuch, aber sie bekam einen Wutanfall und tobte, sie habe ihn ein für alle Mal aus ihrem Leben gestrichen, niemals mehr wolle sie an den Schmerz erinnert werden, den er ihr zugefügt habe, niemals mehr wolle sie an ihn denken. Das hat mir sehr wehgetan, er war ja schließlich mein Bruder, der einzige Verwandte, den ich hatte.«

Minna rieb sich die Augen, sie wirkte erschöpft. »Ich glaube, Riikka hat in besonderem Maße das, was wir Finnen *sisu* nennen, ihr Deutschen nennt es wohl Hartnäckigkeit oder Sturheit, und ich habe dann akzeptiert, dass sie keine andere Möglichkeit hatte, damit fertig zu werden. Deshalb war ich auch auf ihrer Seite, als Pekka zwei Jahre später über Soderbergs bei uns anfragen ließ, ob er uns in Helsinki besuchen könne.«

»Das weiß ich«, sagte Anna, »es stand in einem der Briefe von Carl, die die Polizei hat übersetzen lassen. Damals, es muss genau zu dieser Zeit gewesen sein, hat er viel über Finnland gesprochen, das weiß ich noch genau, und ganz plötzlich hörte er auf damit.«

»Es ging nicht, weil Riikka es nicht wollte«, fuhr Minna fort, »sie hat wieder geschrien und gedroht, wenn er auftauche, gehe sie nach Inari oder noch weiter nach Norwegen, sie kenne die Plätze der Lappen, da würde sie keiner finden. Sie brauche keine Schwester und noch weniger einen Vater, sie habe einen, und der genüge ihr. Sie war in einem schrecklichen Zustand, zwei Tage lang hatte sie hohes Fieber, und so habe ich Carl gebeten, er möge Pekka schreiben, dass wir ihn nicht sehen wollten, dass die Vergangenheit für uns abgeschlossen sei. Es hat mich fast zerrissen, weil ich natürlich wusste, dass Pekka keinen zweiten Versuch machen würde, aber ich dachte, so ist es besser für uns alle, für mich auch, sein Besuch hätte ja auch bei mir alte Wunden wieder aufgerissen.«

»Hast du das jemals bereut?«

»Tausendmal, und jetzt, wo er nicht mehr da ist, umso mehr. Wie viele Nächte habe ich schon darüber geweint! Aber so sind wir Finnen, wir vergraben die Dinge in uns und lassen sie nicht mehr heraus, wenn es einmal gesagt und beschlossen ist, dann bleibt es auch so. Ihr Deutschen seid da vielleicht anders.«

»Da bin ich nicht so sicher«, sagte Anna, »ich glaube, in punkto Starrsinn können wir es durchaus mit euch aufnehmen.«

»Mit ihrer Mutter ist Riikka genauso verfahren, sie hat sie jahrelang überhaupt nicht erwähnt. Nur ihr Onkel Matte lag ihr am Herzen, er ist mein Vater und meine Mutter, sagt sie von ihm, er hat mir das Leben erhalten, niemand sonst.«

»Was ist aus dem Onkel geworden? Ist er allein in Lappland geblieben?«

»Er ist krank«, sagte Minna, »sein Verstand verwirrt sich manchmal, er hat wohl in seinem Leben zu viel mitgemacht. Im Winter ist es besonders schlimm, deshalb holen wir ihn dann nach Helsinki und lassen ihn psychiatrisch behandeln, es gibt einen Arzt, der sich sehr um ihn bemüht und ihm ganz gut hilft. Auf jeden Fall ist es uns lieber, er ist in der kalten Zeit bei uns als im Norden, wo er bei vierzig Grad minus allein auf sich gestellt ist. Um seine Herde kümmern sich dann die Nachbarn, sie ist sowieso nur noch klein, ein paar Tiere, damit er im Sommer etwas zu tun hat.«

Anna lehnte sich zurück, ihr Vorstellungsvermögen reichte kaum aus für das, was ihre Schwester durchgemacht haben musste. Polarnacht in einem Lappenzelt, allein gelassen von Mutter und Vater. Aber gab ihr das das Recht, ihren Vater bis in alle Ewigkeit zu hassen und ihre Schwester dazu?

»Ich glaube, Riikka hat Pekka früher so geliebt, wie ein kleines Mädchen seinen Vater nur lieben kann und wie wir alle ihn geliebt haben. Und mit der gleichen Leidenschaftlichkeit lehnt sie ihn jetzt ab, eine andere Möglichkeit hat sie vielleicht nicht.« Minna beugte sich vor und strich Anna über die Wange. »Ich weiß, dass das auch für dich sehr, sehr schwer ist.«

Lina wischte sich die Augen und stand auf. »Ich gehe mal eben ein bisschen durch den Garten«, sagte sie mit erstickter Stimme und lief durch die Dämmerung in Richtung Ostsee, ihr Rücken bebte.

Die Wanduhr im Wohnraum schlug zwölfmal.

»Meine Güte«, sagte Anna, »Mitternacht und noch taghell.« Dann sah sie Minna lange an. »Du weißt, was man bei der Geschichte denken muss, etwas, das man eigentlich gar nicht denken darf.«

»Natürlich denkt man es«, sagte Minna, »der junge Kommissar Plosila ist auch darauf herumgeritten. Riikka hat ihm ganz kalt gesagt, der Tod ihres Vaters interessiere sie nicht, sie habe nichts mit ihm zu schaffen. Plosila hat geantwortet, ihr Verhalten würde das Motiv Hass nahe legen, aber da hat sie gesagt, um jemanden hassen zu können, müsse sie ein Verhältnis zu ihm haben, und das habe sie zu ihrem Vater nicht. Ich habe ihre Reaktion gesehen, als ich ihr sagte, Pekka sei ermordet worden, sie schien mir ehrlich schockiert und überrascht, dann hat sie es allerdings schnell überspielt, darin ist sie Meisterin.«

Anna sah skeptisch aus.

»Ich kann nur nach meinem Gefühl gehen«, ergänzte Minna, »im Grunde genommen weiß ich natürlich nicht mehr als du. Sie spricht mit mir nicht darüber, sie hat ja nie über ihren Vater gesprochen, sie hat immer so getan, als existiere er nicht.«

»Vielleicht wollte sie das in die Realität umsetzen.«

»Nein«, sagte Minna entschieden und sah Anna in die Augen, »das glaube ich nicht. So eine Tat würde ihrem Wesen ganz und gar widersprechen. Ich hoffe, du wirst sie bald kennen lernen, dann wirst du der gleichen Meinung sein. Und jetzt gehe ich, ihr müsst ja todmüde von der Reise sein.«

Minna verabschiedete sich von Soderbergs, Anna brachte sie über das Grundstück zur Straße. Von der Ostsee strich ein kühler Wind durch den Garten.

»Was ist mit deiner Freundin?«, sagte Minna. »Mir schien, sie sei traurig.«

»Das ist eine andere Geschichte, die erzählen wir dir beim nächsten Mal. Ich schaue nach ihr, wir sehen uns bald.« Anna küsste ihre Tante auf die Wange, dann lief sie über den Felsen zu Lina, die auf das dunkel glänzende Meer blickte und bitterlich weinte.

*

In den nächsten beiden Tagen durchstreiften Anna und Lina die Umgebung und sahen sich die Innenstadt von Helsinki an. Sie statteten Carl Soderberg einen Besuch in seinem Geschäft ab, bummelten über die Esplanade und inspizierten die eleganten Läden dort. Am Ostseeufer sahen sie staunend zu, wie die Dienstmädchen im Wasser Flickenteppiche mit harten Bürsten und Seife schrubbten und sie über Holzgestelle zum Trocknen aufhängten, die extra für diesen Zweck aufgestellt worden waren.

Am Mittwochnachmittag traf ein Telegramm für Anna ein.

»Sie kommen tatsächlich«, sagte sie aufgeregt zu Lina, nachdem sie es gelesen hatte, »es hört sich auch so an, als wüssten sie alles. Wahrscheinlich hat Onkel Eli doch geredet.«

»Hoffentlich haben sie ihn nicht zu sehr unter Druck gesetzt, ich mache mir Sorgen, er kann das alles doch gar nicht aushalten.«

»Der Herr Sergeant freut sich auf das Wiedersehen.« Anna reichte Lina das Telegramm und kicherte.

Ulla Soderberg erschien auf der Veranda und kündigte an, dass am Abend die Sauna angemacht werde. »Bevor man nicht in der Sauna war, ist man noch nicht richtig in Finnland angekommen. Minna kommt auch, so gegen sieben, haben wir gesagt.«

»Wir müssen uns um Riikka kümmern«, sagte Anna, als Ulla Soderberg verschwunden war. »Ich weiß bloß nicht, wie wir es anstellen sollen. Nach allem, was Tante Minna gesagt hat, ist sie ja wohl ein harter Brocken. Und dass sie Papa gehasst hat, steht nach meinem Eindruck außer Frage. Bringt man seinen Vater dafür, dass er einen verlassen hat, mit Zyankali um? Hältst du so etwas für möglich?«

»Um das beurteilen zu können, müsste man sie zumindest kennen«, sagte Lina, »wir wissen ja gar nicht, was sie für ein Typ ist.«

»Ich habe schon überlegt, ob wir einfach hingehen sollen. Sie müsste ja Deutsch sprechen, wenn sie es unterrichtet, reden könnten wir also mit ihr.«

»Vielleicht wirft sie uns raus, ich glaube, damit müssen wir rechnen.« Lina saß in einem geflochtenen Schaukelstuhl, sie lehnte sich zurück und schaukelte hin und her.

»Oder sie lässt uns gar nicht erst rein. Aber einen Versuch ist es wert.«

»Dann lass es uns gleich tun, es ist noch reichlich Zeit, bis Minna kommt.« Lina schwang sich hoch. »Wir gehen einfach mal vorbei und gucken, was passiert.«

Sie gingen zu einem Droschkenstand und ließen sich in die Georgsgatan bringen. »Solange wir zusammenbleiben, kann uns nichts passieren«, sprachen sie sich gegenseitig Mut zu.

Beklommen standen sie vor dem fünfstöckigen Mietshaus, in dem Annas Schwester wohnen musste, und sahen an der Fassade hoch. In einem Fenster der zweiten Etage bewegte sich die Gardine. Lina fasste sich ein Herz und drückte die hohe, mit Schnitzereien verzierte Haustür auf, mit klopfenden Herzen schlichen sie durch das Treppenhaus und kontrollierten die Namen auf den Türschildern. Auf dem zweiten Treppenabsatz stand der Name *Turi* unter dem Klingelknopf aus Messing. Sie drückten und erschraken über das schrille Läuten. Aus der Wohnung war ein Rumpeln zu hören, dann ein Geräusch, als werde leise eine Tür zugezogen, danach war es totenstill. Sie sahen sich an, blass vor Aufregung, und als sich nach wenigen Minuten nichts getan hatte, schlichen sie wieder die Treppe hinunter zu der wartenden Droschke.

»Sie war da«, flüsterte Lina, »ganz klar war da jemand zu Hause. Sie muss uns vom Fenster aus gesehen haben. Aber jetzt wissen wir wenigstens, wie sie gestrickt ist. Gut, dass unsere Polizisten im Anmarsch sind, der Gedanke beruhigt mich immer mehr.«

»Sie scheint eine dumme Kuh zu sein, das muss man doch erst mal bringen, seine Schwester einfach vor der Tür stehen zu lassen.« Anna war verletzt. »Auf jeden Fall finde ich, dass sie keinen guten Eindruck macht.«

Sie fuhren zurück und beschlossen, Minna vorerst nichts von diesem Besuch zu sagen.

*

Riikka

Da steht sie doch tatsächlich vor der Tür, das Zuckerpüppchen aus dem Land, wo Milch und Honig fließen. Sie denkt wohl, sie braucht hier bloß aufzutauchen, und alle schreien Hurra, wie schön, dass du da bist. Die Spuren ihres Vaters will sie suchen, hat Minna gesagt, das soll sie mal schön tun, aber nicht bei mir, da wird sie nichts finden. Er hat keine Spuren hinterlassen, und wenn, hätte ich sie schon lange ausgelöscht. Ich habe nie etwas von ihm gesehen außer diesem dämlichen Brief, den ich Minna sofort zurückgegeben habe. Meine Anna, Riikka, ist ein sehr nettes Mädchen, sie könnte dir eine Schwester sein, ich könnte mit ihr nach Helsinki kommen, damit du sie kennen lernst und unsere Familie wieder zusammenkommt. Unsere Familie, was der sich gedacht hat. Matte ist meine Familie und natürlich Minna, ein bisschen auch Oleg, sonst ist ja sowieso niemand mehr da. Ich denke nicht daran, mir plötzlich eine Schwester zuzulegen, schließlich bin ich sechsundzwanzig Jahre ohne sie ausgekommen. Eine Modetante aus dem Wunderland, das sieht man sofort. Bei denen ist ja sowieso alles viel größer und schöner als bei den dummen Finnen, in dem Kaiserland, dem Land der

Alleskönner, wo die Säbelrasseler und Kriegstreiber das Sagen haben und die fortschrittlichen Kräfte im Gefängnis landen. Menschen wie Rosa Luxemburg können ein Lied davon singen. Preußens Gloria. Nein, nein, damit will ich nichts zu tun haben.

Sie ist das Kind meines Bruders, wie du, hat Minna gesagt, na ja. Blut ist dicker als Wasser, dieser dümmste von allen Sprüchen. Blut, Blut, ich will damit nichts zu tun haben, für mich besteht es aus roten und weißen Blutkörperchen und ein bisschen Serum, mehr nicht, genau, wie ich es den Kindern in der Schule beibringe. Davon kommt doch das ganze Unglück, der Hass, der Rassismus, die Intoleranz, die Vorstellung, dass ein Blut mehr wert sein könnte als das andere.

Aufmüpfig ist sie, meine Riikka, immer eine Widerrede, ein Dickkopf, wie er im Buche steht. Ja, ja, Minna, vielleicht hast du ja sogar Recht. Aber wo wäre ich denn wohl geblieben, wenn ich nicht so wäre? In Inari säße ich, in der Kote mit Matte und irgendeinem Lappen als Ehemann, und würde rote Kleider nähen, Lederbändchen besticken oder Knochenlöffelchen schnitzen und zwischendurch kleine, schlitzäugige Lappenkinder gebären, im Stehen, so, wie meine Mutter mich geboren hat. Indem sie mich in eine Leinwand und ein Rentierfell wickelte, in eine Holzwiege aus einem Baumstamm legte und am ersten Tag an gekochtem Rentierfett saugen ließ, dachte sie, sie könne es wegmachen, dass ich nur noch zu einem Viertel von ihnen war, dass in dem Rest von mir das böse Blut der schwarz gekleideten Menschen* pulsierte, unserem Unglück, unserem Fluch über Generationen hinweg. Liisa war die Erste, er kam nachts zu ihr und bereitete ihr Wonnen, das war das Schlimmste daran. Sie wollte ihn nicht lassen und schrie brünstig in die Sommernächte. Matte, Marja und Isak waren das Ergebnis, zum Glück waren sie kaum von

* Bezeichnung der Samen für Nichtsamen

den anderen Kindern der *sida* zu unterscheiden bis auf Isak mit seinen hellen, traurigen Augen. Sie wuchsen in Inari bei ihrer Großmutter auf, ihr Vater, ein Norweger, kam irgendwann nicht mehr, nachdem Liisa jedes Mal schreiend vor ihm auf dem Boden gelegen hatte, damit er ihr Schnaps gab. Als er weg war, lief sie schon frühmorgens zu den Bauernhöfen, wo sie sich für ein bisschen *pirtu* verkaufte, egal an wen. Für Matte war es das Schlimmste, dass auch seine Schwester Marja sich an einen Schwarzgekleideten wegwarf, und dann auch noch an einen, der wie ein *Ulda** aussah mit seinen lachenden, blaugrünen Augen, denen man bis auf den Grund sehen konnte. Damit verführt er sie, der Teufel, sagte Matte, er treibt ein böses Spiel, um unsere Seelen einzufangen.

Nachdem mein Vater fort war und Matte und ich allein mit Marja zurückblieben, kein Per mehr mit mir in der rauchigen Kote spielte, keine hellen Isakaugen mehr traurig auf uns schauten, ersetzte Matte mir Mutter und Vater. Ich spüre noch sein Zittern, wenn er mich abends auf den Schoß nahm und wir uns aneinander drängten, und wie er ruhiger wurde, wenn wir uns eine Weile gewiegt hatten und er leise anfing zu *joiken*, wie seine Melodien durch die Luft hochwehten zum Sternenhimmel, der sich wie ein Dom über Inari wölbte. Immer spürte ich seinen Blick auf mir, seine Augen, die zu schwarzen Knöpfen wurden, wenn er Angst hatte, kein Rentier durfte in meine Nähe kommen, ohne dass er nicht sofort bei mir war. Niemals, niemals lässt Matte dich allein, hörst du, *tyttö***? Auch Marja versorgte er wie ein Vater, er gab ihr den *pirtu*, den er bei den Bauern kaufte, wie Medizin, aus einem Löffel flößte er ihn ihr in den Mund, wenn sie zitterte und schrie, er ohrfeigte sie, wenn sie den Schnaps stahl oder wie ihre

* Dämon, der durch seine Schönheit blendet und kleine Kinder stiehlt
** kleines Mädchen

Mutter auf die Bauernhöfe ging. Ohne dich, ohne deine Liebe und deine Sorge wäre ich nicht am Leben geblieben, Matte, Vatermutter, du warst gut und zärtlich zu mir wie eine Frau. Du hast mich getröstet und mir Lichter angezündet in der tiefsten Polarnacht, wenn die Sonne nicht mehr über den Horizont kam und die Dunkelheit mich fast um den Verstand brachte.

Ich habe von einer Lawine geträumt, ein weißes, unaufhaltsames Schneefeld rutschte auf mich zu, es hatte Rentiere unter sich begraben, nur die Beine guckten heraus, dazwischen auch Menschenbeine, die strampelten und zuckten. Vielleicht beschäftigt mich sein Tod doch mehr, als ich es wahrhaben will. Natürlich hat es mich auch erschreckt, aber es hat mich kalt gelassen, ich konnte nicht weinen wie Minna, die untröstlich war und den ganzen Nachmittag heulend auf dem Sofa gelegen hat. Sie hat von ihm geträumt, genau zu der Zeit, als es passiert sein muss, er kam zu ihr und küsste sie und sagte, er sei nie fort gewesen, dann weinte er Diamanten, von denen sie überschüttet wurde, und ging fort in ein weißes Licht. Sie konnte sich überhaupt nicht beruhigen über diesen Traum. Er hat immer Gutes gewollt, sagt sie, er war kein böser Mensch. Trotzdem hat er diese Schreckensspur hinter sich hergezogen.

*

Am Fiskarviken war die Sauna bereits angeheizt, duftende Rauchschwaden wehten durch den Garten. Ulla Soderberg weihte Anna und Lina in das urfinnische Ritual des Saunierens ein, das, wie Ulla behauptete, Schmerzen und Gebrechen jeder Art, aber auch Müdigkeit und Antriebslosigkeit kuriert und widerstandsfähig gegen Krankheiten macht. Minna kam, und sie schrubbten sich im Waschraum des Saunahauses gemeinsam mit Seife und harten Bürsten ab. Zuerst war ihnen die Nacktheit peinlich, aber das gab sich schnell, als sie auf den Holzbänken saßen und schwitzten. Minna schöpfte mit einer hölzernen Kelle immer wieder Wasser aus einem Eimer und goss es auf die Steine auf dem Holzofen, zischend breitete sich heißer Dampf aus, der ihnen zuerst fast den Atem nahm. Nach zehn Minuten wurde die Hitze zu groß, sie gingen hinaus und übergossen sich gegenseitig mit kaltem Wasser, dann wickelten sie sich in große Saunatücher und ruhten in den Korbsesseln. Ein wohliges Kribbeln breitete sich bis in die Zehenspitzen aus. Anna erzählte von dem unendlichen Streit ihrer Eltern um den Einbau einer Sauna in Elberfeld. Pekka hatte immer vehement den Wunsch geäußert und von den Segnungen geschwärmt, Emma hatte dagegen gezetert, indem sie Anstand und Moral beschwor.

»Hätte er sich doch durchgesetzt«, seufzte Anna, »dann wären wir schon viel früher in den Genuss gekommen.«

Minna band Birkenschösslinge zu kleinen Sträußen zusammen, mit denen sie sich beim zweiten Durchgang gegenseitig auf Rücken und Arme schlugen. Ihre Haut brannte, ein frischer, herber Duft verbreitete sich, und sie hatten das Gefühl, dass sich ihre Lungen mit reiner Gesundheit füllten. Nach dem dritten Durchgang nahmen sie ein Bad in der Ostsee und fühlten sich wie neugeboren. Sie entspannten sich auf der Veranda, tranken Wasser und aßen den Abendimbiss, den ihnen Birrit hingestellt hatte.

»Erzählt mir von Pekka«, sagte Minna, »wie hat er gelebt? Einiges weiß ich ja schon von Carl. Ging es ihm gut in Deutschland?«

Anna berichtete, und es erfüllte Minna mit Stolz, dass ihr Bruder ein so erfolgreicher Geschäftsmann und ein so guter Vater gewesen war. Dann erzählte sie von ihrer Kindheit mit Pekka, von ihren Spielen in den Wäldern und an dem See, an dem das Sommerhaus ihrer Eltern gestanden hatte. Beide hingen mit großer Liebe an ihrer Mutter Marjatta, die starb, als Minna zehn und Pekka sechzehn war.

»Wir hatten eine gute, sanfte Mutter, und es war ein harter Schlag«, sagte Minna, »nach ihrem Tod wurde es sehr, sehr schlimm für uns beide. Vater benutzte uns als Arbeitstiere, davor hatte Mutter uns immer zu schützen versucht. Morgens gingen wir in die Schule, direkt danach musste Pekka bis spätabends in der Kürschnerei schuften, er hat in diesen Jahren nur Arbeit gekannt. Und mich stellte Vater oft in den Laden, obwohl ich kaum über die Theke gucken konnte.«

»Ist Papa deshalb aus Tampere weggegangen?«

»Ich muss es dir wohl erzählen, Kind, es ist deine Familie, du hast ein Recht darauf, zu erfahren, was vorgefallen ist. Auch wenn es kein gutes Licht auf deinen Großvater Heikki wirft.« Minnas Augen waren dunkel, und sie sah gequält aus.

»Nach meiner Geburt war unsere Mutter fast jedes Jahr wieder schwanger gewesen, konnte aber keines der Kinder mehr austragen und wurde mit jeder Fehlgeburt schwächer. Die Ärzte hatten Vater beschworen, sie zu schonen, aber das hat ihn überhaupt nicht interessiert. Nicht nur, dass er sie immer wieder schwängerte, er schlug sie auch, wenn er getrunken hatte, genau, wie er Pekka und mich schlug, wenn ihm die kleinste Kleinigkeit nicht passte. Pekka hatte große Angst um Mutter, daran erinnere ich mich gut, er war blass vor Wut, wenn sie wieder blutend im Bett lag und man förmlich sehen konnte, wie das Leben aus ihr herausfloss. Er ist ein Tier, sagte er manchmal über unseren Vater, eine Bestie, ein Barbar, er wird sie noch töten.

Bei Mutters Beerdigung hatte ich das Gefühl, ich selbst würde mit hinunter in das schwarze Grab gestoßen, und ich klammerte mich weinend an Pekka, der wie versteinert war. Unser Vater stand regungslos vor dem Grab und verließ dann den Friedhof, von seinen Kindern hat er überhaupt keine Notiz genommen.«

Das Folgende erzählte Minna leise und stockend, Anna und Lina mussten sich vorbeugen, um sie verstehen zu können.

Ihr Leidensweg begann kurz nach der Beerdigung. Heikki befahl ihr, abends im Pelzlager aufzuräumen, er folgte ihr und nötigte sie zu dem, was viele Mädchen von ihren Vätern, Großvätern oder Onkeln erdulden mussten, wie Minna später in ihren Frauengruppen erfuhr.

»Ich war seine Leibeigene«, flüsterte sie, »ich glaube, er zweifelte nicht im Mindesten daran, dass er das Recht hatte, so mit mir zu verfahren.«

Sie sagte Pekka nichts von den Übergriffen, aus Scham, aber auch, weil sie wusste, dass es zu einem fürchterlichen Eklat kommen würde, wenn er davon erfuhr. Das ging zwei Jahre so, und Minna entwickelte mit der Zeit eine Technik, sich aus ihrem Körper zu entfernen, wenn ihr Vater sie missbrauchte. Sie konnte sich regelrecht abtrennen und aus einer Ecke des Lagers zusehen, wie das Kind, das nicht mehr sie selbst war, vor dem schnaufenden, schwitzenden, herrisch seine Hand auf ihren Kopf pressenden Mann kniete.

»Ich kann seitdem keine frisch gegerbten Pelze mehr riechen«, sagte Minna, »allein der Gedanke verursacht mir Übelkeit.«

Eines Tages, kurz vor Minnas vierzehntem Geburtstag, stand plötzlich Pekka vor ihnen. Als er erfasst hatte, was sein Vater mit seiner Schwester trieb, stürzte er sich heulend und brüllend auf ihn. Er war nicht so groß und schwer wie Heikki, aber er war geschickt und schnell und rasend vor Wut. Er schlug den Alten, der gar nicht mehr dazu kam, seine Hose zu schließen, zu Boden und boxte ihm mit der Faust immer wieder ins Gesicht, immer wieder, bis er mit gebrochener Nase reglos in einer Blutlache lag. Pekka trat ihm in den Unterleib und schrie, er habe es nicht verdient, Kinder zu haben, er sei ein Verbrecher, ein Kinderschänder, er werde ihn anzeigen. Dann nahm er Minna bei der Hand und sagte: Wir gehen, *kulta*, komm mit nach Helsinki, ich bringe uns beide durch, ich passe auf dich auf, alles ist besser, als mit einem solchen Tier zu leben. Aber sie konnte es nicht, sie war gelähmt vor Angst und dachte, dass sie ihren Vater nicht allein lassen dürfe.

»Das ist ja das Schlimmste an der Erziehung, die uns angetan wurde«, stieß Minna heraus, »dass man nicht wagt, sich dagegen aufzulehnen.«

Pekka ging noch in der gleichen Nacht, und Minna verarztete notdürftig ihren Vater, der es ablehnte, nach dem Doktor zu schicken. Nach diesem Vorfall rührte er sie nicht mehr an, allerdings kam ein Dienstmädchen ins Haus, das in Minnas Alter war. Sie hieß Naimi, wie die Tante von Pekka und Minna, war nach einem halben Jahr schwanger und gebar ein kleines, zartes Mädchen, das kurze Zeit später starb. Auch weitere Kinder, die sie gebar, ohne einen Vater anzugeben, starben, und irgendwann ging sie, gebrochen und ausgezehrt wie Marjatta, da war sie noch nicht einmal achtzehn.

Als Minna gerade ihr Abitur gemacht hatte, starb Heikki Salander plötzlich an einem Herzinfarkt. Minna fand ihn zusammengesunken und mit blaurotem Gesicht an seinem Schreibtisch, und das einzige Gefühl, das sich in ihr einstellte, war grenzenlose Erleichterung. Sie verkaufte den Laden und ging nach Helsinki, wo sie hörte, dass Pekka nach Deutschland ausgewandert war. Mit ihrem Erbe konnte sie studieren und sich die Dreizimmerwohnung am Engelsplatsen kaufen. Pekkas Anteil legte sie auf ein Konto und gab ihn später Riikka, die damit ebenfalls Studium und Wohnung finanzieren konnte.

Es war kühl geworden, und Ulla brachte Wolldecken, in die sie sich einwickelten.

»In allen Kulturen scheinen die Männer zu denken, sie hätten ein Recht, ihre Töchter zu missbrauchen. Und alle kommen sie ungestraft davon, weil niemand sich traut, es anzuzeigen. Und wenn doch mal eine den Mut findet, dann glaubt ihr die Polizei garantiert nicht und tut so, als sei sie selbst schuld. Immer wieder habe ich solche Geschichten gehört«, empörte sich Lina.

»Hast du deshalb nicht geheiratet?« Anna forschte in Minnas Gesicht. Wie konnte man so einen Alptraum verarbeiten?

»Ich denke, dass es so ist, ich glaube, ich konnte zu keinem Mann mehr Vertrauen fassen. Aber ich bin ganz zufrieden damit, ich bin unabhängig, und ein Kind habe ich ja trotzdem großziehen dürfen. Außerdem muss man ja nicht gleich heiraten, wenn man es gelegentlich mit einem Mann zu tun haben will, das ist mir zum Glück nicht ganz verloren gegangen.« Sie lächelte, der Schein der im Kamin hochschlagenden Flammen streifte ihr Gesicht mit den leuchtenden Finnenaugen.

Mitternacht war schon vorbei, als Minna sich verabschiedete. Anna und Lina brachten sie zum Droschkenstand.

»Erst jetzt werden mir viele Verhaltensweisen von Papa richtig klar, seine Vorsicht, seine Besorgtheit, ob alles in Ordnung war«, sagte Anna zu Lina auf dem Rückweg. »Wahrscheinlich hatte er immer Angst, er beschütze einen nicht richtig, weil er seine kleine Schwester nicht hat beschützen können.«

Niemand darf dich anfassen, von dem du es nicht willst, kulta, hörst du? Niemand darf über dich bestimmen, nur du allein. Wenn dir jemand gegen deinen Willen etwas tun will, dann schreist du ganz laut, dann kommt isi und hilft dir, ja? Versprichst du mir das?

»Vielleicht mochten ihn die Frauen deshalb so sehr, er hatte Respekt, er war rücksichtsvoll, er gestand ihnen einen eigenen Willen zu, das ist ja weiß Gott keine Selbstverständlichkeit«, sagte Lina.

Als sie im Bett lagen, war Pekka bei ihnen und blies ihnen leise über die Wangen, bis sie eingeschlafen waren.

*

Minna zeigte ihnen die Stadt, sie machten eine Hafenrundfahrt und fuhren mit einem Ausflugsdampfer zur Festung Viapori, wo ihnen ein plötzlicher Einbruch von Regen und Kälte eine Vorstellung davon gab, wie ungemütlich der Norden sein konnte. Die Finnen ließ das relativ unbeeindruckt, bei vierzehn Grad blieben sie leicht gekleidet mit bloßen Armen und Beinen, als sei es Hochsommer. Anna und Lina hüllten sich in ihre Pullover und hörten schaudernd Ullas und Minnas Bericht über den südfinnischen Winter an, wenn das Thermometer auf zwanzig oder dreißig Grad minus fiel, die Sonne nur wenige Stunden am Tag über den Horizont stieg, man sich ohne Wollunterwäsche, dicke Pelzmäntel und Filzstiefel nicht nach draußen wagen konnte und in der Silvesternacht die Betrunkenen zu Dutzenden erfroren.

Am Samstagabend kochten Lina und Anna für alle, dann offenbarte Lina, wiederum unter entsetzlichen Qualen, ihr Verhältnis zu Pekka. Wie sie erwartet hatten, stieß sie bei Minna und Soderbergs auf Toleranz und Verständnis für ihre schwierige Lage.

Am Sonntag, dem Tag vor der Ankunft der Polizisten, war es immer noch bedeckt, aber nicht mehr so kalt. Sie waren für den Abend mit Minna verabredet, die mit ihnen eine Versammlung der sozialdemokratischen Frauen im Arbeiterhaus am Djurgardsvägen besuchen wollte. Der Abend stand unter dem Motto: »Verhütung – der Weg zur Freiheit«, und Minna hatte eine Feministin aus Stockholm angekündigt, die die neuesten Erkenntnisse über Schwangerschaftsverhütung und Abtreibung vortragen wollte.

»Wir sozialdemokratischen Frauen halten seit neuestem unsere eigenen Versammlungen ab«, sagte Minna, mit der sie sich an der Västra-Chaussee getroffen hatten. »Die Männer interessieren sich nicht die Bohne für die Frauenfrage, sie meinen, mit dem Wahlrecht hätten wir alles erreicht. Sie reden nur über die bösen Schweden und Russen, den Klassenkampf und die Zusammenarbeit mit den Bolschewisten. Außerdem feilschen sie um die Pöstchen in der Partei und darum, wer den nächsten internationalen Kongress besuchen darf. An eine Frau würden sie dabei niemals denken, wie denn auch, wir sind ja durch die häuslichen Pflichten sowieso nicht abkömmlich. Nein, nein, die bringen uns nicht weiter, das müssen wir schon selbst in die Hand nehmen.«

»Auch sozialistische Männer sind Männer«, schimpfte Anna, »das haben die Berliner Frauen auch immer beklagt, das ist bei euch nicht anders als bei uns. Sie betrachten uns als Gebärmaschinen, das Kinderkriegen ist ganz allein unsere Privatsache und das Großziehen auch. Und die Herren Väter gehen sich abends in der Wirtschaft betrinken, damit sie das Kindergeschrei nicht hören müssen.«

Im Versammlungsraum im Parterre des Arbeiterhauses saßen etwa zwanzig Frauen auf Holzstühlen im Kreis und redeten durcheinander. Das Referat des Abends sollte Selma Lundblom halten, eine schwedische Ärztin, die sich auf Frauengesundheit spezialisiert hatte und eine Vortragsreise durch Finnland machte.

Minna, die als Versammlungsleiterin fungierte, stellte Lina und Anna ihrer Freundin und Kollegin Terttu Salmi vor, die ebenfalls gut deutsch sprach und für die Gäste übersetzen sollte. Terttu, eine kinderlose Witwe, war Lehrerin für Deutsch und Geschichte, um die vierzig, klein, temperamentvoll, blond und drall und strahlte eine unbändige Fröhlichkeit aus. Ihre hellblauen Augen waren ununterbrochen in Bewegung, sie schwatzte und lachte und barst vor Neugier auf die beiden Deutschen, vor allem auf Minnas Nichte.

Teilnehmend erkundigte sie sich, wie es Anna gehe, und nahm ihre Hände.

»Welch einen schrecklichen Verlust ihr erleiden musstet, aber wie gut, dass in diese Familiengeschichte endlich Bewegung gekommen ist und dass du, mein Kind, deine Wurzeln kennen lernst. Ich hoffe und wünsche euch allen, dass sich die Sache aufklärt, dass ihr Frieden findet und alles zu einem guten Ende kommt.«

Minna eröffnete die Versammlung und stellte die deutschen Gäste vor, die freundlich aufgenommen wurden. Zunächst begann sie, engagiert in das Thema einzuführen, zitierte Untersuchungen über Abtreibungen und die Sterblichkeitsrate von Frauen und Kindern und die Forderungen der Frauenbewegung. Plötzlich stockte sie, ihre Augen flackerten und schweiften vom Auditorium weg zum Eingang, der vom Treppenhaus durch eine große Tür mit Milchglasscheiben abgetrennt war. Anna folgte ihrem Blick, hinter dem Glas war vor dem diffusen Flurlicht ein Schatten zu erkennen, der einer zierlichen Frau gehören konnte, dann eine zweite Silhouette, bei der Anna fast der Atem stockte. Sie kannte den kantigen Kopf, der Russe, da war er wieder, sie wusste es instinktiv. Die Figuren drehten sich vor der Scheibe und schienen zu diskutieren, Anna glaubte sogar, Stimmen zu hören, dann lösten sie sich einfach auf. Wieder schoss die Angst hoch. Er sollte doch in Reval sein, weshalb tauchte er jetzt plötzlich hier auf? Ihr Herz klopfte wie rasend, und sie konnte sich erst bei dem Gedanken an Hugo Blanks morgige Ankunft halbwegs beruhigen.

Minna verhaspelte sich, fing sich dann wieder und gab schnell Selma Lundblom das Wort. Die weißhäutige zarte Schönheit hatte ihre roten Haare zu einem wirren Knäuel auf dem Hinterkopf zusammengesteckt, aus dem sich, während sie sprach, lange Strähnen lösten und ihr schmales, madonnenartiges Gesicht umrahmten. Sie sprach Schwedisch, und ihre dunkle Stimme überschlug sich manchmal während der flammenden Rede, in der sie bedrückende Fakten nannte. Schätzungsweise jede vierte Schwangerschaft endete mit einer Abtreibung, alle Frauen, die nicht mit Unfruchtbarkeit oder einem impotenten Mann gesegnet waren, setzten ihr Leben und ihre Gesundheit aufs Spiel, wenn sie nicht zehn, fünfzehn Kinder gebären wollten. Das ruinierte sie nicht nur körperlich, sondern zwang sie auch, mit anzusehen, wie die Überlebenschancen der Kleinen sanken, je zahlreicher sie wurden.

»Sie müssen ihre eigene Leibesfrucht verkommen und verhungern lassen, sie haben keine andere Wahl. Es ist ein gesellschaftlicher Skandal, dass die Frauen zu Gebärmaschinen und Mörderinnen degradiert werden, weil sie die Verhütungsmittel nicht bezahlen können und weil die Männer sich zu schade sind, ein Kondom überzuziehen!«

Selma Lundblom hatte die Stimme gehoben und schlug mit der Faust auf ihr Stehpult. »Wir fordern ab sofort, dass die Männer ihre Verantwortung für die Geburtenkontrolle wahrnehmen und der Staat alle Kosten für Verhütungsmittel bezahlt. Und zwar sichere, gesunde Verhütungsmittel. Es gibt nicht nur Kondome, es gibt auch das Diaphragma, und seit drei Jahren experimentiert man mit einer Spirale, die in die Gebärmutter eingesetzt wird und Schwangerschaften verhindern soll. Wir fordern, dass die Forschung intensiviert wird, es darf nicht länger sein, dass wir von Schränken springen, uns in der Vagina herumstochern oder uns mit Arsen, Phosphor, Blei oder Chinin vergiften müssen, wie es Tag für Tag Millionen und Abermillionen Frauen tun, in Küchen und Hinterzimmern auf der ganzen Welt. Viele Tausende sterben dabei oder schädigen sich für ihr weiteres Leben. Das lassen wir nicht länger zu, das verletzt die Menschenwürde, damit muss endlich Schluss sein!«

Selmas Stimme war laut und rau geworden, Terttu übersetzte atemlos, die Zuhörerinnen klatschten und pfiffen.

Minna war immer noch angespannt, sie hatte der Tür mehr Aufmerksamkeit gewidmet als dem Vortrag, und bei der anschließenden Diskussion, die sie leitete, war ihre Stimme belegt. Danach verfassten die Frauen einen Aufruf, den sie an die Zeitungen von Helsinki schicken wollten.

»Wahrscheinlich druckt es wieder nur der *Työmies** ab«, echauffierte sich Terttu, »und wahrscheinlich wieder nur auf den hinteren Seiten. Die konservativen Blätter ignorieren uns sowieso.«

»Und ich dachte, in Finnland wäret ihr schon weiter als wir«, seufzte Lina, »wahrscheinlich vergehen noch hundert Jahre, bis die Gesellschaft endlich die Rechte der Frauen achtet. Wenigstens werden sie hier nicht zusammengeprügelt wie in England.«

»Oh, ich weiß nicht, ob das manche von unseren Männern nicht auch am liebsten machen würden. Jedenfalls das Joch des Gebärens streifen wir jetzt ab, kommt, ihr könnt mir helfen, die Kondome auszuteilen.« Terttu zwinkerte. »Zum Johannisfest steigt der Verbrauch ganz enorm. Nehmt euch auch welche mit, man kann nie wissen.«

Sie holte einen Karton voller Kondompäckchen aus ihrer Tasche. »Bestes Kautschuk, ohne Längsnaht und garantiert reißfest. Wir haben hundert Dutzend auf Lager. Eine von unseren Mitstreiterinnen ist die Nichte eines schwedischen Kondomfabrikanten, sie hat ihn zu der großzügigen Spende überredet.«

»Nimm dir welche mit«, flüsterte Lina, »es kann doch wirklich nicht schaden, sie dabeizuhaben.«

Anna dachte an Hugo Blank und wurde rot, aber eigentlich beschäftigten sie Minnas Verhalten und die Vorgänge hinter der Glastür. War sie schon so weit, dass sie Gespenster sah? Sie beschloss, später mit Lina darüber zu reden und erst mal so zu tun, als sei nichts gewesen. Und was die Kondome betraf, hatte Lina Recht, Vorsicht war die Mutter der Porzellankiste. Man konnte nie wissen.

»Dann aber du auch«, raunte sie, »allein traue ich mich nicht.«

Linas Blick verdunkelte sich, aber sie stellte sich gemeinsam mit Anna in die Schlange, die sich vor Terttu aufgereiht hatte. Schnell nahmen sie die Päckchen und verstauten sie in ihren Taschen. Annas Wangen brannten vor Scham.

»Das muss euch nicht peinlich sein«, zwitscherte Terttu, »ich

* Der Arbeiter

finde, wir Frauen müssen zuallererst lernen, uns nicht immer für alles zu schämen.«

Nachdem alle versorgt waren, schloss Minna die Versammlung mit einem Hinweis auf das nächste Treffen in vier Wochen, das sich dem Thema »Frieden in unserer Gesellschaft« widmen sollte. Sie wirkte abwesend und überließ auf dem Rückweg ins Stadtzentrum Terttu das Gespräch.

»Durch die finnische Gesellschaft gehen so viele Risse«, klagte Terttu, »die Konstitutionalisten, das sind die konservativen, schwedisch sprechenden Finnen, fordern dazu auf, die Anhänger der Anpassungsbewegung, das sind die, die sich mit den Russen arrangieren, wie Pestkranke oder Schwerverbrecher zu behandeln. Wenn das so weitergeht, stehen hier bald Mord und Totschlag auf der Tagesordnung, es gibt Stadtviertel in Helsinki, da kaufen bestimmte Leute nur in bestimmten Geschäften ein, und es gibt Bestrebungen, unterschiedliche Schulen für die Konstitutionalisten und die Angepassten einzurichten.«

»Dann lernen die ja niemals, sich zu vertragen«, warf Anna ein.

»Genau das denken wir auch, damit würde man die Gräben nur immer tiefer machen. Wir wollen uns dafür einsetzen, dass die Gruppen miteinander sprechen, anstatt sich mit Steinen zu bewerfen, aber das ist sehr, sehr schwer.«

Sie erreichten die Esplanade, und Terttu schlug vor, im Hotel »Kämpi« noch einen Portwein zu trinken. Anna hatte überlegt, ob sie Minna auf die seltsame Beobachtung im Arbeiterhaus ansprechen sollte, ließ es dann aber, weil ihre Tante auch im Restaurant schweigsam und bedrückt blieb und Anna die Szene, je länger sie zurücklag, immer unwirklicher vorkam.

»Morgen kommen unsere Polizisten in Helsinki an«, sagte sie und hob ihr geschliffenes Glas, in dem der Wein dunkelrot leuchtete. »Sie arbeiten ja wohl eng mit eurer Kriminalpolizei zusammen, mal sehen, was dabei herauskommt.«

Terttu war begeistert und prostete ihr zu. »Dann seid ihr ja zum Johannisfest noch alle da, die Herren werden doch nicht gleich wieder abreisen?«

»Ulla möchte ein Fest machen, ich glaube, sie erwartet uns alle«, sagte Anna, »ist es nicht schon am nächsten Samstag?«

Terttu trank schnell ihr Glas aus und bestellte ein zweites, sie schwärmte mit glitzernden Augen von zwei deutschen Offizieren, denen sie am Hafen den Weg erklärt hatte, und lobte deren Charme. »Die Deutschen sind so feurig und leidenschaftlich, davon können sich unsere langweiligen finnischen Männer mal eine Scheibe abschneiden. Ihr müsst mich unbedingt alle zusammen in meinem Sommerhaus besuchen, noch in dieser Woche, nicht dass sie plötzlich wieder abgereist sind. Bevor man so ein Sommerhaus am See nicht kennt, kennt man Finnland nicht«, zwitscherte sie, »vielleicht am Donnerstag, da werden eure Kommissare doch Zeit haben? Das Wetter soll gut werden, wir machen ein Picknick bei Mitternachtssonne, das wird wundervoll!«

Anna wollte nicht über die Zeit der Kommissare verfügen, versprach aber, die Einladung auszurichten, sobald sie angekommen waren. Sie beobachtete Minna, die, nachdem sie ihr Glas ausgetrunken hatte, gehetzt aufstand und mit dem Kellner verhandelte.

»Ich muss los«, sagte sie, »seid mir nicht böse, ihr seid meine Gäste.«

In der Droschke erzählte Anna Lina von der Szene im Arbeiterhaus. »Ich bin fest davon überzeugt, dass es der Russe war, zusammen mit einer Frau«, sagte sie, »obwohl ich ihn nicht richtig gesehen habe, er war ganz verschwommen. Es ist ein Gefühl, es war etwas in der Gestalt, in den Bewegungen, das ich kannte. Hältst du es für möglich, dass ich schon Halluzinationen habe?«

Lina legte den Arm um Anna. »Es ist alles möglich. Vielleicht bist du überreizt, vielleicht laufen hier auch Dinge ab, von denen wir keine Ahnung haben. Auf jeden Fall sollten wir auf der Hut sein.«

Am Fiskarviken schwappte die dunkle Ostsee unter dem bewölkten Mitternachtshimmel. Soderbergs hatten ein Windlicht auf die Balustrade der Veranda gestellt, das ihnen tröstlich entgegenleuchtete.

*

Anna saß auf dem Biedermeiersofa in Minnas Wohnzimmer mit einem Schuhkarton auf dem Schoß, in dem Minna alte Familiendokumente aufbewahrte: vergilbte Briefe und Ausweise, viele in kyrillischer Schrift, gepresste Blumen, einen geklöppelten Spitzenkragen, eine blassblaue Seidenschleife. Die achtjährige Minna und der vierzehnjährige Pekka, der schützend den Arm um seine Schwester legt. Zwei hübsche, blonde finnische Kinder mit traurigen Gesichtern.

Niemals, niemals darf man böse zu Kindern sein, kulta, Kinder sind eine Kostbarkeit, man darf ihnen nicht wehtun, sie sind unsere Zukunft und unsere Hoffnung.

Eine Zeichnung von Großmutter Marjatta als junger Frau, empfindsam und lieblich, mit schmalem Gesicht, strahlenden, leidenschaftlichen Augen und einem verzagten Mund.

»Sie sah aus wie achtzig, als sie mit achtunddreißig starb, von ihrer Schönheit war nichts übrig geblieben«, sagte Minna bitter.

»Und von dem Großvater gibt es kein Bild?«

»Es gab Fotografien von ihm, aber ich habe alles verbrannt, ich möchte durch nichts an ihn erinnert werden.«

Anna nickte, das konnte sie gut verstehen.

Draußen ging die Türglocke, und Minna öffnete. Anna horchte in den Flur und machte Lina ein Zeichen, die in der angrenzenden Küche einen Kuchen buk.

Deutsche Männerstimmen, eine schnarrende und eine weiche, rheinische, drangen herein, Annas Herz klopfte.

»Sie sind da«, zischte sie Lina zu, die sich schnell die Schürze abband.

Sie hatten beim Frühstück diskutiert, ob sie die Kommissare am Mittag am Kai erwarten sollten. Lina hatte dafür plädiert, einmal aus Höflichkeit, aber auch, um ihre Aussagewilligkeit und Kooperationsbereitschaft zu bekunden. Anna schwankte zuerst, wollte dann aber immer weniger davon wissen.

»Die sollen nicht denken, dass wir ihnen nachlaufen«, zeterte sie, »nein, nein, die sollen mal schön uns aufsuchen.«

Dann waren sie zu Minna gegangen, um die Familiendokumente anzusehen, aber Anna war die ganze Zeit unruhig gewesen und bei jeder vorbeifahrenden Droschke ans Fenster gelaufen.

Als Hugo hereinkam, lief über ihr Gesicht eine rosige Welle, sie strahlte ihn an und Kommissar Emil Hohenstein gleich mit, der seinen gestutzten und gewichsten Schnauzbart hinter Hugos Schulter hervorreckte. Hohenstein lächelte erstaunt zurück, dann begrüßte er sie und Lina mit vollendeter Höflichkeit und einem angedeuteten Handkuss, der bei Anna fast einen Lachanfall hervorrief.

Hugo war verlegen und berichtete, sie seien im Hotel »Kämpi« abgestiegen und hätten bereits mit ihrem finnischen Kollegen gesprochen, der sie vom Schiff abgeholt habe. Dann seien sie bei Soderbergs vorbeigefahren, dort habe man ihnen gesagt, wo Fräulein Salander und Fräulein Pasche sich aufhielten, da seien sie gleich hergeeilt.

Aus der Küche kam der Duft von frischem Butterkuchen, Minna bat an den Kaffeetisch.

Hugo saß neben Anna, er strahlte wie sie und legte ihr immer wieder die Hand auf den Arm, während er von der Reise erzählte. Lina betrachtete ihn, seine warmen Augen gefielen ihr, und sie dachte darüber nach, dass es überhaupt nichts nützte, sich zu wehren, wenn es einen erwischte. Anna war jedenfalls rettungslos verloren, das sah ein Blinder ohne Brille, und bei dem Sergeanten schien es nicht anders zu sein.

In eine Gesprächspause hinein räusperte sich Kommissar Hohenstein. Er nahm Haltung an und bedankte sich für die freundliche Begrüßung. Aber sie seien ja nicht zu ihrem Vergnügen nach Helsinki gekommen, verkündete er dann in offiziellem Tonfall, es warteten schwierige Ermittlungen auf sie. »Und die sind natürlich auch der Grund unseres Besuches hier bei Ihnen.«

Unter Annas strengem Blick bemühte er sich, nicht ins Bellen zu verfallen, richtete aber einen tadelnden Blick auf Lina.

»Sie werden ja inzwischen wissen, dass ich ein Verhältnis mit Herrn Salander hatte«, kam sie ihm stockend und von Röte übergossen zuvor, »es ist natürlich nicht zu verzeihen, dass ich mich nicht bei der Polizei gemeldet habe. Aber ich bitte Sie, meine Situation zu berücksichtigen, ich hatte einfach schreckliche Angst.«

Hohenstein öffnete den Mund, aber Hugo fuhr dazwischen. »Wir respektieren das, Fräulein Pasche, Sie waren ja in gewisser Weise auch in einer Ausnahmesituation. Aber wir haben jetzt viele Fragen, und Sie sind uns natürlich zu rückhaltloser Offenheit verpflichtet.«

Lina versicherte, dies sei selbstverständlich, und schlug vor, gleich über alles zu reden, vor Minna und Anna gebe es keine Geheimnisse. Sie berichtete, wie sie Pekka begegnet war und was sie mit ihm verbunden hatte, von dem überraschenden Besuch Onkel Elis, dem sich daran anschließenden anonymen Brief und ihrer Entscheidung, sich von Pekka zu trennen.

»Bitte entschuldigen Sie diese Frage, aber ich muss sie stellen«, sagte Hugo, als sie geendet hatte. »Mir erscheint es nicht ganz plausibel, dass Sie sich von einem Mann trennen, den Sie als Ihre große Liebe bezeichnen.«

»Das war er auch, und daran hat sich bis heute nichts geändert. Aber ich sah so viele Schwierigkeiten, seine Ehe, das Geschäft, der Ruf, den Frauen wie ich in der Gesellschaft genießen. Gegen so etwas kommt doch die größte Liebe nicht an.«

»Und nach der Trennung hatten Sie keinen Kontakt mehr zu ihm?«

»Nein, ich habe ihn vier Wochen vor seinem Tod zum letzten Mal gesehen. Allerdings hat er mir noch mehrmals geschrieben, aber ich habe nicht darauf reagiert.«

»Diese Briefe haben Sie noch?«

»Nein«, sagte Lina verlegen, »ich habe sie verbrannt, als ich von dem Mord hörte, das war eine Kurzschlusshandlung.«

»Das war Vernichtung von Beweismaterial«, bellte Hohenstein, »das war sehr unvernünftig von Ihnen.« Ein Blitz aus Annas Augen traf ihn, aber er ließ sich nicht beeindrucken. »Haben Sie denn den Drohbrief noch, den Sie erhalten haben?«

Lina verneinte auch dies, den habe sie gleich verbrannt, nachdem er gekommen sei. Sie beantwortete noch einige Fragen nach ihren Lebensverhältnissen, dann berichtete Anna von den Begegnungen mit dem Russen.

»Ich weiß nicht, ob das etwas mit dem Fall zu tun hat«, sagte sie, »aber es ist doch merkwürdig, dass ein solcher Mensch immer wieder auftaucht, schließlich auch noch auf dem Schiff. Und ich bilde mir auch ein, ihn gestern im Arbeiterhaus gesehen zu haben, da war ein Schatten hinter einer Glastür. Vielleicht habe ich aber auch Halluzinationen, ich weiß es allmählich wirklich nicht mehr.«

Hugo machte sich Notizen. »Das sieht ja nicht nach Zufällen aus. In Elberfeld vor Ihrem Haus und auf der Beerdigung, sagen Sie, und dann im Zug und auf dem Schiff, wobei er in Reval ausstieg? Und gegrüßt hat er Sie? Wir werden mit unserem finnischen Kollegen darüber sprechen, vielleicht gibt es eine Personenkartei, wo man nachsehen kann, ob dieser Mensch registriert ist.«

Hohenstein wandte sich an Minna. »Morgen früh möchten wir mit Herrn Salanders anderer Tochter, Fräulein Turi, sprechen, Herr Plosila hat uns schon bei ihr angekündigt. Er sagte, sie sei nicht sehr aussagewillig, sie mache ihm die Sache nicht leicht. Wenn Sie eine Möglichkeit haben, auf ihre Kooperationsbereitschaft einzuwirken, wäre das für uns sehr hilfreich.«

Minna versprach es und ließ sich, nachdem die Kommissare aufgebrochen waren, unglücklich auf das Sofa sinken. »Sie kann einen um den Verstand bringen«, klagte sie, »Starrsinn ist gar kein Ausdruck für dieses Mädchen.«

»Was ist nur mit ihr los, Tante Minna, wir haben neulich bei ihr geklingelt, aber sie hat uns nicht aufgemacht, obwohl sie da war, jedenfalls hatten wir den Eindruck. Das ist doch nicht normal.«

»Wenn ihr wüsstet, wie verzweifelt ich bin, ich finde überhaupt keinen Zugang mehr zu ihr. Ich habe sie eigentlich nicht mehr gesehen, seitdem ihr euch angekündigt habt, sie geht mir aus dem Weg, sie nimmt es mir übel, dass ich dich sehe, Anna.« Minna schluchzte und wischte sich die Augen. »Sie ist schwierig, sie ist ein komplizierter Mensch, aber so etwas kann sie nicht getan haben, eine solche Tat kann ich ihr einfach nicht zutrauen.«

»Aber sie macht sich doch große Probleme, wenn sie sich so abweisend zeigt, da fragt man sich doch, welchen Grund sie hat.«

»Das ist wahr«, seufzte Minna, »da muss man misstrauisch

werden. Ich gehe noch heute Abend zu ihr, vielleicht kann ich sie ja doch noch zur Vernunft bringen.«

*

Die Augen sind identisch, dachte Sergeant Blank, und die Art, den Kopf zurückzuwerfen, der gleiche trotzige Ausdruck, obwohl sie sich nie im Leben begegnet sind.

Riikka Turi saß kerzengerade vor ihnen auf der Stuhlkante und sah stur auf die Wand, ihr schwarzes, glatt auf die Schultern fallendes, in der Mitte gescheiteltes Haar hing halb über ihrem Gesicht und bedeckte es wie ein Vorhang. Minna war an diesem Morgen auch gekommen, sie wirkte übernächtigt und servierte Kaffee und Gebäck, bemüht, Riikkas abweisende Haltung gegenüber den Polizisten durch besondere Freundlichkeit wettzumachen.

Der blonde finnische Kommissar Eino Plosila wirkte blutjung und schüchtern, und Kommissar Hohenstein hatte ihm zunächst keinerlei kriminalistische Fähigkeiten zugetraut. Am Vorabend waren sie im Labor des Polizeipräsidiums gewesen und hatten alles, was am Tatort in Elberfeld sichergestellt worden war, zur kriminaltechnischen Untersuchung abgegeben. Das Labor der finnischen Polizei war ausgesprochen modern ausgestattet und rief Hugos tiefste Bewunderung hervor. In Preußen könne man von so etwas nur träumen, vertraute er seinem finnischen Kollegen an, ohne dass Hohenstein es hören konnte.

Dann waren sie im Büro von Kommissar Plosila den Fall durchgegangen, und Hohenstein musste sein Vorurteil über den finnischen Kollegen revidieren. Die Akte war tadellos geführt und wies keine Lücken auf. Soderbergs, Minna Salander und Riikka Turi waren vernommen worden, und man hatte ihnen Fingerabdrücke abgenommen, außerdem hatte man nach dem Lappen Nilas Niolpas gefahndet, der aber Mitte April in den Norden gegangen und zurzeit nicht aufzufinden war. »Da das Paket Anfang Mai in Helsinki aufgegeben wurde, kann er es nach dieser zeitlichen Abfolge nicht gewesen sein«, hatte Plosila in bestem, wenn auch akzentreichem Deutsch resümiert.

Riikka Turi behauptete zunächst, kein Deutsch zu können, sodass Plosila und Minna das Gespräch übersetzen mussten.

»Wir fragen uns natürlich«, setzte Hohenstein an, »woher das Zyankali stammen könnte. Es ist ja ein Gift, das in der Pelzveredelung zum Einsatz kommt, und wir wissen, Fräulein Turi, dass Ihre Familie aus Lappland stammt und mit Fellen gehandelt hat.«

»Das ist zweiundzwanzig Jahre her, das habe ich der Polizei bereits gesagt. Hier in Finnland haben im Übrigen viele Leute mit Pelzen zu tun, fragen Sie doch Herrn Soderberg.«

Hohenstein war dabei, die gute Laune, die sich seit seiner Ankunft in Helsinki eingestellt hatte, wieder zu verlieren, diese Salander-Tochter war womöglich noch unverschämter als die andere.

»Nach allem, was wir wissen, ging Herr Salander damals nach einer Familientragödie aus Lappland und dann auch aus Finnland fort, es soll sich um einen Unglücksfall gehandelt haben, bei dem es wohl auch Tote gegeben hat.«

Hugo bemühte sich vergeblich, Blickkontakt zu Riikka aufzunehmen.

»Mein Vater ging, als ich vier war, welchen Wert kann wohl die Wahrnehmung eines so kleinen Kindes haben? Mein Vetter und mein Onkel wurden damals von einer Rentierherde getötet, das ist es, was ich weiß. Ich habe verschwommene Bilder von Entsetzen, von Schreien und Weinen in mir, mehr nicht. Und ich weiß noch, wie mein Vater wegging. Aber warum und weshalb, das weiß ich bis heute nicht, meine Mutter hat es mir nicht erzählt und mein Onkel auch nicht, er konnte darüber nicht sprechen, und was soll man auch einem Kind erzählen, wenn so etwas Grauenhaftes passiert.«

»Ihre Mutter lebt nicht mehr, ist das richtig?«

»Sie starb vor sechzehn Jahren.«

»Und Ihr Onkel?«

»Den müssen Sie in Lappland suchen«, antwortete Riikka schnell. »Er wird ganz im Norden unterwegs sein, da ist er um diese Zeit mit seinen Tieren am liebsten, er geht oft auf norwegisches Gebiet in die Berge, auch wenn das den Lappen verboten ist. Wenn Sie wollen, können Sie da gerne nach ihm fahnden, ich bezweifle nur, dass Sie ihn finden werden.«

»Wann haben Sie ihn zuletzt gesehen?«

»Er war im Winter bei uns«, antwortete Riikka ausweichend, »irgendwann Anfang Mai ist er wohl wieder gegangen.«

»Bitte fordern Sie sie auf, exakte Auskünfte zu geben und die Wahrheit zu sagen«, bellte Hohenstein in Richtung Plosila. »Wir brauchen genaue Angaben. Wann ist er gegangen und wohin?«

»Ich sage die Wahrheit, und ich brauche mich von einem Deutschen nicht der Lüge bezichtigen zu lassen.«

Riikka sprach plötzlich ein hartes Deutsch, ihr sichtbares Auge funkelte, aber sie sah weiter gegen die Wand.

Hohenstein wurde rot, und Hugo unterdrückte ein Grinsen.

»Riikkas Onkel Matte ist nicht immer ganz gesund«, beeilte sich Minna, die Wogen zu glätten. »Im Winter wird er schwermütig, wie viele Finnen, es ist eine Art Volkskrankheit. Dann nehmen wir ihn zu uns. Im Sommer lebt er mit seiner Herde, wie er es all die Jahre getan hat.«

»Sie haben ein gutes Verhältnis zu Ihrem Onkel?«

»Er hat mir den Vater und die Mutter ersetzt«, blaffte Riikka, »ohne ihn wäre ich wohl in Lappland erfroren. Mehr gibt es dazu nicht zu sagen.«

»Aber wir wissen immer noch nicht, wann er Helsinki verlassen hat.« Hohensteins Ton war militärisch, er sah aus, als würde er Riikka am liebsten an dem Haarvorhang von der Stuhlkante zerren.

»Es war in den ersten Tagen des Mai«, versicherte Minna schnell, »ich glaube, wir haben ihn am 7. oder 8. in den Zug nach Oulou gesetzt, von dort aus ist er mit der Postkutsche weiter nach Inari gefahren.«

»Also nach dem 6. Mai«, knurrte Hohenstein, »ist das richtig?«

Hugo Blank versuchte, die Situation zu entspannen, und schlug einen demütigen Ton an. »Wir müssen uns mit der Tatsache beschäftigen, Fräulein Turi, dass irgendjemand in Finnland ein Motiv gehabt haben muss, Ihren Vater um sein Leben zu bringen. Er ist im Streit von Ihrer Familie fortgegangen, da kommen wir nicht umhin, nachzufragen.«

»Mein Vater heißt Matte Turi«, zischte Riikka, dann feuerte sie eine finnische Kaskade auf Kommissar Plosila ab und stand auf, das Gesicht immer noch halb verhängt. Mit deutlicher Ungeduld sah sie auf die ungebetenen Besucher und auf die Tür, es fehlte nur noch eine Handbewegung, mit der sie sie hinausgescheucht hätte. Minna sagte tadelnd etwas zu ihr.

»Fräulein Turi sagt, niemand, der ihr bekannt sei, könne Herrn Salander nach dem Leben getrachtet haben, schon allein deshalb, weil niemand sich für ihn interessiert habe. Auch seine Adresse sei nicht bekannt gewesen, die habe nur Herr Soderberg gekannt, sie selbst habe sie niemals wissen wollen. Minna Salander habe sie früher einmal gehabt, aber schon vor langer Zeit fortgeworfen. Und mehr, sagt sie, wolle und könne sie dazu nicht sagen«, übersetzte Plosila. Auch ihm schien das Benehmen Riikkas vor den deutschen Polizisten peinlich zu sein.

Er sagte noch einmal etwas zu ihr, und Riikka fauchte eine Antwort, dann ging sie hinaus und warf die Tür zu.

»Was haben Sie zu ihr gesagt?«, raunte Hugo dem finnischen Kollegen zu, während Hohenstein wütend vor ihnen durch das Treppenhaus stampfte.

»Dass wir Schriftproben nehmen werden, von ihr und von ihrer Tante.«

»Und, was hat sie geantwortet?«

Plosila grinste. »Das kann ich nicht übersetzen, das ist zu – wie sagt man im Deutschen – unflätig?«

»Ist das typisch für finnische Frauen? Die andere Salander-Tochter ist ja von ähnlichem Kaliber.«

»Nein, nein, alle sind sie nicht so, Fräulein Turi ist schon ein sehr besonderer Fall. Aber nach allem, was ich weiß, sind unsere skandinavischen Frauen doch etwas selbstbewusster als die mitteleuropäischen, was meinen Sie?«

»Mit Sicherheit, aber das wird bei uns auch kommen, es gibt eine recht aktive Frauenbewegung. Und das ist ja auch gut so, wenn Sie mich fragen, sind die selbstbewussten Frauen doch viel interessanter.«

»Zweifellos«, lächelte Plosila, »aber man kann sich an ihnen auch ganz schön die Zähne ausbeißen.«

*

»Das deckt sich alles mit den Aussagen Soderbergs, das mit der Adresse und auch mit dem Brief vor zehn Jahren«, sagte Kommissar Plosila, nachdem sie sich in einem Lokal mit Blick auf die Ostsee niedergelassen hatten. Die Wolkendecke lichtete sich, und die Sonne brach immer wieder hervor.

»Im Prinzip kannte nur Soderberg die Adresse, und er sagt, aus seiner Hand habe sie niemand bekommen. Die einzige Möglichkeit, die ich mir vorstellen kann, ist, dass jemand sie gesehen hat, als er eine Frachtsendung für Salander aufgegeben hat, das war jedes Jahr im Herbst der Fall.«

»Hat Soderberg keine Angestellten?«

»Er beschäftigt fünf Kürschner und einige Nähmädchen, im Geschäft arbeiten drei Verkäuferinnen, die aber mit diesen Dingen nichts zu tun haben. Das Rechnungswesen und die Verbuchung macht allein Frau Soderberg, sie kannte natürlich die Adresse auch. Sicher wäre es für jemanden, der das unbedingt gewollt hätte, möglich gewesen, die Adresse aus den Ordnern zu beschaffen, aber sie lag nicht öffentlich herum.«

»Danach müsste es jemand gewesen sein, der planmäßig vorgegangen ist, nicht die spontane Tat eines Verrückten.«

Hohenstein hatte den beiden jungen Kollegen zuerst missmutig zugehört, als ihm jedoch eine bildhübsche Blondine mit weißem Häubchen, Spitzenschürze und dickem, lockigem Haarknoten knicksend ein Bier hinstellte, heiterte sich seine Miene auf. Als sie dann noch mit Platten voller Heringe, Zwiebeln und dunklem Roggenbrot mit Butter erschien und sie den Männern strahlend servierte, schien seine Welt wieder in Ordnung.

»Lassen Sie uns doch mal alles zusammentragen, was wir an Erkenntnissen und Vermutungen haben«, sagte Hugo mit einem

Seitenblick auf seinen Vorgesetzten. »Auf der Polizeischule haben wir gelernt, dass man die ermittelten Tatsachen immer mal wieder aus einer anderen Perspektive beleuchten und die Hypothesen infrage stellen sollte.«

»Wir sollten uns auch die Vorgeschichte der Tat noch einmal vor Augen führen«, sagte Eino Plosila, »vielleicht finden wir da mögliche tatauslösende Momente, die wir bisher noch nicht bedacht haben.«

»Dann machen Sie mal, zeigen Sie mal, was Sie auf Ihrer Polizeischule gelernt haben.« Hohenstein nahm einen tiefen Schluck und lehnte sich zurück, er musste von den Zwiebeln aufstoßen und tat sich keinen Zwang an.

Hugo machte den Anfang. »In Elberfeld stellt sich die Situation folgendermaßen dar: Das Opfer lebte dort seit einundzwanzig Jahren, es war verheiratet und hatte eine Tochter, die kurz vor dem Mord nach einem halbjährigen Aufenthalt in Berlin wieder nach Hause kam. Mit im Haushalt lebten die Ehefrau und die unverheiratete Schwägerin. Die Ehe war, nach allem, was wir wissen, in den letzten Jahren sehr schlecht. Es gibt auch eine Situation, die sozusagen klassischerweise tatauslösend sein könnte. Ungefähr als die Tochter nach Berlin ging, schaffte das Opfer sich eine Geliebte an, Fräulein Pasche, die jetzt auch hier in Helsinki ist, das sagten wir Ihnen ja schon. Hinsichtlich ihrer Person haben sich bisher noch keine Verdachtsmomente oder möglichen Motive ergeben, etwa dass sie von Pekka Salanders Tod profitiert hätte. Das tun einzig und allein die Tochter und die Ehefrau, die jeweils zur Hälfte erben, die Schwägerin bekommt eine großzügige Apanage. Vor etwa drei Monaten ertappte der Kürschnermeister von Herrn Salander, der gleichzeitig der Onkel von Fräulein Pasche ist, Herrn Salander und Fräulein Pasche in flagranti. Herr Schlipköter, das ist der Kürschner, war sehr erbittert darüber, er hängt an Fräulein Pasche und sah sie durch Herrn Salander in den Dreck gezogen, so könnte man es vielleicht sagen. Außerdem hat er mir gestanden, er habe sich vor vielen Jahren für die Tante von Fräulein Salander interessiert, für Fräulein Brüninghaus, die aber wohl nur Augen für Herrn Salander gehabt habe, der überhaupt bei Frauen sehr gut angekommen sein muss. Schlipköter hätte also auch ein Motiv. Kurz danach erhielt Fräulein Pasche einen Drohbrief mit dem Inhalt, sie solle die Beziehung zu Herrn Salander sofort beenden, sonst werde man sie bloßstellen. Fräulein Pasche vermutet, dass Frau Emma Salander die Urheberin des Briefes ist, weil sie deren Schrift zu erkennen glaubte, allerdings gibt es darüber keine Sicherheit, denn das Beweismittel wurde von der Zeugin vernichtet. Fräulein Pasche sagt, sie habe sich unter anderem wegen der Entdeckung durch den Onkel und wegen des Briefes etwa vier Wochen vor der Tat von dem Opfer getrennt. Die Ehefrau hat uns gegenüber die Tatsache der Geliebten allerdings nicht erwähnt, wir vermuten, dass ihr das unangenehm war.«

»Diese Emanzen«, giftete Hohenstein, »diese Weibsbilder, die glauben, sie könnten alles auf den Kopf stellen, Ehe und Familie infrage stellen, verheiratete Männer verführen, diese modernen Strömungen, damit haben Sie ja hier in Skandinavien wohl noch viel mehr zu tun als wir in Deutschland. Diese Damen wirbeln unsere gesamte Ordnung durcheinander, wenn Sie mich fragen, ein Tohuwabohu richten die an.«

»Ein was, bitte?« Eino Plosila war irritiert.

Hugo ging über den Einwurf hinweg und bekräftigte, dass Linas Glaubwürdigkeit bisher nicht in Zweifel stehe.

»So weit man solche Personen grundsätzlich für glaubwürdig halten kann«, warf Hohenstein ein, »zu einem Ehebruch muss man ja auch erst mal abgebrüht genug sein.«

Hugo bedachte ihn mit einem tadelnden Blick und wandte sich wieder an Plosila. »Diese Fakten haben sich erst kurz vor unserer Abreise herausgestellt, sonst hätten wir natürlich in Elberfeld noch weiterermittelt, zum Beispiel die Ehefrau mit dem Ehebruch konfrontiert.«

»Und keine der beteiligten Personen hatte Kontakte nach Finnland? Ist es nicht denkbar, dass die betrogene Ehefrau oder auch der Onkel von Fräulein Pasche den Mord sozusagen in Auftrag gegeben und diesen Weg gewählt hat, um den Verdacht in eine falsche Richtung zu lenken?«

»Denkbar ist natürlich alles«, sagte Hugo, »aber wir haben noch keinen Weg gefunden, auf dem sie das hätten bewerkstelligen können. Wenn, dann müssten sie alle Spuren perfekt beseitigt haben, wir konnten keinerlei Korrespondenz oder andere Indizien sicherstellen, die in diese Richtung weisen. Soweit wir wissen, hat Emma Salander auch alles Finnische vehement abgelehnt.«

»Und die Geliebte? Kann es nicht auch sein, dass er sie verlassen und sie sich auf diese Weise gerächt hat?«

»Da stehen wir vor dem gleichen Problem. Welche Verbindung könnte sie nach Finnland gehabt haben? Herr Salander hat nach der Aussage aller Beteiligten außerdem vor der Tat durchaus den Eindruck eines verlassenen Liebhabers gemacht, er soll sehr unglücklich gewesen sein.«

Eino Plosila rieb sich die Nase, er dachte angestrengt nach. »Dann sieht alles danach aus, als hätten wir die absurde Situation, dass in Deutschland die Motive liegen und in Finnland der Täter zu suchen ist oder die Täterin. Vielleicht bringt uns ja der Abgleich der Fingerabdrücke weiter, außerdem müssen wir Schriftproben nehmen. Da kommen zunächst mal Herr und Frau Soderberg infrage, dann natürlich Fräulein Turi und Frau Minna Salander. Und der Onkel, aber den machen wir womöglich vor dem Herbst gar nicht ausfindig. Ich werde aber nochmals den Kollegen in Inari telegrafieren, vielleicht wissen sie etwas.«

»Aber in Finnland finden wir ja auch reichlich Motive«, warf Hohenstein ein, »Herr Salander hat das Land ja nicht im Frieden verlassen, und wenn ich an dieses Fräulein Turi denke, unter uns gesagt traue ich der alles zu.«

»Ich rekapituliere noch einmal unsere Erkenntnisse.« Plosila setzte sich in Positur. »Mögliche tatauslösende Ereignisse haben wir in der Tat auch reichlich zu bieten, das Problem ist nur, dass sie zweiundzwanzig Jahre zurückliegen. Herr Salander wurde von der Familie seiner Frau beschuldigt, an einem Unglück schuld zu sein, das zwei Familienmitglieder das Leben kostete. Daraufhin setzte er sich nach Deutschland ab, und die Familie, vor allem die Tochter, strich ihn wohl aus dem Gedächtnis oder versuchte dies zumindest. Natürlich wissen wir nicht, was all die Jahre in

Fräulein Turi geschwelt hat, sie macht nicht den Eindruck, als hätte sie ihren Frieden mit ihrem Vater gefunden. Ich sehe nur den Auslöser nicht. Vor zehn Jahren hätten wir vielleicht einen gehabt, als ihr Vater versucht hat, Kontakt zu ihr aufzunehmen. Minna Salander hat mir erzählt, dass sie damals mit heftigem Fieber reagiert hat, so gleichgültig, wie sie tut, scheint der Vater ihr also nicht gewesen zu sein. Es bleibt aber immer noch die Frage: Warum gerade jetzt? Was das Gift betrifft, so hatte sicher Herr Soderberg die besten Möglichkeiten, über die Kürschnerei daran zu gelangen, aber ich würde nicht ausschließen, dass beispielsweise Fräulein Turi auch eine Gelegenheit hätte finden können.«

»Soderberg müsste ein sehr guter Schauspieler sein, wenn er etwas mit der Sache zu tun hätte«, schaltete Hugo sich ein, »immerhin beherbergt er jetzt die Tochter des Opfers. Und ein Motiv sehe ich bei ihm schon gar nicht, im Gegenteil, mit Pekka Salander ist ihm ein guter Handelspartner verloren gegangen, er hat ihm Waren in erheblichen Mengen geliefert. Salander hat auch immer prompt bezahlt, das geht aus den Unterlagen hervor, die wir sichergestellt haben.«

»Wenn ich jetzt die Schwester des Opfers, bei der ich ebenfalls kein Motiv sehen kann, mal ausklammere, bleibt der Onkel, Matte Turi«, fuhr Plosila fort. »Er hat Sohn und Bruder bei dem damaligen Unglücksfall verloren, und alles klingt danach, als mache die Familie Turi Pekka Salander komplett dafür verantwortlich. Natürlich bleiben auch bei Turi, mehr noch als bei allen anderen, die Fragen offen, woher er die Adresse haben und wie er an das Gift gekommen sein könnte, und warum er es ausgerechnet jetzt getan hat und nicht schon vor vielen Jahren.«

Hugo hob die Hand. »Mir fällt etwas zu der Adresse ein, das wir noch nicht bedacht haben. Sie klingt ja, als sei sie von einer Annonce oder etwas Ähnlichem abgeschrieben. Salander hat doch sicher in Zeitungen inseriert, kann jemand nicht auch da die Adresse abgeschrieben haben?«

»Das ist gut möglich«, sagte Plosila, »damit hätten wir aber nicht die Frage beantwortet, wie eine Elberfelder Zeitung nach

Finnland kommt. Wir müssen Soderberg nach dieser Möglichkeit fragen.«

»Ich hatte übrigens den Eindruck, dass Riikka ihren Onkel schützen wollte«, sagte Hugo, »ich bin nicht sicher, ob er wirklich so unauffindbar im Norden verschwunden ist.«

»Dieser Matte Turi ist das eine Rätsel.« Eino Plosila beugte sich nach vorn. »Das zweite ist der seltsame Russe. Es könnte jemand vom Geheimdienst sein, aber wir haben hier in Finnland auch viele russische Anarchisten, die geflohen sind und bei uns Unterschlupf suchen. Fräulein Anna Salander und Fräulein Pasche müssten mit uns die Fotokarteien durchschauen, mal sehen, ob wir ihn da finden.«

Kommissar Hohenstein hatte sein zweites Bier ausgetrunken und äußerte den Wunsch nach einem Mittagsschlaf im Hotel. Hugo und Eino Plosila wollten sich informieren, wie weit die Kollegen im Polizeilabor mit der Spurensicherung an den Tatwerkzeugen gekommen waren.

»Wir sind am Donnerstag übrigens zu einem Picknick eingeladen«, sagte Hugo, »in einem finnischen Sommerhaus in der Nähe von Helsinki, bei einer Freundin von Minna Salander. Wenn Sie mitkommen wollen, wäre das sicher sehr schön.«

»Das tue ich gerne. Ich bin übrigens Eino.« Plosila hob sein Glas und prostete den Kollegen zu. »Hier in Finnland duzt man sich, wenn man zusammenarbeitet.«

Hugo wirkte erfreut, aber Hohenstein sah aus, als habe er Zahnschmerzen.

»Emil«, quetschte er schließlich hervor, »du kannst Emil zu mir sagen.«

*

Bad Neuenahr, den 19. Juni 1912

Wie sehr Pekka seine finnische Vergangenheit immer noch beschäftigt hat, ist mir so richtig erst vor zehn Jahren klar geworden, als er mit dir nach Helsinki wollte. In seine Pläne war nur ich eingeweiht, Emma sollte erst mal nichts davon wissen. Er war sehr aufgeregt und wartete, nachdem er Soderberg von seinen Absichten geschrieben hatte, täglich auf die Antwort. Er wollte dich mit den Schiffskarten überraschen, sobald er die Zusage hatte. Sie wird ihre Tante und ihre Schwester kennen lernen, sie wird die Mitternachtssonne sehen und unser schönes Helsinki, den Dom, den Sommerhimmel, malte er sich immer wieder aus, Blaubeeren wird sie essen und frische Pfifferlinge, sie wird in die Sauna gehen und in unseren wunderbaren Seen schwimmen. Sechs Wochen wollte er mit dir dableiben, die ganzen Sommerferien. Als sich dann herausstellte, dass weder seine Schwester noch seine Tochter ihn sehen wollten, war er wie von Sinnen, ich habe ihn selten so unglücklich erlebt. Sie wollen mich nicht, sie haben mich einfach ausgelöscht, Louiss, es ist mir so, als würde ich wirklich ein Stückchen sterben. Ich weiß nicht, wofür sie mich strafen wollen. Vielleicht, weil ich sie im Stich gelassen habe, alle beide, meine Minna und meine kleine Riikka. Er weinte, wenn er so sprach, und war vollkommen außer sich. Es war weise Voraussicht, dass er Emma nicht eingeweiht hatte, sie hätte sich über diese Demütigung ins Fäustchen gelacht. Welchen Trost sollte ich ihm geben? Wenn einen die eigene Schwester und die eigene Tochter aus ihrem Leben streichen, was Schlimmeres kann es doch gar nicht geben.

Wir waren ja dann alle zusammen im Schwarzwald, vielleicht erinnerst du dich an diesen schrecklichen Urlaub. Deine Eltern sprachen kaum miteinander, und Pekka machte mit uns beiden die großen Wanderungen, weil Emma immer Migräne hatte. Zum Glück warst du im Bett, wenn er abends heftig dem badischen Wein zusprach, wenn er Viertelliter um Viertelliter in sich hineinkippte und dabei in immer tiefere Depressionen fiel. Das war eine ganz, ganz schlimme Zeit, und ich habe Tag und Nacht darüber nachgedacht, wie ich ihm helfen könnte. Als wir wieder zu Hause waren, stürzte Pekka sich noch mehr als vorher in die Arbeit, er fuhr nach Paris und London, später auch nach Rom, da nahm er dich ja mit. Er holte sich Anregungen für die exklusivsten Modelle, er schaffte sich eine Fotografieausrüstung an und brachte Aufnahmen von den wunderbaren Geschäften und eleganten Pelzen in den Metropolen mit. Unsere Leute in der Kürschnerei nähten und nähten, es gab Wochenend- und Nachtschichten, und unsere Umsätze stiegen und stiegen, das war die Zeit, in der Pekka richtig reich wurde. Er kaufte die Häuser am Wall, die jetzt dir und Emma ein angenehmes Leben sichern werden, aber immer wieder sagte er zu mir, wenn wir abends zusammensaßen, dass man das Wichtigste für Geld nicht bekommen könne, das Wichtigste sei die Familie. Du hast eine Familie, Pekka, sagte ich dann, eine Frau und eine Tochter. Und ich bin ja auch noch da, ergänzte ich für mich, obwohl ich mir nie anmaßte, für Pekka wichtig zu sein. Dazu die ganze Belegschaft im Laden, alle liebten ihn, und Elias bewunderte ihn regelrecht, was Größeres als Pekka hat es für ihn, glaube ich, nie gegeben. Meine Frau liebt mich nicht, und meine Tochter wird immer größer, auch sie wird mich eines Tages verlassen, weinte er, außerdem sind sie nur die Hälfte, die andere Hälfte ist abgeschnitten, als hätte man mir einen Arm und ein Bein amputiert, so fühle ich mich.

Ich bin sicher, dass Pekka auf seinen Reisen die eine oder andere Frau kennen gelernt hat, aber es kann nichts Ernstes gewesen sein, denn er kam immer wieder gerne nach Hause, man hatte das Gefühl, er freue sich, auf den Laden, auf das Vertraute und besonders natürlich auf seine Tochter. Wir hatten unsere Rituale entwickelt, Emma saß nach dem Abendessen im Salon und las oder kurbelte an dem Grammophon herum, das wir gerade bekommen hatten, Pekka machte im Kontor die Bücher, und ich saß bei ihm, sah Waren durch und listete Bestellungen auf. Er trank Wein und erzählte mir aus der großen, weiten Welt, und wenn er betrunken war und Emma schon im Bett, verfiel er in seine Trauerlitanei, nüchtern hat er niemals darüber gesprochen. Alles, alles würde ich geben, Louiss, wenn das wieder gut werden könnte, wenn ich meine Tochter und meine Schwester sehen dürfte. Nur sehen, jammerte er, das reicht mir schon, was für Menschen sie geworden sind, und küssen möchte ich sie, sie einmal noch in meinem Leben an mein Herz nehmen, und wenn ich danach sterben müsste. Das sagte er wortwörtlich, es läuft mir kalt den Rücken herunter, wenn ich darüber nachdenke. Er sprach in dieser Zeit überhaupt viel vom Tod, allerdings war mein Eindruck nie, dass er Angst davor hatte.

Ich setze in der Mitternachtssonne in einem Nachen über den heiligen See hoch oben im Norden, sagte er manchmal, wenn er sehr betrunken war, der hat ein Loch in der Mitte, wie das Rauchloch einer Kote, darunter liegt ein zweiter See, in dem die Totengeister hausen, in ihn gleite ich hinab, zusammen mit den Fischen, ich gehe nur von einer Welt in die andere, ganz sanft wird es sein, und später sitze ich dann zwischen den Sternen. Gebe Gott, dass seine Vorstellung richtig war, sie hat doch sehr viel Tröstliches.

Vor einem guten halben Jahr, du warst gerade nach Berlin gegangen, war es dann ganz plötzlich vorbei mit unseren vertrauten Abendstunden. Pekka veränderte sich, er sah entspannter aus und wirkte, als habe er neuen Lebensmut gefasst. Aber er sprach nicht mehr mit mir, wenn ich mich zu ihm setzte, von einem Tag auf den anderen war unsere Vertrautheit wie abgeschnitten. Er behandelte mich mit kühler, oberflächlicher Freundlichkeit, das hat mich am meisten verletzt, er las die Zeitung oder vertiefte sich in seine Zahlenkolonnen, er trank auch kaum noch Wein. Außerdem ging er zwei- bis dreimal die Woche gegen Abend weg und kam erst tief in der Nacht zurück. Er habe in Barmen einen hervorragenden Zeichner gefunden, mit dem entwerfe er neue Modelle, sagte er uns. In der Tat gab

Pekka den Kürschnern immer wieder neue Schnitte, sodass Emma und ich die Geschichte zuerst auch geglaubt haben, wir dummen Schafe. In Wirklichkeit war es einfach so, dass Pekka, wenn er in den neuesten Zeitschriften geblättert hatte, in Windeseile einen Schnitt entwerfen konnte, dazu brauchte er keinen Zeichner. Mich beschlich immer mal wieder der Gedanke an eine andere Frau, und ich sprach einmal mit Emma darüber, aber sie wischte es weg, sie fand, er sei freundlicher und umgänglicher geworden, und in der Tat beobachtete ich, dass er sie wesentlich aufmerksamer behandelte als sonst. Da schrillten bei mir noch mehr die Alarmglocken.

Mir ging es immer schlechter, ich schlief kaum, schon morgens im Bett fühlte ich mich bleischwer, mir wurde übel von dem Geruch der Pelze, der Tag war lang und öde und hellte sich auch nicht auf, wenn Pekka erschien, im Gegenteil, wenn er da war, wurde ich noch stärker mit seiner Zurückweisung konfrontiert. Im Winter dachte ich oft, die Wände des Hauses würden einstürzen, aus jeder Ecke kroch Kälte und Einsamkeit. Zu dieser Zeit verschrieb Dr. Gerstner mir die Opiumtropfen, selten habe ich etwas als einen solchen Segen empfunden. Ich konnte wieder schlafen, und die Traurigkeit ließ nach, das Problem war nur, dass ich ohne Tropfen bald gar nicht mehr existieren konnte. Emma wurde träge, sie stand spät auf und lag mittags zwei, drei Stunden im Bett, klagte trotzdem über starke Schlafprobleme und bekam Paraldehyd und Brom. Über Pekka beklagte sie sich allerdings so wenig wie seit Jahren nicht mehr, nach meinem Gefühl war sie froh, dass er sie in Ruhe ließ. Sie nahm zu, während ich immer mehr abmagerte, die Tropfen nahmen mir jeden Appetit. Morgens sah ich mich im Spiegel und dachte, dass ich mich gar nicht mehr in den eleganten Laden stellen dürfte, dass ich das Geschäft schädigen würde, grau, schäbig und dürr, wie ich war. Ich überlegte, Pekka um einen Urlaub zu bitten, aber dann fürchtete ich, er werde freudig zustimmen und die Gelegenheit nutzen, mich loszuwerden. Else Kriebel stand sowieso in den Startlöchern, um meine Position zu übernehmen, außerdem sprach Pekka davon, eine weitere Verkäuferin einzustellen, bei der Größe des Geschäftes sei das dringend notwendig. Eine junge, attraktive wird er wollen, dachte ich bei mir, eine, mit der er im Geschäft repräsentieren kann, nicht so eine graue Maus wie Louise Brüninghaus. Ich wehrte mich dagegen mit Händen und Füßen und arbeitete immer mehr, damit er sein Vorhaben bloß nicht in die Tat umsetzte. Wir schaffen doch alles, Pekka, sagte ich, wozu sollen hier so viele Leute rumlaufen, da tritt man sich doch nur gegenseitig auf die Füße. Er merkte nicht, dass ich sechzehn Stunden am Tag auf den Beinen war, weil er sich ja, wie schon gesagt, an den meisten Abenden gegen sechs davonmachte und es mir überließ, den Laden abzuschließen. Die Kasse stellte ich ihm in den Tresor im Kontor, er hat sie wohl nachts, wenn er nach Hause kam, noch gemacht, denn morgens, wenn ich den Laden aufschloss, war alles erledigt.

Ich war mir immer sicherer, dass eine Frau hinter all dem steckte, und zwar eine, mit der es etwas Ernstes war, bei der er eine neue Heimat gefunden hatte. Ich fürchtete, ihn ganz zu verlieren, und deshalb fing ich an, in seinen Sachen herumzuschnüffeln, seinen Schreibtisch zu durchforsten und seine Kleidung zu kontrollieren. Ich schämte mich, schon während ich es tat, heute noch wird mir ganz heiß, wenn ich darüber nachdenke. Es dauerte nicht lange, bis ich fündig wurde. Das Foto fiel mir beim Ausbürsten seines Jacketts in die Hände, ganz abgegriffen war es und steckte in der inneren linken Brusttasche, an seinem Herzen. In Liebe, Lina. Und dann dieses liebliche Madonnengesicht. Ich weiß gar nicht, warum es mir einen solchen Schlag versetzt hat, vielleicht weil ich sie immer für die Unschuld vom Lande gehalten hatte, sie tat, als könne sie kein Wässerchen trüben. Schon damals, als sie bei uns arbeitete, merkte ich, dass Pekka einen Narren an ihr gefressen hatte, so, wie er strahlte, wenn sie auftauchte. Aber das tat er ja bei vielen Frauen, und ich konnte mir einreden, dass er sie mochte, weil sie freundlich und eine gute Verkäuferin war, und das war sie, das muss ich ihr lassen. Als sie damals gekündigt hatte, setzte ich alles daran, dass Pekka von den vielen Bewerberinnen Else Kriebel einstellte, weil sie die unscheinbarste war, sie sei fachlich die qualifizierteste, sagte ich ihm, und wirke auf mich am angenehmsten und seriösesten. Nun gut, Louiss, du musst mit ihr arbeiten, sagte er. So richtig glücklich, das weiß ich, ist er mit ihr im Laden nie gewesen, aber weil die Umsätze stimmten und wir die Arbeit schafften, war die dritte Verkäuferin schließlich kein Thema mehr.

Als ich dann mit dem Foto in der Hand da stand, wusste ich, dass die Einzige, der ich mit diesem Nachspionieren schadete, ich selbst war. Alles war vergebens gewesen, meine Schufterei rund um die Uhr, meine eifersüchtige Wachsamkeit, dass bloß keine schöne Frau in Pekkas Nähe kam. Ich war unendlich gedemütigt, am liebsten hätte ich das Foto zurückgelegt und so getan, als hätte ich es nie gesehen. Hätte ich doch nicht deine Mutter gerufen und damit alles, was folgte, ausgelöst. Letztlich glaube ich, dass ich mich in diesem Augenblick an Pekkas Tod schuldig gemacht habe.

*

Die Pferdedroschke, die sie zu Terttu Salmis Sommerhaus in dem eineinhalb Stunden von Helsinki entfernten Flecken Takkula brachte, rumpelte über das Kopfsteinpflaster. Es war später Nachmittag, sie quetschten sich zu sechst auf den engen Bänken und wurden in jeder Kurve gegeneinander geschleudert. Minna war blass, bemühte sich aber um den mürrischen Hohenstein, der zwischen ihr und Lina saß und sich sichtlich unwohl fühlte. Ihm gegenüber wurde Anna von Hugo Blank und Eino Plosila eingeklemmt. Sie erreichten die Landstraße und rollten durch grünes, hügeliges Land, aus dem immer wieder die roten Granitfelsen hervorleuchteten, nackt oder von Nadelbäumen bestanden. Überall war der Boden von hellgrünen Blaubeerbüschen bedeckt, die, wie Minna erklärte, in vier Wochen voller Früchte hängen würden. Immer wieder blitzten Wasserflächen zwischen den Bäumen auf, schließlich bogen sie in einen schmalen, von hohen Fichten gesäumten Waldweg ein, der auf einer Lichtung endete. Dahinter breitete sich ein glänzender See aus, an dessen Ufer eine Hütte und ein Saunahaus standen.

Terttu erwartete sie aufgeregt und tischte Kaffee und Kuchen auf, dann gingen sie in die Sauna – nach finnischer Tradition zuerst die Frauen, dann die Männer – und schwammen in dem weichen Wasser des Sees, der ruhig und glatt dalag und den sich langsam rötlich färbenden Himmel und die dunklen Fichten, die ihn umstanden, widerspiegelte.

Terttu zauberte Fischhäppchen, Reispasteten und einen russischen Salat aus einem kühlen Erdloch hinter dem Haus hervor, außerdem kaltes Bier für die Männer und eine Flasche Portwein für die Frauen. Sie war aufgekratzt und nahm immer wieder Kommissar Hohenstein ins Visier, dessen Laune merklich stieg, vor allem, als ein beladener Teller vor ihm stand und das Bier im Glas schäumte. Sie sprachen über das bevorstehende Mittsommernachtsfest, und Terttu erzählte Anekdoten aus den Weißen Nächten, in denen die Sonne nicht unterging und die zurückhaltenden Finnen plötzlich nicht nur Tango und andere leidenschaftliche Tänze tanzten, sondern auch unvorhergesehene Liebesschreie ausstießen, den Himmel anheulten und überhaupt außer Rand und Band gerieten. Sie prosteten sich zu, und mit jeder neuen Runde stieg die Stimmung. Eino Plosilas blasse Wangen röteten sich, er ergänzte Terttus Schilderungen und strahlte mit wachsender Bewunderung Lina an, die sich köstlich amüsierte und einige Male laut lachte.

Nach dem Essen zog Eino Plosila eine Geige aus seinem Rucksack und begann zu spielen, Hohenstein sprang auf, verbeugte sich vor Terttu und tanzte mit ihr unter den Bäumen.

»Lassen Sie uns einen Spaziergang machen«, sagte Hugo leise zu Anna, »mein Vorgesetzter ist ja jetzt abgelenkt.«

Sie gingen ein Stück am See entlang und bogen dann in einen schmalen Pfad ein. Der Waldboden war von einem dunkelgrünen, von hellen Flechten durchzogenen Moosteppich bedeckt und federte unter ihren Füßen. Sie gingen einen sanft ansteigenden Hügel hoch und ließen sich auf einer kleinen Lichtung nieder. Anna lehnte sich unwillkürlich gegen Hugos Arm.

»Was ist das nur für eine Geschichte, langsam glaube ich, wir kommen überhaupt nicht weiter«, klagte sie.

»Morgen bekommen wir die Ergebnisse der Daktyloskopie. Die Kollegen sitzen eifrig dran, vielleicht haben sie die Fingerabdrücke von der Flasche in ihrer Kartei. Der Kollege Plosila ist ein guter Kriminalist, und die Polizei ist hervorragend ausgerüstet.«

»Haben Sie schon mit meiner Schwester gesprochen? Ich habe sie überhaupt noch nicht kennen gelernt, Lina und ich waren neulich bei ihr, aber sie hat nicht aufgemacht. Sie lehnt jeden Kontakt zu mir ab und benimmt sich äußerst befremdlich.«

Hugo schwieg, es fiel ihm schwer, seinen Eindruck von Riikka Turi wiederzugeben. »Sie ist sehr schön und sehr stolz«, sagte er schließlich, »darin gleicht sie im Übrigen ganz ihrer Schwester.«

»Halten Sie es für möglich, dass sie etwas mit der Sache zu tun hat?«

»Wenn ich das wüsste, bei ihr versagt mein Instinkt vollkommen. Sie verhält sich wirklich sonderbar und macht sich verdächtig, aber gerade deshalb glaube ich es eher nicht. Natürlich behalten wir sie im Auge, das ist ja klar.«

»Sie hat es nicht gut gehabt«, sagte Anna, »mein Vater hat sie verlassen, und sie ist sehr arm bei den Lappen aufgewachsen, bevor sie nach Helsinki kam, sie hat Grund, ihn zu hassen. Dagegen habe ich wie im Paradies gelebt.«

»Ich glaube nicht, dass man sie bemitleiden muss, sie macht einen selbstbewussten und couragierten Eindruck, auch darin ist sie ihrer Schwester ähnlich«, lächelte Hugo. »Es wäre übrigens gut, wenn Sie morgen mit Fräulein Pasche ins Präsidium kommen könnten, um die Fotokartei durchzugehen. Vielleicht entdecken wir ja diesen russisch aussehenden Mann, der Ihnen immer wieder über den Weg gelaufen ist.«

»Er ist in Reval ausgestiegen«, seufzte Anna, »und ob er es war, den ich im Arbeiterhaus gesehen habe, ist höchst fraglich. Das alles ist doch mehr als verwirrend, manchmal glaube ich, dass nur noch der Himmel uns helfen kann.«

»Genau dorthin habe ich übrigens einen Wunsch geschickt«, sagte Hugo verlegen und legte vorsichtig seinen Arm um ihre Schultern.

»Und, hat er sich erfüllt?«

»Genau weiß ich es noch nicht«, flüsterte er an ihrem Ohr, »ich weiß nicht, ob die nordischen Götter mir gewogen sind, oder die Göttinnen, davon gibt es doch in Skandinavien eine ganze Menge.«

»Es gibt alles, Hexen, Göttinnen und vor allem viele Seherinnen, darin sind die Nordischen besonders begabt.«

»Und, was sehen sie vorher?«

»Oh, ich weiß nicht, bestimmt jede Menge Komplikationen.«

»Sehen sie auch eine Lösung?«

Anna drehte sich zu ihm und lächelte. »Sie sind feige, Herr Sergeant, von einem Vertreter der Staatsgewalt erwartet man Mut und Initiative und nicht, dass er eine Frau mit Fangfragen in die Ecke treibt.«

»Entschuldigung.« Er legte seine Wange an ihre. »Das wollte ich nicht. Ist dir das angenehm?«

»Ja«, hauchte Anna.

»Und das? Und das?«

Er gab ihr Küsse auf den breiten, geschwungenen Mund, bis sie sie erwiderte, sein Gesicht mit der weichen, von der Luft ein wenig feuchten Haut in ihre Hände nahm, durch seine Locken fuhr, seine Arme, seine Schultern, seinen Nacken, seine samtene Haut streichelte.

»Ich wollte es sofort«, flüsterte er, als sie innehielten, »gleich beim ersten Mal habe ich gedacht, so ein Mund, wenn man den küssen dürfte.«

Ihre Küsse wurden vertrauter, erregter, überwältigender, schließlich machte Anna sich los, sie atmete schwer, ihre Haare hatten sich gelöst.

»Meinst du, es ist in Ordnung, wenn der Sergeant mit der Tochter des Opfers im Wald herumknutscht?«

»Nein«, murmelte Hugo und vergrub sein Gesicht an ihrem Hals, »das ist ganz und gar nicht in Ordnung. Aber es war irgendwie nicht abzuwenden, so was nennt man höhere Gewalt.«

Anna machte sich los, sie zitterte vor Aufregung und Anspannung. »Wir müssen zurück«, sagte sie, »sonst merken es alle.«

Sie gingen den Pfad hinunter, die Geigenklänge wurden lauter, Windlichter blinkten durch die Bäume. Anna blieb hinter einem dicken Stamm stehen und zog Hugo an sich, sie küssten sich wieder und wieder, atemlos, als wären sie kurz vor dem Ertrinken.

*

»Es endet am Küchentisch oder bestenfalls im Salon«, beharrte Anna, »um mich herum wuselt eine Schar Kinderchen, und ich warte, bis er sich endlich bequemt, nach Hause zu kommen. Und nachdem ich von den ganzen Geburten aus dem Leim gegangen bin, kann ich froh sein, wenn er sich keine Geliebte anschafft. Nein, nein und nochmals nein!« Sie blieb auf der Straße stehen und sah Lina flammend an. »Ich werde seinem Werben nicht erliegen, ich werde einen Beruf ausüben und niemals das langweilige Leben einer Ehefrau führen.«

»Du hast doch gesagt, dass er nach Berlin oder Dresden will, das sind Großstädte, da könnt ihr zusammenleben, ohne zu heiraten, da gibt es doch nicht die Zwänge wie in Elberfeld. Ihr werdet euch blendend verstehen und ergänzen. Und wer sagt denn, dass du gleich Kinder kriegen musst, dazu bist du doch nun aufgeklärt genug.«

Lina nahm Annas Arm und bog mit ihr in die Esplanade ein. Sie wollten Einkäufe machen und dann das Nationalmuseum besuchen, am frühen Nachmittag waren sie mit den Polizisten im Präsidium verabredet.

Unter einem Baum im Park der Esplanade saß ein kleiner, asiatisch aussehender Mann im Schneidersitz auf der Erde, er trug eine rote, viereckige Mütze mit aufgenähten bunten Bändern, seine

Augen waren wie schwarz glänzende Knöpfe. Er schien seine Umgebung nicht wahrzunehmen und wiegte sich hin und her, aus seinem Mund wehten seltsame Töne, wie sie sie noch nie gehört hatten. Sie blieben stehen.

»Ein Lappe«, sagte Anna, »ich vermute es jedenfalls, sie tragen solche Mützen.«

Man hat ihnen ihre Kultur genommen, kulta, man wollte sie zivilisieren und ihnen unsere dumme Büchergelehrsamkeit aufzwingen. Aber sie haben sich gewehrt, sie sind in die Berge gegangen, und ihre Geschmeidigkeit und Lebenskraft sind noch gewachsen im Kampf mit den Schwierigkeiten.

»Er scheint zu *joiken*«, flüsterte Anna, »so ähnlich hat es sich auch bei Papa angehört.«

Sie blieben in einiger Entfernung stehen, der Mann beachtete sie nicht, sondern sang und wiegte sich immer mehr in eine Art Trance hinein. *Voia, voia, nana, nana, voia, voia, nana, nana*. Immer lauter und drängender wehten die Töne durch die Luft, auch andere Leute blieben stehen und steckten die Köpfe zusammen. Ein *joikender* Lappe schien im Stadtbild von Helsinki ungewöhnlich zu sein.

»Es hört sich an, als würde er eine traurige Geschichte singen«, flüsterte Lina, »eine richtige Tragödie.«

Auf einer Bank, wenige Schritte von dem Mann entfernt, saß eine junge Frau, die ihren Kopf tief über ein Buch gebeugt hatte. Ihre schwarzen, halblangen Haare fielen wie ein glatter, seidiger Vorhang vor ihrem Gesicht herunter und vibrierten. Anna wurde unbehaglich, und sie zog Lina mit sich, nachdem das Lied des Mannes verklungen war. Nach einigen Schritten drehte sie sich noch einmal um, und es kam ihr vor, als schaue die Frau ihnen durch den Haarvorhang hindurch nach. Sie wollte Lina gerade darauf aufmerksam machen, als diese wie angewurzelt stehen blieb.

»Das ist doch nicht zu glauben«, flüsterte Lina, »guck mal, da ist er wieder.«

An einen Baum gelehnt stand der Russe und guckte zu dem Lappen hinüber. Er bemerkte die Frauen, und es sah zuerst so aus, als wolle er die Flucht ergreifen, dann machte er jedoch eine linkische Verbeugung. Sie nickten zurück und gingen schnell vorbei.

Anna konnte kaum atmen. »Wir müssen Hugo Bescheid sagen, komm, wir gehen sofort ins Präsidium, hoffentlich ist er da. Was geht hier vor, Lina, diese Frau kam mir auch ausgesprochen merkwürdig vor.«

Lina drehte sich noch einmal um und sah, wie der Russe zu dem kleinen Mann mit der auffallenden Mütze ging, ihm vorsichtig half aufzustehen und ihn am Arm fortführte. Die Dunkelhaarige stand ebenfalls auf und ging langsam hinter ihnen her, ihr schmaler Rücken verlor sich zwischen den Passanten.

*

Riikka

Ihre Ähnlichkeit mit Minna springt einen regelrecht an, der Gang, die Bewegungen, anscheinend haben wir tatsächlich alle die gleichen Augen, wie Minna behauptet, irgendwas scheint ja doch dran zu sein an der Sache mit dem Blut. Die andere war wohl die zweite Deutsche, von der mir Minna erzählt hat. Ein Schauer ist mir den Rücken runtergelaufen, als sie ausgerechnet in dem Augenblick kamen, als du die Geschichte sangst, Matte. Warum bist du nur hergekommen, warum bist du nicht unter der Mitternachtssonne geblieben, die dir Heilung gibt, warum nicht in den Bergen, wo deine Gedanken rinnen können und dein Herz weit wird.

Immer hast du gesagt, sie fordern ihren Tribut, die *Uldas*, sie blenden durch ihre Schönheit, sie machen, dass man sie nicht vergessen kann, so wie Marja ihn nie vergessen konnte, und dann rauben sie uns unsere Kinder. Eines hat er mir geraubt, aber das zweite wird er nicht bekommen, hast du gesagt, niemals werde ich ihnen mein kleines Mädchen geben, diesen Teufeln in der schönen Gestalt. Manchmal hast du ihnen etwas Kaffee auf den Boden vor der Kote gegossen oder Branntwein, wenn du welchen hattest. Dieses gebe ich euch, hast du dabei gesagt, dieses, aber nicht mehr.

Dies ist das Lied von Matte Turi, das Lied von seiner Schmach, seinem Verlust, seinem Unglück.

Voia, voia, nana, nana.

Meine Schwester hast du bekommen, meine schöne Marja hast du mit eurem Gold und Silber gelockt und mir dafür eine andere gegeben, eine Kranke, eine Rasende, behalten hast du das schöne, sanfte Kind und auch Per und Isak, es ist genug, was ich dir gegeben habe.

Voia, voia, nana, nana.

Damals, in der Nacht kurz vor Walpurgis, als die ersten Frühlingslüfte wehten und der Vollmond seine Silbermilch über dem Inari-See ausgoss, da geschah es, da kam er zurück aus der Stadt und brachte uns den Tod, in seiner Unersättlichkeit, in seiner heulenden Gier nahm er mir den Bruder und den Sohn.

Voia, voia, nana, nana.

Pass auf, Pekka, sagte ich, die Tiere sind unruhig heute, sie riechen den Frühling, sie wollen zu den Weideplätzen, zu den saftigen Flechten, aber er hörte nicht, er war trunken vor Glück, weil sie wieder in der Hoffnung war, meine kleine Marja, ein zweites Kindchen, ein zweites Engelchen, schön und lieblich wie unsere Riikka, wuchs in ihrem Leib.

Voia, voia, nana, nana.

Trunken vor Glück tanzte er um das Feuer, sei ruhig, Pekka, sagte ich, sei ruhig, die Tiere sind unruhig, sie werden verrückt von dir und von der Silbermilch des Mondes, sie fangen an zu kalben vor der Zeit. Wir tranken, auch Marja trank, trotz des Kindes in ihrem Leib, und er achtete nicht darauf. Er wollte nicht sehen, dass der Schnaps wieder nach ihr griff, er wollte nur sein Glück genießen, seinen Rausch.

Voia, voia, nana, nana.

Tanze, Matte, wir wollen am See tanzen, ein Menuett für *Ukko* Donnergott und seine *Rauni*, damit sie uns ihren Segen geben. Und er sprang um das Feuer mit meiner Marja, die ihre Haare gelöst hatte und sich drehte, schneller und schneller, halt ein, sagte ich, denk an das Leben in deinem Leib, aber sie drehten sich, *hej, hej, hej*, in immer wilderem Rausch, tanze, Matte, tanze mit uns. Er lief zum See hinunter, halt ein, rief ich, die Tiere, die Tiere, aber er lief, und Per und Isak kamen auf ihren Schneeschuhen vorsichtig heran, von der anderen Seite, um sie halten zu können, dass sie nicht in die Wildnis flohen vor dem verrückten *Ulda*.

Voia, voia, nana, nana.

Dann verdunkelte sich der Himmel, Nebel zog auf und machte den Silbermond stumpf und grau. Halt ein, rief ich, die Tiere, die Tiere. Komm, Mond, brüllte er zum Himmel hinauf, komm wieder hervor und leuchte meinem Glück. Halt ein, rief ich, halt ein, Pekka.

Voia, voia, nana, nana.

Per und Isak standen stumm bei der Herde, durch die es schon wogte, glitten auf und ab auf ihren Schneeschuhen, wachten und schauten, hierhin und dorthin. Er schrie und tanzte und spürte nicht, wie die Unruhe wuchs, aber Per und Isak spürten es, die Angst stand in ihren Augen. Und langsam breitete sich der Sturm unter den Tieren aus. Halt ein, halt ein, rief ich, aber er nahm Marja unter den Arm, die zappelte und kreischte, tanze, meine Schöne, tanze. Er lief zum Seeufer, das noch gefroren war, er rief zum Mond hinauf, der hinter der Nebelbank schimmerte, komm hervor und leuchte meinem Glück. Halt ein, halt ein, rief ich.

Voia, voia, nana, nana

Er sprang vor das Leittier mit den schönen weißen Flanken, er schwenkte meine Marja, sieh her, sieh her, du schönes Tier, sieh mein Glück, teile es mit mir, die ganze

Welt soll mein Glück teilen. Per und Isak liefen hin und her, das Leittier witterte, von ferne kam ein Heulen über den See, eine schwarze Wolke schob sich vor den Mond, *Ukko* raste heran, und der See begann zu kochen, aber er tanzte immer noch, der *Ulda*, eine Fackel, rief er, komm, Matte, zünde eine Fackel an. Halt ein, rief ich, halt ein, Pekka, aber da donnerten schon die Hufe, das Leittier rannte, und der Sturm brach los, ein hohes Singen war in der Luft, schwarze, harte Hufe donnerten durch weißen Schneestaub, trommelten zu Tausenden, die Erde bebte, und die Nacht war rabenschwarz.

Voia, voia, nana, nana.

Zwei Schreie, einer tief und heiser, einer hoch und klagend, und ich sah euch noch, Per, meinen Sohn, und Isak, meinen Bruder, sah euch hinauffahren in den schwarzen Himmel, hinter dem die Sterne und der Silbermond lachend auf euch warteten, sah euch schweben im Licht, im Glanz über der donnernden, schneestaubenden Hölle.

Voia, voia, nana, nana.

Per, der du kurz vor dem Mannesalter standest, vielleicht wartete deine Mutter auf dich, endlich wollte sie, die dir ihr Leben gab, dich in den Armen halten. Und Isak, mein armer Bruder mit den hellen Augen der Schwarzgekleideten, mein armer, trauriger Bruder. Nichts als Fleischklumpen blieben übrig von euch, blutige Fetzen, die ich im Mondlicht aus dem Schnee kratzte.

Voia, voia, nana, nana.

Aber da war er schon verschwunden, der *Ulda*, fortgestohlen hatte er sich, nachdem ich ihn verflucht hatte, niemals, niemals mehr in seinem Leben soll er glücklich sein, immer soll er Per und Isak in ihrem Blut sehen, und niemals, niemals mehr soll er eines unserer Kinder bekommen.

Voia, voia, nana, nana.

Auch Marja lag in ihrem Blut, geh, Teufel, schrie sie, geh, du hast die Hölle zu uns gebracht. Sie verlor ihr Kind und ihren Verstand, sie bettelte um Schnaps den ganzen traurigen Rest ihres Lebens.

Und meine Riikka kroch mit traurigen Augen aus der Kote, wo ist mein *isi*, mein *isukki*, hier bin ich, sagte ich zu ihr, ich bin dein *isi*, dein *isukki*, und sie kroch in meine Arme, und wir waren ganz allein auf der Welt.

Voia, voia, nana, nana.

V. Mittsommer

Die Fähre legte tutend ab und rauschte durch die kabbelige, schwarzblaue Ostsee. Hugo Blank und Eino Plosila standen am Kai und winkten Emil Hohenstein und Terttu Salmi nach, die eine Hafenrundfahrt machen wollten. Hand in Hand hatten sie das Schiff bestiegen, und Hohenstein hatte nur noch Augen für seine neue Flamme.

»Machen Sie das mal mit der Fotokartei«, hatte er beim Frühstück zu Hugo gesagt, »ich lasse mir heute von Frau Salmi die Gegend zeigen. Sie schaffen das doch allein?«

Hugo hatte eifrig genickt, gerade heute, wo Anna und Lina ins Präsidium kommen wollten, war ihm Hohensteins Abwesenheit durchaus angenehm.

»Was für ein seltsamer Fall, manchmal steht die Lösung vor mir, und ich denke, ich könnte sie greifen, aber dann verschwindet sie wieder, wie eine Fata Morgana. Wir müssen uns dieses Fräulein Turi noch mal vornehmen, was meinst du?«, überlegte Hugo, während er mit Eino Plosila zum Polizeipräsidium an der Aleksandersgatan ging.

»Ich habe schon überlegt, sie vorzuladen, damit sie ein bisschen Respekt bekommt«, sagte Eino, »wir müssen sie vielleicht mal etwas härter anfassen. Oder wir holen den Kriminaldirektor mit zur Vernehmung, vielleicht bringt der sie zur Raison.«

In seinem Büro versuchte Eino Plosila, eine telefonische Verbindung nach Inari zu bekommen. Das Labor hatte gemeldet, es ergäben sich keine Übereinstimmungen mit den in Finnland genommenen Abdrücken und denen auf der Flasche, und nun wollte er die dortigen Kollegen nach einer Möglichkeit fragen, Fingerabdrücke von Matte Turi und Nilas Niolpas sicherzustellen. Vielleicht konnte man in ihren *sidas* an Gegenstände gelangen, die die beiden berührt hatten. Während Eino fluchend mit der Telefonvermittlung verhandelte, die behauptete, Inari zurzeit nicht erreichen zu können, lehnte Hugo sich zurück. Er hatte Mühe, sich zu konzentrieren, weil Anna und der gestrige Abend ihm immer wieder durch den Kopf schwirrten.

Es klopfte, und gleich darauf stand sie rot und abgehetzt vor ihm, hinter ihr tauchte Lina auf, die einen ebenso aufgeregten Eindruck machte.

»Wir haben ihn gerade wieder gesehen, auf der Esplanade«, keuchte Anna, »er ist mit einem Mann weggegangen, einem Lappen, vermuten wir.«

Sie beschrieben die Begegnung und berichteten auch von der seltsamen Frau. Eino gab seine Bemühungen um die Telefonverbindung auf, Hugo trommelte mit den Fingern auf den Tisch.

»Immer wieder dieser Mann, und immer wieder tauchen Lappen auf.«

»Das widerspricht nicht unserem bisherigen Denkgebäude«, sagte Eino, »unser Bogen spannt sich ja auch von Elberfeld nach Lappland, wenn wir den Weg des Opfers zurückverfolgen. Nur den russisch aussehenden Mann können wir nicht einordnen, aber den werden wir jetzt suchen. Wir schauen unsere Kartei durch, allerdings kann es auch sein, dass der russische Geheimdienst die richtige Adresse für uns ist.«

Unter den finnischen Delinquenten fand sich der Mann nicht, Eino griff zum Telefon und bestellte eine Verbindung.

»Wir können direkt hingehen«, sagte er nach einem längeren Gespräch auf Russisch, »ich habe die Dringlichkeit des Falls dargestellt, sie lassen uns ihre Kartei ohne große Formalitäten einsehen.«

Gemeinsam machten sie sich auf den Weg zum Haus des russischen Generalgouverneurs an der Södra Esplanadgatan, wo auch der Geheimdienst residierte.

»Wie schätzen Sie die Entwicklung in Russland ein, glauben Sie, dass es eine Revolution geben wird?« Lina ging neben Eino Plosila her, dem dieses Thema das Blut ins Gesicht trieb.

»Natürlich wird es das, es führt gar kein Weg daran vorbei, das Zarentum hat abgewirtschaftet, der Feudalismus hat ausgedient. Es nützt auch nichts mehr, dass sie die Streikenden niederschießen, überall brechen neue Aufstände aus. Und wenn Sie mich fragen, ist das richtig so. In Finnland gibt es im Übrigen viele Sympathisanten, der ganze Süden ist rot.«

»Hat Lenin hier nicht mehrfach Zuflucht gesucht?«, mischte sich Hugo ein.

»1907 ist er nach Finnland geflohen, er hat sich in Oulunkylä bei Helsinki und an der Westküste versteckt. Er hat auch einige sozialistische Kongresse besucht, zum Beispiel in Tampere. Der russische Geheimdienst interessiert sich natürlich sehr für diese Dinge, er führt eine umfangreiche Kartei über russische Anarchisten, die bei uns leben. Darauf setze ich meine Hoffnung, vielleicht ist der Mann da registriert.«

»Er wirkte nicht böse«, sagte Lina nachdenklich, »sondern eigentlich ausgesprochen freundlich, mit diesem Lappen ist er sehr liebevoll umgegangen.«

»Aber er kann doch nicht einfach immer irgendwo auftauchen, wo ich auch gerade bin!«

Anna war blass, die Angst stand ihr im Gesicht, als sie am Gebäude des Generalgouverneurs ankamen. Hugo nahm ihren Arm, Eino flankierte schützend Lina, als sie hineingingen. Ein mürrischer Beamter brachte sie ins Archiv, wo sie, nachdem Eino mehrere Formulare unterzeichnet hatte, endlose Karteikästen mit Fotografien durchsahen. Viele waren dunkel und von schlechter Qualität, oft waren Anna und Lina nicht sicher, ob es der Mann sein konnte.

Als sie den Buchstaben »S« fast durchhatten, riefen sie plötzlich wie aus einem Munde: »Da, das ist er!«

Das Foto auf der kyrillisch beschrifteten Karteikarte war deutlich, allerdings, vermuteten Anna und Lina, schon einige Jahre alt.

»Dr. Oleg Skrijabin«, übersetzte Eino, »geboren 1875 in Sankt Petersburg, ausgebildeter Arzt und Psychiater, seit 1908 in Helsinki, in Russland politisch verfolgt wegen bolschewistischer Umtriebe, hier politisch nicht auffällig, Mitglied der SDP, das entspricht der SPD in Deutschland.«

»Jetzt fällt mir ein«, sagte Hugo, »dass in Barmen im Mai ein internationales sozialistisches Treffen stattgefunden hat, bei dem über Strategien der parlamentarischen Arbeit diskutiert werden sollte. Vielleicht hat er daran teilgenommen, das würde seine Anwesenheit erklären. Barmen ist ja die unmittelbare Nachbarstadt von Elberfeld, die Geburtsstadt von Friedrich Engels.«

In ihm stiegen langsam Konturen hoch, da passte etwas zusammen. Womöglich hatten sie den entscheidenden Mosaikstein gefunden.

»Dieser Onkel, Matte Turi, soll doch psychische Probleme haben, Minna hat gesagt, er werde von einem Arzt betreut, von einem Psychiater«, warf Anna atemlos ein.

Eino und Hugo sprangen auf, sie mussten sich sofort um diesen Skrijabin kümmern.

»Laut Kartei wohnt er in der Helsingegatan im Norden von Kallio, keine gute Gegend«, sagte Eino, »vielleicht finden wir ihn auch im Arbeiterhaus. Wenn nicht, müssten wir eine Fahndung rausgeben.«

»Vielleicht sagt ihr Minna Salander erst mal nichts, falls ihr sie seht«, sagte Hugo, »ihre Rolle in dem Spiel kennen wir ja noch nicht.«

Anna und Lina nahmen eine Droschke zum Fiskarviken, wo sie sich bereithalten wollten, falls sie gebraucht wurden.

»Mir wird ganz schlecht, wenn ich daran denke, dass Minna etwas damit zu tun haben könnte«, sagte Anna, die immer noch blass war. »Außerdem weiß ich nicht, was mit Hugo los ist, findest du nicht, dass er ziemlich kühl war?«

»Das bildest du dir ein«, mahnte Lina, »der hat geguckt wie ein verliebter Gockel, und mehr kann er in dieser Situation nun wirklich nicht tun.«

*

Hugo und Eino ließen sich nach Kallio bringen und fragten sich mühsam zu der Wohnung von Dr. Skrijabin durch, trafen ihn jedoch nicht an. Eine dünne, misstrauische Nachbarin behauptete, ihn seit Tagen nicht gesehen zu haben. Sie schoben einen Zettel unter seiner Tür hindurch mit der Aufforderung, sich unverzüglich bei der Polizei zu melden, und fuhren dann zum Arbeiterhaus. Auch hier gab es keine Spur von dem Russen.

»Wenn er sich bis heute Nachmittag nicht meldet, starten wir die Fahndung, was meinst du?«, fragte Eino.

»Lass es uns erst noch mal bei Minna Salander versuchen«, sagte Hugo, »sie muss ja auch etwas über ihn wissen.«

Sie fuhren zum Engelsplatsen, klingelten und warteten eine Weile, gerade, als sie wieder gehen wollten, öffnete Minna, grau und abgekämpft. Ihre Hände flogen, sie bot Kaffee und *korvapuusti* an, und die Kommissare nahmen dankbar an.

»Ist Ihnen ein Oleg Skrijabin bekannt?« Hugo sprach ruhig und versuchte, so wenig amtlich wie möglich zu klingen, um Minnas Verunsicherung nicht zu verstärken.

»Ja«, antwortete sie, »er ist Mitglied der Sozialdemokraten, daher kenne ich ihn. Was ist mit ihm? Er ist ein russischer Arzt und nach Finnland geflohen, wie viele verfolgte Anarchisten.«

»Wie lange kennen Sie ihn schon?«

»Seit vier Jahren, seitdem er aus Sankt Petersburg nach Helsinki kam.« Minna wurde rot. »Zunächst hatte ich eine Liebesbeziehung zu ihm, wir waren zwei Jahre zusammen.«

»Warum haben Sie sich getrennt, und welcher Art ist Ihre Verbindung jetzt?«

Minna wand sich. »Letztendlich merkt man irgendwann, dass man eben doch nicht zusammenpasst, wie die Dinge so gehen. Aber ich schätze ihn nach wie vor, er ist ein hervorragender Arzt und Psychiater, im Winter kümmert er sich um Riikkas Onkel Matte, wenn er in Helsinki ist, ich sagte Ihnen ja schon, dass Matte krank ist. Riikka und ich sind Oleg sehr dankbar, er ist ein guter Mensch mit einem hohen sozialen Bewusstsein und ein sehr guter Arzt, er versucht, mit den Kranken zu reden, anstatt sie mit Medikamenten voll zu pumpen oder sie in die Anstalt zu bringen. Das war auch einer der Gründe, weshalb er aus Russland fortmusste, er hat die Verhältnisse dort kritisiert und für eine bessere ärztliche Versorgung der Armen gekämpft. Matte wohnt, wenn er hier ist, meistens in einem Zimmer in Olegs Wohnung, das ist einfacher, als wenn er bei mir oder bei Riikka wäre. Wir bezahlen etwas dafür, aber eigentlich ist das, was Oleg tut, unbezahlbar.«

»Wie äußert sich die Krankheit von Herrn Turi genau?« Eino nahm einen Schluck Kaffee und lehnte sich zurück.

»Oleg sagt, er sei manisch-depressiv, wir denken, dass die Ursache in dem schweren Leben zu suchen ist, das Matte gehabt hat, er hat ja auf schreckliche Weise seine ganze Familie verloren, bis auf Riikka.«

»Manisch-depressiv heißt, er ist oft traurig und schwermütig, aber auch manchmal übertrieben unruhig und aktiv bis hin zur Aggressivität? Himmelhoch jauchzend, zu Tode betrübt?«

»So könnte man es sagen. Aber Oleg gelingt es eigentlich immer wieder, ihn zu beruhigen, er spricht mit ihm nach der neuen Methode von Sigmund Freud, der ist Ihnen ja vielleicht ein Begriff, und wenn es schlimm wird, gibt er ihm zusätzlich Brom.« Minna knetete immer noch ihre Hände, ihre Stimme war kaum zu hören. »Mattes Problem ist auch, dass er sich hin- und hergerissen fühlt zwischen Inari und Helsinki, weil Riikka hier lebt und er bei ihr sein möchte, aber eigentlich ist die Stadt nicht das Richtige für ihn, seine Tiere und seine Berge fehlen ihm, seine ganze Kultur fehlt ihm. Hier wird er ja angestarrt wie eine Kirmesfigur, wenn er sich in seiner Tracht auf der Straße zeigt.«

»Es ist doch richtig, dass Matte Turi Pekka Salander gehasst und ihm die Schuld an seinem Unglück gegeben hat«, stellte Hugo fest. »Würden Sie ihm zutrauen, Fräulein Salander, dass er das Paket geschickt hat, vielleicht in einem manischen Schub, vielleicht ohne zu wissen, was er tat?«

Minnas Antwort kam stoßweise zwischen Schluchzern hervor. »Ich weiß es nicht, ich zerbreche mir Tag und Nacht den Kopf darüber. Matte konnte manchmal wild und rasend sein, er hat auch böse Dinge gesagt, und in diesem Frühjahr stand es eine Weile gar nicht gut um ihn. Aber dann war es plötzlich besser. Bevor er nach Inari zurückfuhr, war er ganz friedlich, fast heiter, er freute sich auf seine Herde und den Sommer, und wir waren eigentlich ganz beruhigt.«

»Könnte es sein, dass er zufrieden war, weil er etwas erledigt hatte, das ihm sehr auf der Seele gebrannt hat?«

Minna schlug die Hände vor das Gesicht und fing an zu weinen. »Woher sollte er Pekkas Adresse haben, es gab ja bei uns keinerlei Hinweise auf seine Existenz. Und auch das Gift, ich kann mir nicht vorstellen, wo Matte das hätte auftreiben können. Das kauft man doch nicht einfach im Geschäft oder an der Straßenecke, und er ist auf keinen Fall in der Lage, sich so etwas in kriminellen Kreisen zu besorgen.«

»Halten Sie es für möglich, dass er eine deutsche Zeitung mit einer Geschäftsanzeige des Pelzhauses Salander in die Hände bekommen hat?«

»Ich wüsste nicht, woher«, sagte Minna, »ich kann es mir ganz und gar nicht vorstellen, wer ihm die hätte geben sollen. Bei uns gibt es keine Adresse und keine Zeitung, und andere Kontakte außer Oleg hatte er hier ja nicht.«

»Wissen Sie, dass Dr. Skrijabin im Mai in Elberfeld war und zusammen mit Ihrer Nichte und Fräulein Pasche auf dem Schiff zurückgefahren ist?«

Minna sah überrascht auf. »Dann war er also dieser Russe, von dem Anna gesprochen hat? Das wusste ich nicht, ich habe aber auch seit Monaten nicht mit ihm gesprochen. Ich habe nur gehört, dass er vor ein paar Tagen aus Reval zurückgekommen ist. Jemand aus der Partei sollte zu einem internationalen Treffen der Sozialisten nach Deutschland fahren, das wusste ich, aber ich wusste nicht, dass die Wahl auf Oleg gefallen ist.«

Sie sah Hugo an. »Als ich hörte, dass jemand nach Barmen geschickt werden sollte, habe ich sehr mit mir gekämpft, ob ich mich darum bewerben sollte, mein Bruder lebte ja in unmittelbarer Nachbarschaft. Natürlich hätte es mich sehr gereizt zu fahren, das können Sie sich vorstellen. Aber dann dachte ich, dass ich das Riikka nicht antun könnte. Außerdem glaube ich ohnehin nicht, dass sie eine Frau geschickt hätten.«

»Aber Sie hätten es doch erfahren müssen, dass er gefahren ist, wenn Sie in der Partei aktiv sind.«

»Es war so«, sagte Minna, »dass wir Frauen von der SDP uns

zu dieser Zeit mit den Männern sehr gestritten haben, weil sie immer nur ihre Interessen verfolgen und uns lediglich zum Kaffeekochen benötigen. Da haben wir uns vorgenommen, unsere eigenen Versammlungen abzuhalten und unsere eigenen politischen Ziele zu verfolgen, ohne die Männer. Deshalb sind wir dann auch von sämtlichen Informationen abgeschnitten worden, sie haben uns regelrecht als Feindinnen betrachtet. Dass Oleg gefahren ist, wusste ich nicht, wirklich nicht. Matte war ja Anfang Mai weg, da hatte ich keinen Kontakt mehr zu ihm, und mit Riikka habe ich auch kaum gesprochen. Er muss ja genau zu der Zeit in Deutschland gewesen sein, als es passiert ist.«

»Genau zu der Zeit, als das tödliche Paket aus Helsinki in Elberfeld ankam«, bestätigte Eino.

»Oleg hat damit nichts zu tun, niemals, das kann nicht sein.« Minna schluchzte immer noch, an ihren verkrampften Händen traten die Knöchel weiß hervor. »Und es ist doch auch mit der Post angekommen, sagten Sie das nicht? Das alles ergibt doch überhaupt keinen Sinn.«

»Anna hat ihn kurz vor dem Mord gesehen, wie er den Laden in Elberfeld beobachtet hat. Haben Sie dafür eine Erklärung?«

»Nein«, flüsterte Minna, »das habe ich nicht.«

»Oleg Skrijabin ist heute Morgen mit einem Lappen auf der Esplanade gesehen worden«, sagte Hugo, »sind Sie ganz sicher, dass Matte Turi nicht in Helsinki ist?«

»Wie soll ich sicher sein, er ist ein erwachsener Mensch, er kann gehen, wohin er will.« Minnas Stimme war tonlos. »Ich weiß aber, dass Oleg auch andere Menschen behandelt, womöglich ist noch ein anderer Lappe dabei.«

»Sie haben Matte Turi in diesen Tagen jedenfalls nicht gesehen«, stellte Eino fest, »kann ich das so zu Protokoll nehmen?«

»Ja«, sagte Minna und fasste sich wieder etwas. »Ich bitte Sie nur, mir eins zu versprechen. Falls Matte etwas mit der Sache zu tun haben sollte, behandeln Sie ihn gut, auch wenn er der Mörder meines Bruders ist. Wir haben ihn einmal in eine Anstalt gebracht, als es so schwierig mit ihm war, das hat ihn fast das Leben gekostet. Er hat es nicht verdient, noch mehr Qualen zu erleiden, als er es ohnehin schon muss, sein ganzes Leben ist ein einziges Martyrium. Außerdem hat Oleg mir im Frühjahr gesagt, dass auch sein Körper nicht mehr gesund ist, seine Lymphknoten waren stark geschwollen, und er hatte manchmal Fieber, Oleg sprach von Anzeichen für Leukämie.« Sie streckte ihre Hände flehend in Richtung der Polizisten. »Sie dürfen ihn nicht ins Gefängnis stecken, auch nicht in eine Anstalt, so soll er nicht sterben, nicht, wenn er eingekerkert ist und den Himmel nicht sehen kann.«

»Wenn er eine solche Tat auf dem Gewissen hätte, Fräulein Salander, einen so heimtückisch begangenen Mord, müsste die Gerechtigkeit ihren Lauf nehmen, ich glaube nicht, dass das ohne Sühne bleiben kann«, sagte Eino Plosila. »Natürlich würde man versuchen, einen solchen Täter, der ja weitgehend schuldunfähig zu sein scheint, nicht mit anderen gleichzustellen, aber leider sieht unsere Justiz das nicht immer so.«

Minna flüsterte, ihre ausgeweinten Augen waren rot und geschwollen. »Bitte, ich bitte Sie, tun Sie, was in Ihren Kräften steht, damit Grausamkeit nicht mit Grausamkeit vergolten wird. Wenn Matte es getan hat, dann ist es schrecklich, und ich mache mir die größten Vorwürfe, das nicht verhindert zu haben, nicht auf ihn geachtet zu haben, zugelassen zu haben, dass er zum Mörder wird. Aber Sie müssen mir glauben, dass er nicht dafür verantwortlich ist, dass es irgendeine schreckliche Verkettung von Umständen gegeben haben muss, die dahin geführt hat. Matte hat entsetzliche Schmerzen und Angst erfahren und muss sie in seiner Krankheit immer wieder durchleiden. Das hat vielleicht bewirkt, dass er schuldig geworden ist. Aber die Krankheit ist selbst schon Strafe genug, er darf nicht noch einmal gequält werden, Sie dürfen ihn nicht einsperren, bitte!« Minnas Stimme versagte, sie sah stumm in ihren Schoß.

Die Polizisten standen auf. »Wir bitten Sie, uns zu benachrichtigen, wenn irgendetwas ist«, sagte Hugo in der Tür. »Lassen Sie uns zusammenarbeiten, wir werden uns bemühen, die größtmögliche Rücksicht auf Herrn Turi zu nehmen. Werden Sie morgen bei Soderbergs sein?«

»Wer weiß, was morgen ist«, flüsterte Minna und rang mühsam um Fassung, »aber wenn es möglich ist, werde ich kommen. Ich will doch Anna an ihrem ersten Johannisfest nicht allein lassen.«

»Wir müssen Skrijabin und Turi finden, möglichst noch vor Mittsommer«, sagte Eino, als sie draußen waren. Sie beschlossen, zivile Posten vor den Häusern von Riikka, Minna und Oleg Skrijabin aufzustellen, außerdem sollten die Streifen in der Innenstadt, die für die Mittsommernacht ohnehin verstärkt wurden, besonders auf die beiden angesetzt werden.

*

Bad Neuenahr, den 20. Juni 1912

Morgen ist ja Mittsommer, weißt du noch, Annakind, wie Pekka dann immer das Lied von der Schaukel gesungen und uns die finnischen Tänze gezeigt hat?

Keinu keinuni korkealle
*nythän on juhannus ilta**

Und wie er von der Birkenschaukel erzählt hat, auf der er und seine Schwester an den Sommertagen durch die Luft geflogen sind. Immer in den Himmel hinein, Louiss, wir wollten Schwalben sein. Wie oft denke ich an die Zeit, als er noch bei uns war, als wir noch in Frieden lebten und dieser Alptraum noch nicht über uns gekommen war.

Ich will jetzt zum Ende kommen. Ich bin ganz ruhig, sogar Dr. Vollberg hat gesagt, Fräulein Brüninghaus, mir scheint, die Kur schlägt gut an, Sie sehen besser aus, und Ihre Nerven scheinen sich beruhigt zu haben. In der Tat schlafe ich inzwischen auch ohne die Tropfen, ich brauche nur etwas Paraldehyd. Es reicht mir schon, die Fläschchen in meinem Nachttisch zu wissen, wo sie auf den Augenblick warten, für den ich sie bestimmt habe. Dr. Vollberg wollte mich auch zu einer Psychotherapie nach diesem

* Schaukel, meine Schaukel, in die Höhe, heute ist Johannisabend

Freud überreden, aber ich habe es abgelehnt. Was hätte ich ihm denn erzählen können? Dass ich einen Mord auf dem Gewissen habe? Dass ich aus Dummheit und Egoismus den Mann um sein Leben gebracht habe, den ich mehr geliebt habe als alles andere auf der Welt?

Emma hat sich tatsächlich breitschlagen lassen, zweimal in der Woche legt sie sich auf Vollbergs Couch, sie sagt, sie kann sich richtig aussprechen bei ihm, sie hat das Gefühl, endlich hört ihr mal jemand zu. Aber ich weiß nicht, welchen Erfolg das haben soll, außer dass sie einen Zeitvertreib hat und dass es die Kosten für unsere Kur ordentlich in die Höhe treibt. Schließlich habe ich ihr ja schon all die Jahre zugehört, ihren endlosen Klagen über Pekka und dich, über ihre Schlaflosigkeit und die ganzen Ungerechtigkeiten, die ihr das Leben angeblich zugefügt hat, und genützt hat es gar nichts. Immer habe ich stillgehalten, niemals, niemals habe ich eine Andeutung darüber gemacht, wie gerne ich an ihrer Stelle gewesen wäre, wie dumm und unnötig und ungerecht ich ihr ganzes Gejammer fand. Trotz der Psychotherapie hat ihr Kuchen- und Pralinenverbrauch nicht abgenommen, mittlerweile könnte man sie durch den Kurpark rollen, wenn sie sich denn mal zu einem Spaziergang aufraffen würde. Aber dazu ist sie nicht zu bewegen, der Rücken, sagt sie, und die Knie, alles schmerzt, ich werde noch im Rollstuhl enden. Kein Wunder, denke ich und drehe jeden Nachmittag allein meine Runden, und das ist auch ganz gut so, weil ich in Ruhe darüber nachdenken kann, wann und wie ich alles nun zu einem richtigen Abschluss bringe.

Seltsamerweise hatte Emma relativ kühl reagiert, als ich ihr das Foto von Lina Pasche mit der Widmung zeigte. Pekka wird alt, sagte sie nur spitz, jetzt hat er es also schon nötig, auf die jungen Verkäuferinnen zurückzugreifen. Dieses Luder, diese scheinheilige kleine Dirne. Ich hatte nicht das Gefühl, dass es Emma wirklich traf, dass Pekka eine andere Frau liebte, so wie es mich bis ins Mark getroffen hatte. Sie sprach zuerst mit Elias und überredete ihn, an einem der Abende, an denen Pekka verschwand, bei Lina vorbeizugehen und die beiden in flagranti zu ertappen. Dann beschloss sie, Lina einen Drohbrief zu schreiben, aber nicht in der Hoffnung, Pekka dadurch zurückzugewinnen, sondern um ihr Angst einzujagen und ihr, so sagte sie wörtlich, ein bisschen Feuer unter dem Hintern zu machen. Abgesehen davon schmiedete sie leidenschaftlich Pläne, wie sie die Situation für sich nutzen und bei einer Trennung möglichst viel herausschlagen konnte. Auf jeden Fall das Haus, sagte sie immer wieder, du wirst sehen, Louise, wir werden es zurückbekommen, er wird uns unser rechtmäßiges Eigentum wiedergeben müssen. Aber das Geschäft, hielt ich ihr vor, was wird damit? Er kann es meinetwegen weiterführen und uns eine anständige Pacht zahlen, aber ich denke, er wird es besser aufgeben, denn hier in Elberfeld ist er sowieso unten durch, wenn er mich wegen einer anderen Frau verlässt. Und dass es jeder erfährt, dass er ein Ehebrecher ist, dafür werde ich sorgen, Louise, ich werde ihn unmöglich machen, mit allen Mitteln, die mir zur Verfügung stehen. Von mir aus soll er nach Düsseldorf gehen oder am besten gleich zurück in seinen finnischen Urwald, dahin, wo er hergekommen ist, das wäre doch wohl das Beste, und sein Freudenmädchen kann er gerne mitnehmen. Viel Spaß und gute Reise, Pekka, werde ich sagen, hier weint dir niemand eine Träne nach. Emma konnte sich delektieren an ihren Phantasien, sie dachte sich immer neue Demütigungen aus, mit denen sie ihm den Laufpass geben wollte, und merkte nicht, wie mich ihre Hasstiraden schmerzten, jedes Mal dachte ich, sie stieße mir ein Messer ins Herz.

Zu dieser Zeit ging es mir so schlecht wie niemals zuvor, ohne Opiumtropfen hätte ich das nicht überstanden. Die Vorstellung, Pekka würde fortgehen und nie mehr zurückkehren, war, als würde mir der Lebensstrom abgestellt, als täte sich der Höllenschlund unter mir auf. Hinzu kam, dass ich große Schuldgefühle wegen Elias hatte, der unendlich litt, wieder einmal litt er entsetzlich durch meine Schuld. Ich wusste, dass ich durch mein Spionieren etwas in Gang gesetzt hatte, das ich nicht mehr kontrollieren konnte, eine Lawine von Leid und Elend. Ich schlief kaum noch und überlegte in den Nächten, wie ich das Unheil aufhalten könnte. Ein Gedanke verfestigte sich schließlich immer mehr: Alles wird gut, wenn Pekka seine Schwester und seine Tochter wiederbekommt, sie besuchen uns in Elberfeld, er vergisst die Pasche, wenn die ganze Familie zusammen ist. Ich war richtig besessen von dieser Vorstellung.

In der Zeit, als ich in Pekkas Sachen herumwühlte, hatte ich auch einen Brief von Carl Soderberg gefunden. Ich vermute, dass es der war, in dem Soderberg mitgeteilt hatte, Minna und Riikka wollten nichts mit Pekka zu tun haben. Er lag in der hintersten Ecke der Schreibtischschublade und war von den vielen Tränen verschmiert, die Pekka über ihm geweint haben musste. Deshalb und natürlich auch, weil er auf Finnisch geschrieben war, konnte ich ihn nicht lesen, aber Soderberg hatte die Adresse von Minna und Riikka darunter geschrieben. Minna Salander und Riikka Turi, Engelsplatsen 12, Helsinki. Also setzte ich mich eines Tages hin und schrieb ihnen, dass Pekka sie gerne sehen würde, es sei sein tiefster und innigster Herzenswunsch. Er sei vermögend und würde die Kosten übernehmen, wenn seine Schwester und seine Tochter sich zu einer Reise nach Deutschland entschließen könnten, und wir alle würden sie herzlich willkommen heißen.

So ähnlich formulierte ich diesen dummen Brief, und zum Beweis, dass meine Aussagen stimmten, legte ich ein Foto von dir und Pekka vom letzten Jahr und die halbseitige Annonce bei, die wir regelmäßig im täglichen Anzeiger hatten. Ich war ganz euphorisch, als ich den Brief zur Post brachte, ich dachte, jetzt wird alles gut, jetzt wird Pekka von seinen Leiden erlöst, er wird sich auf seine Familie besinnen, vielleicht sind wir schon im Sommer alle beieinander. Ich stellte mir vor, wie dankbar Pekka mir für diese Vermittlung sein würde, du bist doch meine Beste, Louiss, du hast meinen Lebenswunsch erfüllt, du weißt genau, was der alte Pekka braucht. In den Nächten sah ich seine strahlenden, zärtlichen Finnenaugen wieder auf mir ruhen und träumte, ich sei ins Paradies zurückgekehrt, und jeden Morgen erwartete ich sehnsüchtig den Briefträger, ob er endlich einen dieser Umschläge mit den fremdländischen Marken, die ich ja von den Briefen Soderbergs kannte, bringen würde.

Emma und ich hatten nicht bedacht, dass der Drohbrief an Lina, den wir gemeinsam verfasst hatten, Wirkung zeigen könnte. Kurze Zeit, nachdem wir ihn abgeschickt hatten, ging Pekka plötzlich nicht mehr fort, es ging ihm schlecht, und er machte ganz den Eindruck eines verlassenen Liebhabers. Ich hatte mir ja ausgedacht, dass alles wieder so werden würde wie früher, wenn nur diese Frau nicht mehr im Spiel wäre, aber so war es nicht. Ich gewann Pekkas Vertrauen nicht zurück, ganz im Gegenteil, abends zog er sich ins Kontor zurück und trank, mit Emma und mir sprach er nur noch das Nötigste. Emma war die Entwicklung gar nicht recht, ich glaube, sie hatte sich schon mit der Rolle der verlassenen Ehefrau angefreundet. Vor allem wurmte sie, dass ihr Plan, unser Elternhaus zurückzugewinnen, nicht aufzugehen schien, sondern alles danach aussah, als müsse sie sich doch wieder mit Pekka arrangieren. Es beruhigt mich, dass sie die Dinge heute anders sieht, sie spricht freundlicher über ihn, seitdem sie die Gespräche mit Dr. Vollberg führt, manchmal erinnert sie sich an schöne Zeiten in ihrer Ehe und bereut es, dass sie so selten mit ihm gesprochen hat. Vielleicht habe sie ihn gar nicht richtig gekannt, hat sie mir neulich gesagt, und wie froh sie wäre, wenn sie das Rad noch einmal zurückdrehen könnte.

Meine letzte Hoffnung in diesem Elend warst du, Anna, ich dachte, wenn du aus Berlin zurückkehrst, heitert deine Anwesenheit ihn auf, aber als ich dann sah, wie schlecht du dich mit Emma verstandest und dass du dich in Elberfeld gar nicht mehr wohl fühltest, schwand auch dieses Fünkchen dahin.

Der Nachmittag, als der Bote das Paket brachte, war wie ein letztes Aufflackern, ich weiß noch, wie mein Herz hochschlug, als ich an dem Porto erkannte, dass es aus Finnland kam. Jetzt haben sie es sich doch überlegt, dachte ich, sie schicken ihm ein Geschenk und kündigen an, dass sie im Sommer kommen werden. Und als ich dann auch noch dich und Pekka lachen hörte an diesem Abend, da dachte ich, alles wird gut, alles wird wie früher, und der Alptraum ist vorbei. Dabei fing er erst richtig an, wie wir jetzt wissen, und als mir klar wurde, dass die Adresse auf dem tödlichen Paket wortwörtlich von der Anzeige abgeschrieben war, die ich nach Finnland geschickt hatte, wusste ich, dass ich es war, die Pekka den Tod gebracht hatte. Vielleicht bin ich nicht schuldig im juristischen Sinne, aber in Wirklichkeit bin ich es, und alle meine anfänglichen Versuche, mich davon innerlich reinzuwaschen, nützen nichts.

Ich bin jetzt ganz klar, meine Anna, die Erschöpfung, die Verwirrung und die Traurigkeit, die mich nach Pekkas Tod überwältigt hatten, sind verschwunden. Ich möchte, dass du weißt, dass ich meine Entscheidung, deinem Vater zu folgen, bei klarem Verstand und im Vollbesitz meiner geistigen Kräfte getroffen habe, wie man so schön sagt. Ich hoffe, du wirst die Ereignisse eines Tages überwinden und eine eigene Familie gründen, die dir hilft, mit der Vergangenheit fertig zu werden. Sei versichert, dass ich in Ruhe gehe und in dem Bewusstsein, für den Tod des Mannes Sühne geleistet zu haben, der neben dir mein ganzes Leben bedeutet hat.

In Liebe,
deine Tante Louise

*

»Nehmen Sie ihm die Handschellen ab«, sagte Eino Plosila ungehalten zu den beiden Streifenpolizisten, die Oleg Skrijabin vor seiner Wohnung festgenommen und ins Präsidium gebracht hatten. Obwohl er ihnen willig gefolgt war und keinen Widerstand geleistet hatte, stießen sie ihn vor sich her wie einen Schwerverbrecher. Plosila bot dem verängstigten, übermüdet wirkenden Russen höflich einen Stuhl an, befahl den Polizisten, vor der Tür seines Büros Aufstellung zu nehmen und schickte einen von ihnen nach Kaffee und belegten Broten.

Obwohl Skrijabin offensichtlich etwas Deutsch konnte, führte Plosila das Verhör auf Finnisch und übersetzte zwischendurch für Hugo.

Ob es richtig sei, begann Plosila, dass er, Skrijabin, am 11. Mai dieses Jahres in Elberfeld in Deutschland gewesen sei und dort gegen Mittag in der Innenstadt, genauer gesagt, am Wall, das Pelzhaus Salander beobachtet habe?

Skrijabin bejahte dies und führte aus, er sei von der SDP zu einem Kongress nach Barmen geschickt worden. Durch den Kontakt zu Minna Salander und Riikka Turi habe er gewusst, dass Frau Salanders Bruder in Elberfeld ein Geschäft betrieb, das habe er sich ansehen wollen. Es sei allerdings nicht seine Absicht gewesen, etwas zu beobachten, er habe einfach interessiert geschaut, auch um Minna Salander später darüber berichten zu können.

Warum er nicht hineingegangen sei und Herrn Salander persönlich aufgesucht habe?

Er habe es vorgehabt, antwortete Skrijabin, aber etwas habe ihn zurückgehalten, vielleicht eine Scheu, weil er ja gewusst habe, dass die familiären Beziehungen getrübt gewesen seien. Außerdem habe er bemerkt, dass eine junge Frau ihn vom Fenster aus gesehen habe – mittlerweile wisse er, dass es Salanders zweite Tochter gewesen sei –, das sei ihm unangenehm gewesen, da sei er schnell fortgegangen.

Aber dann sei er ja auch auf der Beerdigung von Herrn Salander gewesen.

Oleg Skrijabin war erstaunt. »Es waren so viele Menschen dort, ich dachte nicht, dass ich irgendjemandem auffalle. Ich habe ja in Barmen gewohnt bei der Familie Wichelhaus, das sind sehr gastfreundliche Menschen, Mitglieder der deutschen SPD. Von ihnen erfuhr ich von dem Mord an dem finnischen Pelzhändler, die Zeitungen waren auch voll davon. So bin ich hingegangen, einmal, weil es mich sehr betroffen machte, aber auch, um Minna davon erzählen zu können.«

»Wie würden Sie Ihr Verhältnis zu Minna Salander beschreiben?«, schaltete sich Hugo ein. »Sie sagte uns, Sie hätten früher eine Beziehung gehabt.«

Der Russe sah verlegen auf den Boden. »Ich liebe und verehre Minna«, sagte er schließlich leise, »wenn es nach mir gegangen wäre, hätten wir uns nicht getrennt. Sie wollte es, sie sagt, sie könne so enge Beziehungen nicht aushalten, es liege nicht an mir, sondern ganz allein an ihr.«

Hugo sah ihn voller Verständnis an. »Manchmal wird man nicht schlau aus den Frauen, und die Salanderschen scheinen besonders kompliziert zu sein.«

Oleg hob die Schultern und lächelte hilflos.

»Die nächste Station, wo Fräulein Salander und Fräulein Pasche Sie dann wieder trafen, war das Schiff nach Helsinki«, nahm Eino das Verhör wieder auf, »war es Zufall, dass Sie ausgerechnet die gleiche Passage genommen haben?«

Oleg wurde rot und blass, er knetete seine Hände in der gleichen Weise wie am Nachmittag Minna, dann nickte er.

Die Polizisten schwiegen eine Weile und nippten an ihren Kaffeetassen.

»War es wirklich Zufall, dass Sie auf diesem Schiff waren? So richtig nachvollziehbar erscheint mir das nicht«, setzte Hugo nach.

Oleg verstand, ohne dass Eino übersetzen musste. »Ich habe den Kongress besucht, an dem auch Friedrich Ebert teilgenommen hat, es war ein Erlebnis für mich, diesen großen Sozialdemokraten kennen lernen zu dürfen. Dann habe ich zusammen mit den Wichelhausens von Köln aus eine Schiffstour auf dem Rhein gemacht, ich habe die Schlösser und die Burgen gesehen und die berühmte Loreley, wir sind zusammen auf den Kölner Dom gestiegen, außerdem habe ich Ausflüge durch das ganze Rheinland unternommen, bis Trier bin ich gefahren, um mir das Geburtshaus von Karl Marx anzusehen. Und dann bin ich eines Tages wieder nach Finnland gefahren.«

Er antwortete auf Finnisch und sah die Polizisten nicht an, seine großen, hellen Augen flogen durch den Raum.

Eino übersetzte, Hugo beugte sich vor und legte Schärfe in seine Stimme.

»Herr Dr. Skrijabin, ich muss Sie auf etwas sehr eindringlich hinweisen. Wir ermitteln wegen eines Mordes, der sehr feige und hinterhältig begangen wurde, Sie wissen, wie die Geschichte abgelaufen ist. Für uns verdichten sich die Hinweise darauf, dass Herr Matte Turi etwas mit dem tödlichen Paket zu tun haben könnte. Sie sind eine seiner engsten Bezugspersonen, Sie müssen uns die Wahrheit sagen und mit uns kooperieren, sonst könnte es sehr schwierig werden, für Herrn Turi, aber auch für Sie. Wir möchten natürlich um jeden Preis Zwangsmaßnahmen vermeiden. Also noch einmal: War es Zufall, dass Sie ausgerechnet das gleiche Schiff genommen haben wie Fräulein Salander und ihre Begleiterin?«

Oleg sank noch mehr in sich zusammen. »Nein«, flüsterte er schließlich, »das war kein Zufall. Ich erzähle Ihnen, wie es war, von Anfang an.«

Matte war, wie schon in den Wintern zuvor, Ende Oktober 1911 nach Helsinki gekommen und hatte wieder bei Dr. Skrijabin gewohnt. Sein Spezialgebiet war die moderne Psychiatrie, vor allem hatte er sich mit den Schriften Kraepelins, Breuers und Freuds auseinander gesetzt. Er war überzeugt von ihren Erkenntnissen über die seelische Dynamik und wollte zu ihrer Verbreitung und Erforschung beitragen, indem er versuchte, Menschen nach ihren Methoden zu behandeln.

»Ich habe die Möglichkeiten, die uns die Psychiatrie bisher geboten hat, immer als barbarisch empfunden«, sagte Oleg, »dass man Menschen, die ohnehin von schrecklichen Ängsten und Affekten geplagt sind, fesselt und einsperrt oder im günstigsten Fall mit Medikamenten ruhigstellt, darauf läuft ja letztlich die ärztliche Kunst hinaus. Ich versuche, hier in Helsinki Patienten zu behandeln, die sich auf die Methode von Freud einlassen, um Erfahrungen zu sammeln und diese zu dokumentieren. Ich habe das bei einigen getan, aus meiner Sicht auch mit ermutigenden Ergebnissen, und Studien geschrieben, die zurzeit allerdings noch niemand veröffentlichen will.«

»Und bei Herrn Turi schlugen diese Methoden auch an?«

Oleg nickte. »Seine Entwicklung verlief vielversprechend. Ich habe ihm zwar immer noch beruhigende Medikamente geben müssen, aber ich konnte die Dosen herabsetzen und manche Krise schon im Entstehen verhindern, indem ich Matte ermunterte, seine Gefühle und Gedanken auszusprechen. In diesem Jahr, etwa Anfang April, kam es nach einem relativ ruhigen Winter allerdings doch zu einer größeren Krise. Prinzipiell wurde es im Frühjahr schwieriger mit ihm, das lag wohl auch daran, dass zu dieser Jahreszeit sein Sohn und sein Bruder ums Leben gekommen waren. Aber ich hatte immer darauf geachtet, und wir bekamen es in den Griff. Dann muss es irgendeinen Auslöser gegeben haben, ich weiß bis heute nicht, was es war. Er war zwei Tage bei Minna gewesen, und als er wiederkam, war er sehr unruhig, er sprach und schimpfte laut, weinte und drohte, er besorgte sich Schnaps, was er nur sehr, sehr selten tat, und trank exzessiv auf der Straße mit den Alkoholikern. Er war voller Angst, seine Gedanken drehten sich um nichts anderes als um die alte Geschichte mit Pekka Salander, vor allem um den Unfall, von dem mir Minna und Riikka erzählt hatten, und er war besessen von dem Gedanken, dass Pekka Salander aus Deutschland kommen und ihm Riikka wegnehmen würde. Wir haben mit Engelszungen auf ihn eingeredet, dass er das gar nicht könne und dass Riikka sowieso nicht mit ihm gehen würde, aber vergeblich. Er holt sie mir fort, der *Ulda*, die anderen hat er auch geholt, sagte er immer wieder.«

Dann blieb Matte einmal über Nacht fort und kam am nächsten Morgen wie umgewandelt nach Hause. Seine Angst war weg, er triumphierte und sagte immer wieder, der *Ulda* habe keine Macht mehr über ihn, er werde Riikka nicht bekommen. Als Oleg ihn fragte, wie das denn komme, hatte Matte auf den Sack geklopft, in dem er seine ganze Habe hatte, und gesagt, er habe Nilas Niolpas getroffen, der habe ihm ein Gegenmittel gegeben, einen Zaubertrank.

»Ich mache mir so entsetzliche Vorwürfe«, sagte Oleg heiser, »dass ich die Sache auf sich beruhen ließ und nicht mit Riikka und Minna darüber gesprochen habe, vor allem, dass ich seine Sachen nicht durchsucht habe. Ich dachte, er rede wirres Zeug, und habe es nicht ernst genommen. Ich war einfach froh, dass es ihm besser ging, außerdem stand meine Deutschlandreise unmittelbar bevor, sodass ich sehr beschäftigt war. Riikka und Minna haben Matte Anfang Mai ganz beruhigt in den Zug nach Lappland gesetzt. Als ich dann bei meinem Aufenthalt in Barmen hörte, dass Pekka Salander durch Zyankali-Schnaps aus Finnland ums Leben gekommen war, war mir eigentlich alles sofort klar. Der Zaubertrank von diesem Niolpas. Und dann gellte mir förmlich eine Drohung von Matte in den Ohren, die er ausgestoßen hatte, nachdem er Niolpas getroffen hatte: Das *tyttö* kommt auch dran, das *tyttö* von dem *Ulda*, er soll es nicht behalten. Mir war klar, dass er damit Herrn Salanders zweite Tochter gemeint haben musste, und ich beschloss, alles daranzusetzen, dass ihr nicht auch noch etwas passierte.«

»Haben Sie in Barmen mit irgendjemandem über Ihren Verdacht gesprochen?«

Hugo beugte sich nach vorn, die Geschichte war unglaublich. Oleg schüttelte den Kopf.

»Natürlich nicht. Wir haben über den Fall geredet, das ist ja klar, und dass ich Minna kannte, aber darüber hinaus habe ich nichts gesagt. Bertha Wichelhaus, meine Gastmutter, hörte dann von Frau Döring, dass Lina Pasche zusammen mit Anna Salander über Lübeck nach Helsinki reisen wollte. Hedwig Döring war ja die Vermieterin von Fräulein Pasche und eine gute Freundin von Bertha Wichelhaus. Ich habe meine Rückreise parallel gebucht. Eigentlich war es nur eine Beruhigung für mein schlechtes Gewissen«, flüsterte Oleg, »ich wusste ja, dass ich es nicht wirklich würde verhindern können, wenn Matte noch irgendetwas Teuflisches geplant hatte. Und ich konnte mir auch nicht die erste Klasse leisten, deshalb konnte ich die Damen nicht die ganze Zeit im Auge behalten.«

»Warum sind Sie schon in Reval vom Schiff gegangen und nicht erst in Helsinki?«

»Ich hatte Angst, ich dachte, vielleicht weiß die finnische Polizei schon alles und erwartet mich am Anleger. Außerdem war mir klar, dass die deutschen Frauen mich als suspekt empfinden mussten, so unvermittelt, wie ich immer auftauchte. Ich habe dann in Reval Freunde besucht und bin erst später nach Helsinki gefahren.«

»Wo ist Herr Turi jetzt?«

»Er ist in Helsinki, vor ein paar Tagen ist er plötzlich bei mir aufgetaucht. Er hat Fieber, es geht ihm schlecht, er wollte nicht allein in Lappland bleiben. Ich habe ihn heute Riikka übergeben, und sie hat ihn mit in das Sommerhaus einer Freundin genommen.«

»Wissen Sie, wo das genau ist?«

»Nein, irgendwo an einem winzigen See im Norden von Helsinki. Wie gesagt, es geht Matte gar nicht gut, ich vermute eine Leukämie. Er hatte schon im Winter geschwollene Lymphknoten, jetzt sind auch die Milz und die Leber nicht mehr in Ordnung, er ist sehr erschöpft, er isst auch so gut wie nichts mehr. Ich denke, dass seine Tage gezählt sind«, sagte Oleg leise. »Am liebsten würde ich ihn nach Lappland bringen, damit er dort sterben kann, ich würde Ihnen jede Garantie geben, dass er kein Unheil mehr anrichtet.«

»Wissen Sie, ob er noch das Zyankali hat?«

»Er weicht dieser Frage aus. Ich bin in ihn gedrungen, wie ich konnte, und habe auch seine Sachen durchsucht, aber ich habe nichts gefunden.«

Eino Plosila trommelte mit den Fingern auf den Tisch. Eigentlich müsste er unverzüglich den Polizeipräsidenten informieren, der eine Großfahndung auslösen würde. Mit der Folge, dass Turi, wenn er überhaupt noch so lange lebte, wegen Mordes vor Gericht gestellt und nach Sibirien verbannt würde. Vielleicht würde man einen liberalen Verteidiger finden, aber ganz bestimmt keinen Richter, der einem Lappen, der ein Paket mit Zyankali durch die Welt geschickt hatte, Schuldunfähigkeit attestierte. Und selbst dann wäre ihm die lebenslange Verwahrung in einer Anstalt sicher.

Plosila gab Hugo ein Zeichen, und sie gingen in den Nebenraum, um sich zu besprechen.

»Das *tyttö* kommt auch noch dran«, sagte Hugo, »wir müssen auf Anna aufpassen. Allerdings sieht ja alles danach aus, als sei er gar nicht mehr in der Lage, jemandem gefährlich zu werden.«

»Ich weiß nicht«, sagte Eino zögernd, »ob wir eine Großfahndung in Gang setzen sollen, unsere Vorgesetzten würden das von uns erwarten.«

»Wenn du mich fragst, bin ich dagegen«, sagte Hugo, »ich weiß nicht, was es bringen soll, außer dass es Angst und Schrecken dieses Mannes noch vergrößert. Meinst du nicht, wir sollten das Angebot, dass Skrijabin ihn nach Lappland bringt, annehmen? Nach meinem Gefühl wäre es die beste Lösung. Er müsste es nur sofort tun.«

»Und was sagen wir Kommissar Hohenstein und dem Polizeipräsidenten von Helsinki? Der interessiert sich nämlich inzwischen brennend für den Fall, nachdem er ihm am Anfang völlig egal war.«

Eino wiegte unschlüssig den Kopf.

»Außer den Beteiligten weiß niemand, dass er wieder hier ist, wir müssen es auch nicht wissen. Die Hauptsache ist doch, dass wir dafür sorgen, dass Turi sobald wie möglich nach Lappland kommt.«

Eino überlegte eine Weile, dann hielt er Hugo die Hand hin.

»So machen wir es. Allerdings steht unser beider Laufbahn auf dem Spiel, wir dürfen nichts verraten.«

»Das tun wir nicht.« Hugo schlug ein. »Wir sind doch taktisch geschulte Kriminalbeamte. Wir werden Skrijabin weiter beschatten und persönlich überwachen, dass er zusammen mit Turi den nächstmöglichen Zug nach Lappland nimmt. Außerdem behalten wir Minna Salander und das Haus der Soderbergs im Auge, da kann eigentlich nichts passieren.«

Sie teilten Oleg Skrijabin ihre Überlegungen mit. Er wollte versuchen, Kontakt zu Riikka zu bekommen, die angekündigt hatte, sofort nach dem Johannisfest mit Matte wieder nach Helsinki zurückzukehren.

»Also spätestens übermorgen früh«, sagte Oleg, »aber vielleicht erreiche ich sie auch noch vorher. Ich verbürge mich mit meinem Leben dafür, dass er kein Unheil mehr anrichtet.«

Skrijabin ging, und Hugo war überzeugt davon, dass sie das Richtige taten, obwohl er sich niemals hatte vorstellen können, dass er gleich den ersten Mörder, an dessen Überführung er beteiligt war, laufen lassen würde. Dann machten sie sich wieder auf den Weg zu Minna Salander, um herauszufinden, wo sich das Sommerhaus von Riikkas Freundin befand. Aber auch Minna wusste nichts Genaues und konnte die Lage nur sehr vage beschreiben, sodass sie beschlossen, erst mal abzuwarten.

*

Riikka

Das ist doch mal was anderes, Mittsommer am Straßenrand. Seppo ist wütend, er ist extra aus Helsinki gekommen, um mit mir das Johannisfest zu feiern, und ich hätte auch nichts gegen ein bisschen Spaß und eine schöne Nacht gehabt. Dann soll er eben mit Leena feiern oder mit Sirkka, es sind ja genug Frauen da. Gut, dass ich Matte die alten Sachen und die Mütze weggenommen und ihm dafür einen Anzug gegeben habe, als hätte ich es geahnt, dass er fortläuft. Sonst könnte er sich ja gleich in die Mitte vom Senatsplatz stellen und rufen: Schaut her, da bin ich, der Lappe, den ihr sucht. Ich kann nur beten, dass Oleg meine Nachricht bekommen hat, der Ladenbesitzer von nebenan hat ein Telefon. Zwischendurch ist Matte so schwach, dass ich denke, er überlebt den nächsten Tag nicht, den ganzen gestrigen Abend verbrachte er im Sessel auf der Veranda, er hatte Fieber und konnte kaum seinen Finger heben.

Aber dann ist er in der Nacht im Haus herumgegeistert, anstatt zu schlafen, das *tyttö*, das *tyttö*, einen anderen Gedanken hatte er nicht. Sie heißt Anna und ist meine Schwester, habe ich ihn angebrüllt, du kannst sie doch nicht einfach vergiften, man kann doch Menschen nicht einfach umbringen! Du hast das Gift nach Deutschland geschickt, du wirst ins Gefängnis kommen, du bist ein Mörder, Matte, sie werden dich einsperren und vor Gericht stellen und nach Sibirien schicken! Gib es mir, wenn du noch etwas von dem Gift hast, gib es mir sofort! Das *tyttö*, das *tyttö*, wie eine Gebetsmühle hat er es wiederholt. Dieser Niolpas ist ein Verbrecher, habe ich geschrien, alles, was du von ihm bekommen hast, ist böse, immer schon, auch früher, wenn du dich auf seine bösen, gefährlichen Geschäfte eingelassen hast, wenn er den Lappen Strychnin verkaufte und ihnen einredete, damit könnten sie die Wölfe töten, aber ihnen verschwieg, dass sie selbst dran sterben konnten, wie Mika, der elend an dem Zeug verreckt ist. Immer war er böse und verschlagen, alles, alles kannst du von mir haben, flüsterte Niolpas mit seiner grässlichen Stimme. Dabei war nur er es, der haben wollte, am liebsten hätte er unsere Kote ausgeräumt und alles verscherbelt, unseren Silberschmuck, unsere Kleider und Töpfe, sie nehmen alles, die Schwarzgekleideten, flüsterte er, alles kannst du bei ihnen zu Geld machen. Aber das Geld machte nur er, nicht wir dummen Lappen, die die Felle gejagt und getrocknet hatten, uns gab er einen Hungerlohn dafür. Und wie er gegen mich gehetzt hat, deine Riikka ist von dem *Ulda*, schau doch, sie hat seine Augen, sie ist keine von uns, lass sie doch gehen.

Ich weiß nicht, ob Matte weiß, wovon ich spreche, seine Augen sind wie Lakritztaler, ich ahne nicht, was sich dahinter abspielt. Das Schlimmste ist, dass er mir so fremd ist in diesen Zuständen, mein Matte, mein Vater, der vertrauteste Mensch außer Minna.

Wie konnte ich damit rechnen, dass er einfach den Bus

nach Helsinki nimmt, während wir im See schwimmen. Und nun kann ich sehen, wie ich hinterherkomme und beten, dass nichts passiert, dass er nicht noch mehr anrichtet. Ich hoffe, ich erwische ein Automobil, mit der Droschke dauert es doch Stunden. Aber wer fährt schon am Abend des Johannisfestes in der Gegend herum, womöglich stehe ich um Mitternacht noch hier. Hätte ich seine Sachen nur früher kontrolliert. Der Brief lag ganz unten in seinem Sack, in ein Tuch eingeschlagen, Mitte April muss er angekommen sein. Oleg war einige Tage nicht da, um seine Deutschlandreise vorzubereiten, und Matte war allein bei Minna. Als sie in der Schule war, muss er den Brief abgefangen haben. Das Foto war ganz speckig, Matte muss es sich immer wieder angesehen haben. Mein Vater, alt hat er ausgesehen. Es hat mir doch einen Stich gegeben, wie sie da so einträchtig standen, Arm in Arm, in seinem Laden in diesem Elberfeld, der mir fast noch prächtiger vorkam als der von Soderberg. Hätte sie es doch gelassen, diese dumme Tante mit diesem dummen Brief. Sein Herzenswunsch, er würde die Kosten übernehmen. Und damit wir es auch glauben, dass sie in Pracht und Herrlichkeit leben, die angeberische Annonce, tatsächlich eine halbe Zeitungsseite. Was denkt die denn von uns dummen Finnen, dass wir unsere Reisen nicht selbst bezahlen können? Typisch deutsch, deren Arroganz ist wirklich nicht zu überbieten.

Es kommt mir alles so gespenstisch vor, als seien die Dinge wie unter Zwang aufeinander zugelaufen, als stecke ein Plan dahinter: Matte fällt der Brief aus Deutschland in die Hände, er kann ihn natürlich nicht lesen, denkt aber, Pekka will mich holen, wie vor zehn Jahren, als er kommen wollte. Das hat Matte damals schrecklich geängstigt, und ich musste lange auf ihn einreden, um ihn zu beruhigen. Gleichzeitig trifft er diesen gemeinen, verschlagenen Hund, der ihm Zyankali gibt. Ich würde ihm eigenhändig den Hals herumdrehen, wenn er mir in die Hände fiele.

Und ich wundere mich, dass plötzlich das ganze Geld weg ist, dass das Kästchen, das in meinem Schreibtisch steht und von dem Matte weiß, dass es ihm gehört, leer ist. Gib ihm den Zaubertrank, der *Ulda* wird dein Kind nicht bekommen, dein schönes Kind, nach dem er schon einmal die Hand ausgestreckt hat, du musst die *Uldas* auslöschen, sie und ihre Kinder.

Diese Lappen mit ihrem dummen magischen Glauben. Niemals, niemals mehr wollte ich nach Inari, niemals mehr wollte ich die einsame Weite sehen, die entsetzliche Stille hören, die nur von einzelnen Vogelschreien und dem Schnauben der Tiere unterbrochen wird, niemals mehr wollte ich in der rauchigen Kote hocken müssen, damit die Mücken mich nicht zerfressen, niemals mehr das zähe Rentierfleisch und das staubtrockene Brot aus Baumflechten hinunterwürgen müssen, damit ich überhaupt etwas zwischen den Zähnen habe, niemals mehr von einer Nebelbank überrascht werden und stundenlang darin sitzen, so einsam, als wäre man auf dem Mond, niemals mehr das Brausen, das hohe Singen eines Unwetters hören, wenn es über dem kochenden See heranstürmt und die Welt in Dunkelheit und Angst taucht. Aber nun wird es noch einmal sein müssen, zum letzten Mal, das schwöre ich. Wir werden es schaffen, Oleg und ich werden dich zurückbringen, Matte, wir werden dich nicht der finnischen Justiz und erst recht nicht den Polizisten aus dem großdeutschen Kaiserreich überlassen. Lieber Gott, wenn es dich gibt, schick mir bitte ein Auto, damit Matte nicht noch etwas Entsetzliches auf sein Gewissen lädt.

*

In den kalten Winternächten brauchst du viele Rentierfelle, kulta, ein junges, flaumiges wickelst du dir mit den Haaren nach innen direkt um den Leib, darüber ziehst du Beinkleider und Jacken, die die Lappen kunstvoll zu nähen wissen, da bist du warm wie im

Himmelbett. Und wenn du in der Kote liegst und hinausschaust, und der Sternenhimmel liegt wie ein Diamantenteppich über das weiße Schneefeld, dann kannst du denken, dass du im Paradies bist. Manchmal bläst dir ein Rentier ins Gesicht, so, so, ganz warm schnaubt es in den Traum von meinem kullan muru hinein, von meiner kleinen Schneeprinzessin mit ihrer Krone aus Eiskristall. Runde Tropfen fallen von der Krone herunter und ordnen sich zu einem funkelnden Kreis, während Pekka über das Schneefeld emporschwebt. Seine Augen lachen und leuchten blaugrün zwischen den Sternen hervor. Isi, bleib bei mir, du kannst mich doch nicht allein lassen! Die Sterne verschwinden in Schwärze und Nebel, Schneesturm peitscht die Wölfe, die Teufel, sie brennen wieder.

Schweißgebadet fuhr Anna hoch und brauchte eine Weile, bis sie gewahr wurde, dass es heller Morgen in Helsinki war und sie neben Lina im Bett lag. Es war Mittsommer, sie mussten schleunigst aufstehen und Ulla bei den Festvorbereitungen helfen. Was sollte das für ein Fest werden? Wie konnten sie feiern, wenn der Mörder immer noch nicht gefunden war und überall nur Verwirrung herrschte? Was war mit Minna, die sie seit zwei Tagen nicht gesehen hatte? Würde Riikka kommen? Würde sie ihre Schwester überhaupt noch kennen lernen, bevor sie wieder nach Hause fuhren? Es wurde Zeit, an die Heimreise zu denken, sie konnten Soderbergs Gastfreundschaft nicht unbegrenzt in Anspruch nehmen. Und schließlich: Was war mit ihr und Hugo? Sie hatte Sehnsucht nach ihm, seit dem Besuch beim russischen Geheimdienst hatte sie ihn nicht mehr gesehen. Hatten sie den Russen gefunden, und war die Polizei überhaupt weitergekommen? Vielleicht war der Mord gar nicht aufzuklären, vielleicht waren alle Anstrengungen vergeblich gewesen.

Ulla wirtschaftete in der Küche, sie gab Anna und Lina Kaffee und erklärte ihnen das Festmahl, das sich noch im Rohzustand auf dem Küchentisch türmte: Krabbensuppe, Reispasteten mit Eierbutter, russischer Salat und frischer Lachs, den Ulla schon vor drei Tagen gegravt, das heißt mit grobem Salz, Zucker und frischem Dill mariniert hatte, außerdem eingeweckte Pfifferlinge, Preiselbeeren und Blaubeertorten. In der Speisekammer lagen

Berge von Kartoffeln und Fleischwurst, die am Abend im Johannisfeuer gebraten werden sollten.

Sie gingen gemeinsam ans Werk, putzten, schnitten, kochten, brieten und buken mit roten Köpfen nach Ullas Anweisungen, während die Dienstmädchen den Garten aufräumten und auf einem ebenen Teil unter den Birken eine große Tafel aufbauten

Am frühen Nachmittag kam Minna, grau und erschöpft, mit dicken Tränensäcken unter den Augen.

»Lass uns ein Stück am Strand gehen«, sagte sie auf Annas aufgeregte Frage, ob sie etwas Neues wisse.

Sie liefen den Abhang hinunter und über glatte, graurote Steine am Wasser entlang. Minna atmete tief, ihre Hände zitterten, und ihre Stimme gehorchte ihr kaum.

»Es zeichnen sich so entsetzliche Verstrickungen ab, ich weiß gar nicht, wie ich es dir sagen soll. Matte, du weißt, der Onkel, der Riikka in Lappland großgezogen hat, ist nach Helsinki zurückgekommen, wir dachten ja, er sei hoch im Norden. Und vieles sieht danach aus, als habe er … als habe er mit dem Tod von Pekka etwas zu tun.«

Sie berichtete stockend von der Vermutung, dass Matte in geistiger Umnachtung das Päckchen geschickt haben könnte, von der Rolle Olegs, den Anna ja wohl schon kenne, und von ihrer Angst, dass der todkranke Matte, dessen Tage ohnehin gezählt seien, sein Leben unter unvorstellbaren Qualen in Gefangenschaft beenden müsse.

»Papa hat auch unvorstellbare Qualen gelitten«, sagte Anna heiser, »davon spricht keiner.«

»Natürlich spreche ich davon, mein Kind, natürlich weiß ich, wie schrecklich und wie vollkommen sinnlos dein Vater und mein Bruder zu Tode gekommen ist. Aber wenn Matte es wirklich war, dann wusste er nicht, was er tat, dann hat er es in einem Anfall von Wahnsinn getan. Ihm ist auch Schreckliches widerfahren durch Pekka«, sagte Minna leise, »das darfst du dabei nicht vergessen. Er hat ihm damals das Liebste genommen, was er hatte, alles, was sein Leben ausmachte. Ich weiß, dass das keine Entschuldigung ist, eine solche Tat ist nicht zu entschuldigen. Trotzdem wäre es nicht richtig, ihn in diesem Gemütszustand ins Gefängnis zu stecken, damit wäre keine Gerechtigkeit hergestellt. Hinzu kommt, dass auch sein Körper schwer krank ist, Oleg sagt, er hat nicht mehr lange zu leben. Ihn jetzt einer Verhaftung und allem, was damit zusammenhängt, auszusetzen, wäre, als würde man sein Todesurteil unterschreiben. Ich glaube im Übrigen, dass Pekka auch so denken würde.«

Anna schluckte, damit mochte Minna Recht haben. »Dann war er der Lappe, den wir auf der Esplanade haben singen hören, dann habe ich den Mörder meines Vaters also schon gesehen. Er sah so lieb und freundlich aus, als könne er keiner Fliege etwas zuleide tun, er hat so wunderschön gesungen. Es war dramatisch, als erzähle er eine sehr traurige Geschichte.« Sie schwieg eine Weile. »Ich muss mich an den Gedanken gewöhnen, Tante Minna, ich weiß nicht, ob ich ihn einfach so freisprechen kann.«

»Darum geht es nicht, es geht nur darum, dass wir uns richtig verhalten.« Die Frau hinter dem zitternden Haarvorhang fiel Anna ein.

»Was ist mit Riikka, weiß sie von der Sache? Sie ist doch diejenige, der er am nächsten steht.«

»Vielleicht fängt sie an, etwas zu ahnen. Sie hat ihn gestern mit zu Freunden in ein Sommerhaus außerhalb von Helsinki genommen. Wir müssen gleich mit Herrn Blank sprechen, wenn die Männer kommen, er hat Oleg zusammen mit Eino gestern verhört und wird uns sagen, was dabei herausgekommen ist.«

Minnas Gesicht entspannte sich. »Er ist übrigens sehr nett, dieser junge Sergeant.«

Sie lächelte, und Anna wurde rot. Schon an dem Abend bei Terttu hatte Minna, als Anna und Hugo aus dem Wald zurückkamen, ihrer Nichte verständnisinnig zugezwinkert und ihr die Moosflechten von der Bluse gezupft.

»Das finde ich auch«, sagte Anna, »es ist nur alles verdammt kompliziert, viel komplizierter, als es das ohnehin schon wäre.«

»Er ist ein hübscher und warmherziger Mann, du hast eine gute Wahl getroffen.« In Minnas Augen kehrte etwas Glanz zurück. »Lass uns sehen, was der Abend heute bringt. Es ist Mittsommer, die Nacht der Nächte, die Nacht der Liebe, der Wahrheit und was weiß ich nicht noch alles. Vielleicht erscheint uns das grüne Licht, das die Geheimnisse preisgibt.«

Sie gingen am Saunahaus vorbei und halfen Birrit, die dabei war, den Saunaofen zu heizen, Holzscheite hineinzutragen. Die Tafel unter den Birken war mit weißem Leinen eingedeckt, in der Küche bogen sich die Tische unter den Schüsseln und Platten. Lina zog den letzten Kuchen aus dem Ofen, und Anna berichtete ihr leise, was Minna gesagt hatte.

Ab vier Uhr füllte sich der Garten, zuerst mit den Soderberg-Söhnen Lasse und Ansgar, ihren Frauen und ihren lärmenden Kindern, die ihre Großeltern sofort in Beschlag nahmen. Dann traf voll froher Erwartung Terttu ein, schließlich die Polizisten in eleganten Anzügen und modischen Krawatten. Eino Plosila und Hugo Blank suchten mit den Augen immer wieder das Grundstück ab, Emil Hohenstein, dessen Schnäuzer exakt gezwirbelt in die Luft stach, ließ sich von ihrer Anspannung jedoch nicht anstecken. Er war bestens gelaunt, entschlossen zu feiern und leuchtete förmlich auf, als er Terttu begrüßte.

Nach der Sauna setzten sie sich an die Tafel, und Hugo beeilte sich, neben Anna zu kommen, die ihn bereits misstrauisch fixiert hatte.

»Ich habe Sehnsucht nach dir«, sagte er leise an ihrem Ohr, »du bist die tollste Frau, die ich jemals getroffen habe. Ich glaube, dass wir den Fall bald gelöst haben, dann brauchen wir es vor niemandem mehr zu verbergen.«

Sie schob ihre Hand unter dem Tisch in seine und berichtete leise von ihrem Gespräch mit Minna.

»Was ist mit diesem russischen Psychiater«, flüsterte sie, »welchen Eindruck hattest du von ihm?«

»Einen sehr guten, er ist ein netter, sehr sozial eingestellter Mensch. Er hatte ein Verhältnis mit Minna, wusstest du das?«

Anna riss die Augen auf und schnappte nach Luft. »Das ist doch nicht wahr, das kann ich nicht glauben. Hat sie es dir gesagt?«

»Beide haben es gesagt, er sagt, er liebt sie immer noch.«

Minna und Lina saßen an der entgegengesetzten Seite der Tafel und sahen herüber.

»Ich fasse es nicht«, flüsterte Anna, »welche Überraschungen wird es noch geben? Was wird jetzt mit diesem Turi? Für mich ist es nicht einfach, dass ihr ihn laufen lassen wollt.«

»Das verstehe ich gut, aber es ist das Beste, glaube mir. Er ist so krank, dass er einen Prozess gar nicht mehr erleben würde. Dr. Skrijabin bringt ihn so bald wie möglich nach Lappland. Du kannst es Frau Salander und Lina sagen, verplappere dich aber um Gottes willen nicht Hohenstein gegenüber, er ist der Letzte, der davon wissen darf.«

Anna lehnte sich zurück. Ein lauer Wind kam von der Ostsee und fuhr durch die hellblauen Seidenbänder auf dem Tisch, die weißen, bestickten Servietten, die Gestecke aus Lupinen und Margeriten. Zwischen den Schäfchenwolken des Himmels, der sich seidig und grünlichblau über dem Laubdach der Birke spannte, nickte Pekka und lächelte, blinkende Tropfen fielen zwischen die leise raschelnden Rhododendronbüsche. Linas und Minnas Gesichter glänzten hell.

Das Festmahl begann, die Frauen tranken Wein, die Männer *pirtu* mit Ausnahme von Eino und Hugo, die aufmerksam die Umgebung im Blick behielten. Kommissar Plosila ging immer wieder auf die Straße und an den Strand und sprach mit den dort aufgestellten Posten. Als der Nachtisch gerade aufgetragen war, riefen sie von der Straße nach ihm. Ein aufgeregter junger Polizist hatte die Nachricht überbracht, Matte Turi sei geflohen und im Stadtgebiet von Helsinki allein unterwegs.

Eino informierte leise Hugo, als Anna zum Haus gegangen war. »Riikka Turi hat gerade auf dem Revier in der Innenstadt Vermisstenanzeige erstattet. Turi ist aus dem Sommerhaus weggelaufen und, zumindest vermutet sie das, mit dem Bus nach Helsinki gefahren. Sie ist unterwegs, um ihn zu suchen, sie hat wohl auch schon Dr. Skrijabin informiert, aber sie hielt es doch für besser, zusätzlich die Polizei einzuschalten.«

»Warum so plötzlich?« Hugo war erstaunt. »Das passt doch gar nicht zu ihr.«

»Es könnte sein, dass Turi Zyankali in der Tasche hat. Er hat eine Drohung gegen Fräulein Salander ausgestoßen, sagt Fräulein Turi. Da hat wohl auch sie Angst bekommen. Andererseits sagt sie, er sei so schwach und krank, dass er jeden Augenblick zusammenbrechen könne.«

»Dann lass uns verstärkt aufpassen. Aber ich denke, wir sollten der Festgesellschaft und vor allem Anna vorerst nichts sagen. Meinst du, die Posten bleiben nüchtern, damit wir uns drauf verlassen können, dass sich niemand anschleicht?«

»Ich nehme sie noch mal ins Gebet«, sagte Eino streng, »außerdem werde ich sie regelmäßig kontrollieren.«

Anna kam zurück, und Hugo bemühte sich, seine Anspannung zu verbergen. Zusammen mit der Festgesellschaft gingen sie zum Ostseeufer, wo Carl Soderberg das Johannisfeuer anzündete. Die Soderberg-Söhne schenkten *pirtu* aus, die Kinder sangen Lieder und führten kleine Sketche auf. Hugo blieb aufmerksam, Eino verschwand immer wieder Richtung Straße, aber der Rest der Runde feierte fröhlich. Rund um die Bucht herum und auf der Insel Råholmen loderten ebenfalls Feuer auf, über das Wasser wehten Musikfetzen herüber.

Nachdem die Kinder ihre Vorführungen beendet hatten, stellte sich eine Zwei-Mann-Kapelle auf, bestehend aus Geige und Akkordeon, und begann zu spielen. Sie tanzten zu einer Volksweise im Kreis, dann intonierten die Musiker eine Polka. Terttu und Emil schossen mit vorgestreckten Armen über das Holzparkett, der Rest der Gesellschaft galoppierte johlend hinterher. Die Musik raste, das Akkordeon dröhnte lange, tiefe Basstöne und einen schrillen Rhythmus, über dem die Geigentöne zum Himmel jubelten.

Anna war nach der Polka schwindelig, sie zog Hugo auf einen der Baumstämme, die um das Feuer gelegt waren. Späße flogen hin und her, deutsche und finnische Scherzlieder wurden gesungen, alle lachten und kreischten durcheinander. Lasse Soderberg brachte die Fleischwurst auf einer großen Platte, sie steckten sie auf Stöcke und brieten sie in der Glut des Feuers.

Die Dämmerung zeigte die Mitternacht an, die Sonne hatte

sich unter den Horizont geschoben, und in ihrem Widerschein leuchteten der Himmel und die Gesichter, als käme das Licht aus einer fernen Welt. Die Musiker machten eine Pause, die Kinder sprangen um das Feuer und stocherten in der Glut nach Kartoffeln, die sie vor Stunden zum Braten hineingelegt hatten. Anna saß im Arm von Hugo, der Alkohol wirbelte ihr durch das Blut.

Klagend stieg ein sirrender Geigenton in die Luft, das Akkordeon skandierte hart und schleifend, mit hohem, strahlendem Tenor stimmte der Akkordeonspieler einen schleppenden Tango an.

»Der Lieblingstanz der Finnen«, flüsterte Anna Hugo zu, »dabei werden sie verrückt, da kommt alles zum Ausbruch, was sonst unterdrückt wird, das ganze Chaos, die ganze Sentimentalität.«

Emil Hohenstein erhob sich leichtfüßig, forderte Terttu mit einer vollendeten Verbeugung auf und reichte ihr den Arm. Sie tanzten Wange an Wange, mit vorgestreckten Armen, einknickenden Beinen, zierlichem Terttu-Fuß in beknopften Stiefeln, eleganten Drehungen, plötzlichem, militärisch-präzisen Kopfdrehen, glitzernden, hellen, hin- und herfliegenden Terttu-Augen, blitzendem, verzücktem, stahlblauem Emil-Blick, schwitzend, konzentriert. Sie tanzten selbstvergessen vor dem Feuer, kein anderes Paar wagte sich in die Mitte, atemlos standen die Zuschauer in einem weiten Halbkreis. Die Musiker zogen das Tempo an und setzten zum Schlussspurt an, zum *finale grande*, bei dem das Tangopaar noch einige gewagte Drehungen vollführte und Terttu sich schließlich mit überstrecktem Rücken hintenüber beugte, während Emil sie zehn Zentimeter über dem Boden im Arm hielt. Dabei kniete er vor ihr und beugte sich gefährlich weit nach vorne. Es endete mit einem *furioso* des Akkordeons, grell und dissonant, Beifall und Hochrufe brandeten auf.

Emil und Terttu verharrten allerdings in ihrer Position, an seinem schmerzverzerrten Gesicht und ihrem ratlosen Blick war abzulesen, dass er sich nicht mehr aufrichten konnte. »Hexenschuss«, keuchte er schließlich, »ich komme nicht mehr hoch.«

Hugo lief zu ihm und zog ihn vorsichtig auf die Seite, Hohenstein ließ sich stöhnend fallen, Terttu krabbelte unter ihm hervor und beugte sich gleich wieder besorgt über ihn.

Anna merkte, wie es hochstieg, sie machte sich stocksteif und versuchte, dagegen anzukämpfen, aber es gelang ihr nicht. So stand sie auf und trat einige Schritte zurück, damit es wenigstens nicht jeder merkte. Sie bebte und schlug die Hände vor das Gesicht, ihr ganzer Körper zitterte, dann fing sie an zu gickeln, kleine Schreie auszustoßen und dazwischen Luft einzuziehen. Sie kicherte, bis ihr das Zwerchfell wehtat und die Tränen aus den Augen liefen.

Als sie wieder Luft schöpfen konnte, hörte sie, dass neben ihr jemand genauso unaufhaltsam gackerte und unterdrückte Lachkaskaden ausstieß. Sie sah zur Seite und blickte in blaugrüne, eng zusammenstehende Augen in einem dunklen Gesicht mit breiten, flachen Wangen. In Anna schoss es heiß hoch. Die Frau trug eine rote Bluse und ein silbernes, gehämmertes Kollier um den Hals, sie strich ihr glattes Haar, das ihr wie ein Vorhang vor das Gesicht gefallen war, zurück und reichte Anna die Hand.

»Guten Abend«, sagte sie mit trockenem, hartem Akzent, »ich bin Riikka.«

»Und ich bin Anna.« Anna ergriff die Hand ihrer Schwester. »Das hast du dir ja vielleicht schon gedacht.«

»Er ist gut«, sagte Riikka mit Blick auf den ächzenden Hohenstein, der sich mit Hugos und Terttus Hilfe langsam wieder hochrappelte, »so einen Tango hätte ich einem Deutschen nicht zugetraut, und schon gar nicht *so einem* Deutschen. Da kann sich mancher Finne eine Scheibe abschneiden.«

Sie sahen zu, wie Hohenstein von Terttu liebevoll an einen Felsen gelagert wurde, Ulla Soderberg und ihre Schwiegertöchter hasteten zum Haus, um Decken und eine Wärmflasche zu holen. Anna wusste nicht, was sie sagen sollte, und sah flehend zu Minna, die ihr beruhigend zunickte.

Riikka ging zu den Soderbergs und begrüßte sie, dann setzte sie sich zu Minna auf den Baumstamm und sprach intensiv mit ihr. Minnas Blick erhellte sich, sie lief zu Eino Plosila, der mit Lina am Ufer stand und das grau schwappende, manchmal unter imaginären Sonnenstrahlen aufleuchtende Meer betrachtete, und flüsterte ihm etwas zu.

Hohenstein wurde mit Decken und heißen Flaschen versorgt, Terttu setzte sich neben ihn, massierte ihm zärtlich den Nacken und brachte ihm Wurst und Schnaps. Kalle und Lasse Soderberg schenkten auch den anderen nach, die Sonne kam wieder über den Horizont, die Musiker spielten, und die Finnen tanzten singend um das Feuer.

Riikka zog Anna an der Hand hoch und reihte sich mit ihr in die Tanzenden ein. Das Hüpfen brachte ihr Blut wieder in Wallung, und sie zog lachend Hugo in den Kreis, der zwar mittanzte, aber trotzdem aufmerksam und angespannt blieb.

»Wenn ihr zusammenbleiben wollt, müsst ihr über das Johannisfeuer springen«, sagte Riikka in einer Tanzpause. »Das verspricht ein langes, glückliches Leben miteinander.«

Anna war froh, dass die Hitze ihre Verlegenheit überdeckte. »Das wird sich erst noch herausstellen, ob wir zusammenbleiben wollen.« Sie sah Hugo herausfordernd an. »Man kann ja nicht wissen, wie sich die Dinge im Lauf der Zeit entwickeln.«

»Das ist wahr«, grinste Hugo, »aber ich würde springen. Wer nicht wagt, der nicht gewinnt.«

Die Musik setzte wieder ein, und sie tanzten weiter.

»Bist du schon mal gesprungen?« Anna schrie die Frage Riikka zu, die sich nicht im Tanz verlor, sondern wie Hugo die Umgebung im Auge behielt.

»Nein, und ich glaube auch nicht, dass ich es jemals tun werde«, rief Riikka über die Köpfe der anderen zurück.

Sie lachten, die Musik raste und stieg mit dem Rauch des Feuers in den hellen Himmel des Mittsommermorgens.

*

Carl Soderberg war der Erste, der das seltsame Paar bemerkte, das sich, gefolgt von einer Eskorte der Streifenpolizisten, langsam vom Haus her näherte. Oleg Skrijabin war bleich, als habe er tagelang nicht geschlafen. Er ging gebeugt, und seine hellen Augen lagen tief in ihren Höhlen, trotzdem leuchteten sie von einem inneren Feuer und strahlten großen Frieden aus. In seinem Arm hing der wesentlich kleinere Matte, der sich kaum auf den Beinen halten konnte. Langsam, in winzigen Schritten schob Oleg ihn zwischen den hellen Birkenstämmen den Abhang hinunter. Matte war ohne Kopfbedeckung, er trug einen grauen Anzug und ein helles Hemd, seine Haare waren frisch geschnitten. Auch er war bleich, seine Stirn war mit Schweiß bedeckt, und auf seinen Händen zeigten sich dunkle Flecken. Aber auch er strahlte Frieden und Klarheit aus und sah immer wieder zu Oleg auf, wie ein Kind, das sich durch seinen Vater beschützt weiß.

Carl gab den Musikern ein Zeichen, sie verstummten, die Tanzenden hielten inne und sahen den beiden überrascht entgegen.

Es dauerte lange, bis sie das Feuer erreicht hatten und sich vorsichtig niederließen. Oleg bedeutete den anderen mit einer Handbewegung, ebenfalls Platz zu nehmen. Riikka erbot sich, zu übersetzen.

Es tue ihnen Leid, dass sie das Fest stören müssten, begann Oleg, aber Matte Turi habe ihn gebeten, ihm bei einer Erklärung, die er abgeben wolle, behilflich zu sein, er bitte die Gesellschaft um Aufmerksamkeit.

Matte, der dicht neben ihm saß, hob die Hand und sagte etwas zu Riikka. Sie nahm ihre Tasche und suchte Mattes rote Lappenmütze heraus, die sie ihm auf den Kopf setzte, dann ließ sie sich neben ihm nieder, rieb ihre Nase an seiner und legte ihm den Arm um die Schultern.

»Matte hat Schuld auf sich geladen, große Schuld«, sagte Oleg und sah einem nach dem anderen ins Gesicht, »die meisten von euch wissen schon davon. Ich habe mit ihm darüber in dieser Mittsommernacht gesprochen, und ihm ist klar geworden, dass er nicht richtig gehandelt hat.«

Oleg stand auf und gab Eino Plosila ein kleines Päckchen.

»Er hat mir das Gift gegeben, er bereut seine Sünde und möchte alles tun, um sie wieder gutzumachen, und er möchte es euch selbst sagen, auf seine Art.«

Matte hatte die Augen geschlossen und wiegte sich, von Riikka gehalten, hin und her. Dann kamen Töne aus seiner Kehle, in auf- und absteigenden, sich verschlingenden Melodien, rau, klagend und immer wieder nach Atem ringend sang er seinen *joik*, den Riikka nach jeder Strophe übersetzte.

Vor vielen Jahren kam ein Unglück über den Lappen Matte Turi, ein Unglück, so unermesslich wie der schlimmste Schneesturm im Winter, der die Herde umwirft und die Menschen in ihren Pelzen erfrieren lässt. Alles hat er verloren, sein Bruder und sein Kind lagen in blutigen Fetzen im Schnee, seine Schwester in den Fängen des Schnapsteufels,

voia, voia, nana, nana.

Unrecht hat er mit Unrecht vergolten, der Lappe Matte Turi, bösen Menschen hat er vertraut, ihren Zaubern und Tränken. Er tat Unrecht, obwohl er Recht tun wollte, getötet hat er den Mann, der ihm Unglück gebracht hat, zum Mörder ist er geworden, weil böse Menschen ihm Falsches eingeflüstert haben,

voia, voia, nana, nana.

Töte den *Ulda*, schicke ihm den Zaubertrank, sagte der Böse, dann wird er dein Kind nicht holen, wenn du ihn tötest, kommt das Glück zu dir. Dem Mädchen hat Matte Turi den Vater genommen, der Frau den Mann, der Schwester den Bruder, Böses hat er mit Bösem vergolten, Unrecht mit Unrecht,

voia, voia, nana, nana.

Nun hat sich der Zaubersperling, der Bote aus dem Totenreich, auf den Gürtel des Lappen Matte Turi gesetzt und gesprochen. Seine Tage sind gezählt, und wenn er seine Sünden bereut, wird er seinen Frieden finden,

voia, voia, nana, nana.

Matte öffnete langsam die Augen und fragte Riikka etwas, die auf Anna zeigte. In seinem Blick lagen Angst, Trauer und flehendes, zärtliches Bitten, er sah Anna an und sagte etwas, dann sah er wieder zu Riikka.

»Mein Vater bittet dich um Verzeihung für alles, was er dir angetan hat«, sagte Riikka, mit den Tränen kämpfend, »und auch alle anderen, Minna, der er den Bruder, Carl und Ulla, denen er den Freund genommen hat.«

Matte sah Anna unverwandt an, bis sie ihm unter Tränen zunickte. Alle wischten sich die Augen, auch Emil Hohenstein, der die Szene gespannt verfolgt hatte. Während Oleg und Riikka sich erhoben und Matte aufhalfen, sprach Hugo mit seinem Vorgesetzten, der zunächst ein strenges Gesicht machte, schließlich aber, nachdem Terttu sich eingeschaltet hatte, nickte und sich gottergeben zurücksinken ließ. Carl Soderberg lief zum Haus, um eine Droschke zu bestellen.

Vögel zwitscherten im Garten, die Ostsee schwappte silbrig, die Sonne war den Himmel hinaufgewandert und schickte ihre Strahlen schräg durch das hellgrüne Laub. Noch eine ganze Weile leuchtete die rote Mütze, bevor die kleine Gruppe zwischen den Birkenstämmen verschwunden war.

Epilog

Zwei Tage vor ihrer Abreise aus Helsinki erhielt Anna Louises Brief, zusammen mit einem Schreiben von Emma, in dem sie mitteilte, Louise habe sich mit einer Überdosis Opiumtropfen das Leben genommen. Wenn Anna wieder zu Hause sei, schrieb sie, liege Louise schon unter der Erde. Sie werde ihre Schwester in Bad Neuenahr begraben lassen, sie könne zurzeit nicht nach Elberfeld zurückkehren, und es sei ihr das Liebste, wenn Anna das Haus und das Geschäft verkaufe. Sie wolle dort bleiben und ihre Psychoanalyse beenden, die wohl noch einige Jahre dauern werde. Vielleicht helfe sie ihr, Frieden mit Pekka zu finden und auch mit ihrer Schwester, die sie in dieser schweren Zeit allein gelassen habe.

Auf dem Schiff machte Hugo Anna einen Heiratsantrag, den sie ablehnte. Sie liebe ihn, sehr sogar, aber sie wolle mit Lina nach Berlin gehen und dort studieren. Er könne natürlich gerne mitkommen und eine wilde Ehe mit ihr führen, aber heiraten, nein, vorerst nicht, allein der Gedanke verursache ihr Alpträume.

Zurück in Elberfeld wartete Kommissar Hohenstein sehnsüchtig auf die Ankunft von Terttu Salmi, die zwei Wochen später nachkommen wollte. Zusammen mit Sergeant Blank verfasste er einen offiziellen Abschlussbericht zum Mordfall Salander, der weitgehend der Wahrheit entsprach. Er schloss damit, dass der finnische Staatsbürger Matte Turi, der das Verbrechen gestanden habe, der irdischen Gerechtigkeit nicht mehr zugeführt werden könne, da er verstorben sei. Dies hatte Riikka in einem Brief mitgeteilt, in dem sie gleichzeitig ihren und Minnas Besuch in Deutschland für das nächste Jahr ankündigte. Zwei Tage nach ihrer Ankunft in Inari sei Matte friedlich und getröstet in Olegs Armen eingeschlafen, unter der Mitternachtssonne, die blutrot über dem See geleuchtet habe.

Danksagung

Mein besonderer Dank gilt meiner Freundin Teettu Arijoki, der ich viele Informationen zu diesem Buch und tiefe Einblicke in die finnische Seele verdanke und in deren Sommerhaus in Takkula ich das finnische Leben kennen gelernt habe.

Außerdem danke ich sehr herzlich

Ulla Komulainen und Anna Sylvanto; Helena Plosila-Maus; Mari Boine; Thomas Gregor, Möller Group, Bielefeld; Elke Brychta und Anna Maria Reinhold, Frauengeschichte im Tal, Wuppertal; Dr. Michael Phillipp, Psychiater, Landshut; Volker Berthold, Arzt, Wuppertal; Dr. Jyri Inha und Prof. Dr. Heikki Ylikangas, historische Fakultät der Universität Helsinki; Kriminaldirektor Andreas Dickel und Kriminalbeamter Richard Kurzawa, Polizei Wuppertal; Jürgen Küster, Archivleiter Museum für Kommunikation, Frankfurt; Ulrike Gierens, Pressestelle Deutsche Bahn AG; Enver Hairulla, Pelzhändler, Helsinki; Ralf Schneider, Pelzhaus Rolofs, Wuppertal; Stadtarchiv und Stadtbibliothek Wuppertal; Riikka Hihnala, Finnland-Institut, Berlin; Holger Scheerschmidt, Kartenabteilung der Staatsbibliothek Berlin; Volker König, Evangelische Kirche Wuppertal;

meiner Erstleserin Nina Liesegang, meinen Lektorinnen Dr. Christel Steinmetz und Dr. Marion Heister;

meiner Schwester Gisela Schuler, die mich beim Schreiben unterstützt hat.

Die Informationen und Geschichten über die Samen stammen aus dem authentischen Bericht: Das Buch des Lappen Johan Turi – Erzählung von dem Leben der Lappen, herausgegeben von Emilie Demant, Literarische Anstalt Rütten & Loening, Frankfurt/Main 1913.

Für die Samen wird die heute als diskriminierend geltende Bezeichnung »Lappen« verwendet, die um 1912 noch gebräuchlich war.

Für die Ortsbezeichnungen in Helsinki werden die schwedischen Namen verwendet, wie sie die amtlichen Stadtpläne von 1912 ausweisen.

Christiane Gibiec
TÜRKISCHROT
Historischer Kriminalroman
Broschur, 220 Seiten
ISBN 3-89705-161-3

»Ein prächtiges Sittengemälde der 1840er Jahre.«
Badische Neueste Nachrichten

Karl-Heinz Göttert
DIE STIMME DES MÖRDERS
Historischer Kriminalroman
Broschur, 208 Seiten
ISBN 3-89705-280-6

»Literarisches Vorbild: Umberto Eco.«
Express

Karl-Heinz Göttert
DAS OHR DES TEUFELS
Historischer Kriminalroman
Broschur, 224 Seiten
ISBN 3-89705-314-4

»Ein feines Gespinst aus historischem Roman, fantastischen Ideen und kriminellen Fäden.«
Rheinische Post

IM EMONS VERLAG

Volker Kutscher
DER SCHWARZE JAKOBINER
Broschur, 304 Seiten
ISBN 3-89705-215-6

»Eine Art Vom Winde verweht im Bergischen.«
Krimi-Forum.de

Stefan Winges
DER VIERTE KÖNIG
Historischer Kriminalroman
Broschur, 256 Seiten
ISBN 3-89705-201-6

»Hervorragend gelungen.«
Badische Neueste Nachrichten

Stefan Winges
TOD AUF DEM RHEIN
Historischer Kriminalroman
Broschur, ca. 300 Seiten
ISBN 3-89705-318-7

HISTORISCHE ROMANE

Karina Kulbach-Fricke
DER KAUFMANN VON KÖLN
Historischer Roman
Broschur, 352 Seiten
ISBN 3-89705-253-9

»Macht Lust auf eine Fortsetzung.«
Badische Zeitung

Hermann-Josef Schüren
ZEIT DER WÖLFE
Historischer Roman
Broschur, 288 Seiten
ISBN 3-89705-282-2

»Zeitlos schön.« Aachener Zeitung

Karl Ramseger-Mühle
DIE GRÄFIN VON SAYN
Historischer Roman
Broschur, 240 Seiten
ISBN 3-89705-327-6

»Ein farbiges und spannendes Bild vom Westerwald in der Zeit des 30-jährigen Krieges.« Rhein-Zeitung